本书出版获广东第二师范学院博士专项课题、广东省本科高校教学质量与教学改革工程（广东省高等教育创新强校工程）"广东省优秀教学团队"项目资助

刘兴晖◎著

晚清民国的唐宋词选本研究
——以光宣时期为中心

安徽师范大学出版社
·芜湖·

责任编辑：潘　安
装帧设计：丁奕奕

图书在版编目(CIP)数据

晚清民国的唐宋词选本研究：以光宣时期为中心 / 刘兴晖著. —芜湖：安徽师范大学出版社，2017.3（2024.6 重印）

ISBN 978-7-5676-0817-7

Ⅰ.①晚… Ⅱ.①刘… Ⅲ.①唐宋词－诗词研究 Ⅳ.①I207.23

中国版本图书馆 CIP 数据核字(2013)第 319274 号

WANQING MINGUO DE TANG-SONG CI XUANBEN YANJIU——YI GUANG-XUAN SHIQI WEI ZHONGXIN

晚清民国的唐宋词选本研究——以光宣时期为中心

刘兴晖　著

出版发行：安徽师范大学出版社
　　　　　芜湖市九华南路189号安徽师范大学花津校区　　　邮政编码：241002
网　　址：http://www.ahnupress.com/
发 行 部：0553-3883578　5910327　5910310（传真）　E-mail：asdcbsfxb@126.com
印　　刷：阳谷毕升印务有限公司
版　　次：2017年3月第1版
印　　次：2024年6月第2次印刷
规　　格：700 mm×1 000 mm　1/16
印　　张：13.75
字　　数：250千
书　　号：ISBN 978-7-5676-0817-7
定　　价：55.00元

序

　　无论是早期粗具格局，还是现在相对定型的文学史、批评史，选本都是其中不可或缺的内容之一。当然，在不同时期和不同学者的笔下，重视的程度各自有别。无需深究，只要简单试想一下：若无《诗经》《楚辞》《古诗十九首》《文选》《玉台新咏》《唐宋八大家文钞》《词综》《词选》等这一脉相承的选本，中国文学史的精彩篇章几乎无法书写。若无孔子等人对《诗三百》的评点，则早期的文学思想就无法明晰地呈现出来；风骨与兴寄兼备的盛唐气象同样需要依托于殷璠的《河岳英灵集》，才有可能被直接认知。

　　具体到词史与词学理论，概莫能外。要窥察早期词的形态特征，敦煌出土的《云谣集》就是重要的勘察对象，《花间集》则为我们展示了词体本色所在。词学史的情况也是如此，朱彝尊《词综》的编定，不仅由此开创了浙西词派，也将清代初年推崇醇雅的词学思想以选本的方式展现了出来；而要梳理常州词派的发展理路，张惠言的《词选》、周济的《宋四家词选》便是无法越过的。选本在汇集作品的同时，因为融入了编选者的眼光，往往兼具创作和批评的双重功能，这才是它们面对现代学术史不免显得"高贵冷艳"的原因所在。

　　清代素来被认为是词史上的中兴时期，论者往往将其直接两宋，而各呈高峰，各有崖略。但作为文体的创作中兴，词的成就其实已经无法比肩两宋，这也是由"一代有一代之文学"这一文体发展定势决定的。但就词学而言，清代无疑是集大成的时期。一部中国词学史，清代卷占去近半的篇幅应该并不为过；在清代卷中，晚清民国卷的分量应该又占去一半以上，因为清代词学的合流并聚成高峰正是在这一时期。我在约三十年前开始关注清代词学，虽然就研究的过程来说，不免断断续续，但目光一直停留在晚清民国部分，并未稍移。由于精力所限，我对这一时期的词学，总体上来说，学术想象多于亲自涉猎，涉猎的部分渐次成为我若干论著的内容，而驰骋想象的部分则往往寄望于我的学生。我希望，在晚清民国词学这一领域，我与我的弟子们能够合力开垦，积成规模，努力追求邃密深沉的学术高境，为相关学术史略尽绵薄之力。

刘兴晖是我招收的第二届博士生。她的硕士论文以郑文焯词学为题，所以博士阶段顺着近代词学方向做下去，也就很自然了。但我不希望她再做个案，而是希望她能够从一个相对宏观的角度来考察晚清民国词学的流变轨迹，要能兼具时间跨度和理论深度。我深深明白，大凡一个新兴的学术领域，虽然需要众多的个案来铺垫基础，但精准的历史眼光、缜密的逻辑关联、宏阔的格局意识和高远的自励之志，才能见出学术的境界、胆量和魄力。

我的期许显然给兴晖不小的压力，大约有半年的时间，她不断地跟我谈不同的选题，不断地被我否定。直到有一天，她面带喜色地对我说，她最近读出了一个很有意思的话题。她觉得选本不仅是清代词学的基本载体，更是清代词学的核心所在。所谓浙西词派或常州词派，从流派的角度来看，其实都不免显得松散，但其旗帜都牢牢地树立在选本上。龙榆生在《选词标准论》中说："自浙、常二派出，而词学遂号中兴；风气转移，乃在一二选本之力。"浙西词派没有了《词综》，常州词派没有了《词选》，其实也就没有了立脚之地。看着她闪着光芒的眼睛和言之滔滔的气势，我知道她心里已经捕捉到了晚清民国词学与选本的关节点，我也被这个极具理论张力的论题吸引了。

选本自来有通代、连代、断代等多种形态。兴晖最终将选本落实在唐宋词的选本上，我觉得这抓住了清代词学与选本最为关键的部分，因为清代词学虽然曲折多变，但大要体现在对唐五代、北宋与南宋的不同选择上。云间派偏师晚唐五代之《花间集》，浙西派造成的学词局面是"家白石而户玉田"，而常州派则崇尚在景象上带有天光云影色彩的北宋词。可以说，对唐宋词的选录重点及对相关作品解读维度的差异构成了清代词学的基本格局，晚清民国词学于此尤为突出。

何者宜入选，何者应刊落？整体要呈现出怎样的面目？如何使编选之心不动声色地渗透到选目中去？这些都是编选者踌躇费心的地方。选本编选之难，若非亲历者，真可能会被无意中忽略。近读《复堂日记》壬午年所记，谭献特别提到自己"选词之志，亦二十余年，始有定本"。他描写自己编订《复堂词录》的过程说："……审定由唐至明之词，始多所弃，中多所取，终则旋取旋弃，旋弃旋取，乃写定此千篇，为《复堂词录》"。读来真是感慨丛生，在这种"旋取旋弃，旋弃旋取"中费的心力自然是不计其数了。正因为前人对词选下了如此苦心孤诣的工夫，才能在选本付梓后，以其独特眼界和观念影响一代甚至数代人。如况周颐的词学便奠基于黄苏的《蓼园词选》，端木埰以《宋词十九首》蕴含的重拙大词学思想金针度与王鹏运，民国学子沾丐朱孝臧之《宋词三百首》殆亦匪浅。真学术也就真不我欺，编选者费心多少、眼界高低、天赋大小，往往在一选中便见出真相。所以，词学家不仅常常花费极大精力去编词选，对于以往词选也会竭尽搜罗之能事，据云况周颐网罗的选本别集便多达数百家，这是他后来编写《历代词人考略》的重要渊薮所在。若无对诸种词选、别集的反复展玩，其《蕙风词话》的撰成简直是不可想象的。

晚清民国的唐宋词选之所以极具研究价值，是因为除了以此广布坊间推衍词风之外，供诸多私塾、学堂、高校教材之用。此外，这一时期的词学正处于新旧学术的交替之际，词选与稍后出现的词史著述往往形成直接的呼应。现代学科形态的第一部词史乃是刘毓盘的《词史》，此书大体以时代先后为序，宛如一部点评版词选，刘毓盘直言深受此前词选的影响。譬如戈载的《宋七家词选》选录周邦彦、姜夔、史达祖、吴文英、周密、王沂孙、张炎七家词，本来是一个选本而已，但刘毓盘所编《词史》专列"论宋七大家词"一章，并特地说明："以上北宋一家，南宋六家。即本戈氏之说，旁采诸说，复以臆说证之。"吴梅的《词学通论》主体上也是一部以作品串联起来的词史。选本的格局影响到词史的体例，由此可见一斑。而且将词选与词史对勘，其实也是词学家的一种思维常态，明代毛晋即评南宋黄昇《花庵词选》"铨次微寓轩轾，盖可作词史云"。后来胡适也申明"我的《词选》就代表我对于词的历史的见解"。凡此都可以视为对这一传统的承续。虽然词史的理论建构后出转精，但民国时期的词史著述确实带着鲜明的词选色彩。

选本之与晚清民国词风、词学思想的转变也功莫大焉。晚清以来，梦窗词几乎以"狂飙"之势席卷南北，相关的作品辑佚、校勘、笺释也极具阵势，其中王鹏运、朱祖谋更是前后相继，倾数十年之力，四校梦窗词，并以其词坛领袖的地位将梦窗词风辐射全国。这其中固然有周济《宋四家词选》首重梦窗的影响在内，但周选毕竟不如戈载《宋七家词选》对梦窗词的揄扬之力。在戈选七家中，吴文英以入选117首遥遥领先，而此前备受尊崇的周邦彦、姜夔才分别入选59首、53首。吴文英由此逐渐被确立其在晚清民国词坛的独尊地位。

在唐五代词人的接受排行榜中，选本中的温庭筠似乎久居榜首，一直处于"高处不胜寒"之境，至张惠言《词选》一编出，其地位更高。但在晚清民国时期，情况发生了明显转变，冯延巳后来居上，其地位被悄然擢拔在温庭筠之上。这种局面的改观正是从选本开始的。成肇麟的《唐五代词选》将冯延巳置于唐宋词演变之关捩地位。稍后冯煦也认为"宪章正中"乃是宋初诸家的基本选择。此前被作为"花间"之冠的温庭筠此后就大体退居在冯延巳之下了。选本的影响也及乎词话。如王国维《人间词话》便不仅认为冯延巳词"堂庑特大，开北宋一代风气"，还认为张惠言评温庭筠的"深美闳约"四字应该给冯延巳。这种从选本开始的夺旗易帜，基本影响并奠定了这些词人在现代词学中的位置。

以上这些话题，我虽偶有思考，但兴晖在书中的分析显然要更为详尽与到位，这可以见出她对选本与词学关系的把握已经相当全面而精深了。此外，如选本与新体乐歌的关系，近年虽然也受到少数学者的关注，但总体研究的力度仍有待加强。我在多年前发表的《民国时期的词体观念》一文中花了不少笔墨来叙说叶恭绰、龙榆生等人对新体乐歌的文体想象和倡导之功。但选本与新体乐歌的关系，其实未遑顾及。兴晖则从选本的角度将这一关系向前做了重要推进。她通过对分调型词谱体选本在晚清民国盛行的分析，揭示了编者在试图还原词之音乐性的同时有实现新体乐歌的构想。这些都是颇具体眼光的，若非经年沉潜于此，很难有这样的发现。

兴晖的文献搜集能力也相当出色。我在多年的王国维词学研究中，有不少文献虽闻其名而难以获得，而兴晖总有办法寻访到，更有一些文献还是我此前未曾听闻的，令我常有意外之喜。她自己的研究当然也是如此，晚清民国的唐宋词选虽然众多，但现在仍在流传、为人所知的其实也就是寥寥数种，而兴晖此书关注到的选本大大超出一般人的预想。唐五代词选本如成肇麟《唐五代词选》、刘瑞潞兄弟《唐五代词钞小笺》、谢秋萍《唐五代词选》、丁寿田、丁亦飞《唐五代四大名家词》、曲滢生《唐宋词选笺》等，宋词选本若戈载《宋七家词选》、端木埰《宋词十九首》、冯煦《宋六十一家词选》、吴遁生《宋词选注》、陈匪石《宋词举》、胡云翼《宋名家词选》、冯都良《宋词面目》等。于常见选本之外，多有发现，这种扎实的文献工夫使得她的研究自然有了更为厚实的依靠。

在研究方法上，兴晖也用足了心思。朱孝臧的《宋词三百首》影响广泛，况周颐在序言中提出此选以体格浑成为宗旨，但况说是否有强立已说的嫌疑呢，与朱选是否有难以弥合的隔膜？这些都是值得进一步考量的问题，毕竟出自朱孝臧直接叙说的文字太少了。民国三十六年（1947）神州国光社印行的《宋词三百首》曾保留了朱孝臧的不少圈点，这些圈点应该包蕴了其幽眇的词心。龙榆生在《彊村晚岁词稿》的题记中曾就朱孝臧圈点唐五代宋金元人词籍的特点说："……每一种刊成，必再三覆勘，期归至当，复就心赏所及，细加标识，其关捩所在，恒以双圈密点表出之。虽不轻着评语，而金针于焉暗度。予于此学略有领会，所得于先生手校词集者为多。"龙榆生的话显然触发了兴晖的学术兴奋点，她不仅对圈点的词句进行斟酌思考，更因为朱孝臧编订《宋词三百首》时曾时与况周颐往还切磋，遂将朱孝臧圈点的词句与况周颐《蕙风词话》对这些词句的评论结合起来，从中一窥圈点背后的究竟。朱圈与况评到底能在多大程度上契合，这自然是另一个问题，但这种因为学缘相同而进行对勘的思路显然是应该嘉许的。

　　好的学术研究在充满着益人神智的理性的同时往往在不经意中透露出灵性的情韵，让人起玩味之兴。兴晖在论析《宋词三百首》结尾处，忽然神想起当时吴下词坛的风会之盛，情不自禁地写下了下面一节话，读来让人动容："念百年前彊村翁与鹜翁、大鹤山人、蕙风词隐等齐聚吴中，朱祖谋听枫园里'水木明瑟'，郑文焯吴小城所住'激流植援，旷若江村'（《蓦山溪·吴城小市桥》）。一时风会之盛，时人倾羡。斯人风度雅致，百年间竟难以寻觅，不禁令人深为之叹息。"我总觉得，融进了生命体验的学术自然会别有一番魅力。读这样的文字，会觉得学术固然时或高远凝重，但完全可以偶如珍玩将其安置在桌前，静静地对面欣赏。

　　数月前，兴晖将书稿电邮给我，曾附了一信，其中有云："自2005年有幸得入师门，流光已是十年。还记得十年前老师在桃李园参加孙师姐论文答辩的情景。那时，桃李园还盛开着我不认识的木棉花，明丽绚美。十年后，终于在十香园认识了已拔枝长叶的腊梅花，香迹无踪。花开花落，转瞬一秩，弟子未能在十年里磨成一剑，以此尚不成熟的书稿向恩师求序，中心有愧。"这当然体现了兴晖一贯的谦逊风格。我也说不出是什么原因，总之，我把这信读了好多遍，每读一遍，眼前就晃过很多记忆，我想这大概就是我们师生的缘分吧！

彭玉平

二〇一五年七月二十三日

目　　录

绪　论

光宣词坛约四十年，"远迈前代，不惟为嘉道时代所不及，且在清初诸名家之上"①。以王鹏运、朱祖谋、况周颐、郑文焯等为代表的一批晚清学者型词人，组织词社，编校词籍，创作及词学理论成就斐然。对历代词籍的汇辑编纂，包括对大型唐宋词总集的整理、校勘、刊行，都集中在这四十年前后。

光宣时期词学的兴盛和创作的繁荣，一直绵延到民国初年，并促进了现代词学的萌芽和发展。第一种词学刊物《词学季刊》，第一部断代词史专著《宋词研究》，第一部通代词史专著《词史》，都在民国时期应运而生。传播媒介的多样化和新型的教育方式使词的传播面愈来愈广。"报章则别辟专栏以选录，书坊则传刊旧集以待沽，大学尤复列为专门以讲肄，郁葱麟炳，曷尝少让于前代哉？"②词学研究者在期刊杂志上刊登词学成果，交流研究心得，极大地促进了词学的繁盛。除了《词学季刊》外，《青鹤》《中和》《同声月刊》《艺文杂志》等也开辟有"词录""诗余录"等栏目，选录词作，连载词话、词论、词选。如王国维《人间词话》在《国粹学报》上连载；胡适《词选·序》在《小说月报》上刊行；俞陛云《唐词选释》《五代词选释》《宋词选释》在《同声月刊》上陆续发表；等等。课堂教学也成为传播词学的重要途径。清华大学、辅仁大学等高等学府，都设有词学课程。"庠序之子非学词无以卒业"③，词学之盛由此可见一斑。

晚清民国词学是一个不可分割的整体。就清代词学的发展而言，民国元年（1912），被誉为"清词一大结穴"④的朱祖谋，其代表选本《宋词三百首》尚未问世；"在本质上进入现代诗学的范畴"⑤的《人间词

①胡先骕.评胡适五十年来中国之文学[J].学衡,1923,18:20.

②王易.词曲史[M].南京:江苏教育出版社,2005:318.

③冒广生,冒怀辛.冒鹤亭词曲论文集[M].上海:上海古籍出版社,1992:502.

④沈轶刘.繁霜榭词札[M]//张璋,职承让,张骅,等.历代词话续编.郑州:大象出版社,2005:846.

⑤朱崇才.词话史[M].北京:中华书局,2006:352.

话》，虽然撰于光绪末年，但当时并未受到重视，其对词坛发展的重要影响，要迟至民国十五年（1926），俞平伯标点重印后才逐渐表现出来①。就词坛风气而言，民国时期，报纸、杂志、学校对词的重视程度不逊于晚清，大小词社的雅集、各种词学刊物的创办等蔚为兴盛。引领民国词坛数十年风气的，仍然是曾活跃在光宣词坛的冯煦、况周颐、朱祖谋、王鹏运、郑文焯等晚清著名词学家及其门人弟子。故本书将晚清民国作为一个整体来研究。

晚清民国词学呈现出两种不同的发展倾向。其一是研究型。现代词学的专门之学得到迅速发展，延续清代学者以治经史之法治词的方法，使现代词学的各个分支学科全面兴盛。其二是普及型。词学家对传播唐宋词表现出极大的热忱，通过报纸、杂志、课堂、乐歌等，向读者大力诠释唐宋词的艺术魅力。

研究型和普及型两种不同的发展倾向，在唐宋词选中得到融汇和统一。晚清民国的词学研究者大多编有一种或数种唐宋词选。选本既可表达词学观念，又可借此传播唐宋词，成为晚清民国词学学术史的重要部分。选词者努力尝试种种开拓性的改变，论词者则密切关注种种新变的利弊，并对其在词学史的地位予以评析。如陈匪石认为成肇麟《唐五代词选》为宋以来第一部唐五代词选，唐圭璋将陈匪石《宋词举》称为赏析体选本之滥觞。有些选者又兼论者，往往会对己选之意义价值做一定的论断。如龙榆生评己编《唐五代词选注》是第一种对唐五代词作注释的选本；刘麟生在《词絜》中指出己选开创了注释体例的形式；等等。这些自评或他评，如种种"第一"的判断，是否准确，对词学发展产生了怎样的影响，都值得进行研究和分析。

近20年，清末至民国初期的词学研究硕果累累，主要论著有：皮述平《晚清词学的思想与方法》、杨柏岭《晚清民初词学思想建构》、莫立民《晚清词研究》等。随着清末至民国初期研究的深入，民国词学的研究论著也不断推出，主要有：黄霖主编、曹辛华著《20世纪中国古代文学研究史·词学卷》，朱惠国《中国近世词学思想研究》，施议对《今词达变》，曾大兴《词学的星空——20世纪词学名家传》，等等。曹著、曾著侧重于个案研究，朱著强调晚清民国词学一脉相承的发展过程。曾大兴还发表了一系列的相关论文，如《胡云翼先生的词学贡献》《胡云翼词

①彭玉平.俞平伯与《人间词话》的经典之路——《人间词话》百年学术史研究之一[J].学术研究，2008（2）：132-138.

学思想的形成条件》《俞平伯先生与词的鉴赏之学》等。民国词学文献、民国词学家年谱如《夏承焘集》《俞平伯全集》《龙榆生先生年谱》《俞平伯年谱》《胡云翼选词》《胡云翼说词》《卢前诗词曲选》《胡适词点评》等的整理出版，也促进了对民国词学家及其选本的关注。

　　清末至民国初期以来，唐宋词选本一直颇受论者关注。徐珂《清代词学概论》专列"选本"一章，除点评当代词选外，对前贤及时人所编唐宋词选一一加以评骘。龙榆生《论选词的标准》则选取清前、中、后期的三部词选——朱彝尊《词综》、周济《宋四家词选》、朱祖谋《宋词三百首》为代表，勾勒出清人选词的发展过程。任二北《研究词集之方法》将词选分为六种，从编列总目、分别性质、考订选旨等方面进行述列。在诸多评价清词选本的论文论著中，陈匪石的《声执》是"最早自成系统的词选研究"[①]专著。该书列出23家清代词选，略述其编选背景及宗旨，可作提要来读。施蛰存（笔名舍之）在《历代词选集叙录》中，评价了自唐宋以来42种词选本，并对晚清至民国初期的选词风尚做了总括式介绍，是"现代词学史最为系统的词选评介"[②]。民国初期刘毓盘在《词史》中，也提及清人选宋词如冯选、周选、戈选[③]的影响。民国时期，陈匪石《宋词举》第一版印行时，睡禅、唐超都曾撰文评论。

　　晚清民国词话中，也有对晚清唐宋词选本的评论，虽然较为零散，但体现出论者对于选本的关注和对不同选本价值的认识。如陈廷焯《白雨斋词话》卷五评冯煦《宋六十一家词选》"精雅"，评成肇麟《唐五代词选》"删削俚亵之词，归于雅正，最为善本"[④]。况周颐《蕙风词话》评冯煦《宋六十一家词》、朱祖谋《宋词三百首》、龙榆生《唐宋名家词选》为晚清选本之最佳者，褒扬朱选"取便初学，诚金针之度也"[⑤]。有些论词者也主选政，如陈廷焯、龙榆生等，更能体会选者之心。

　　新中国成立初期，学界对晚清民国词选的研究较为少见，主要是由于这一时期的选本大多散佚难寻。如陈廷焯《词则》稿本"湮沉百

　　①彭玉平.选本批评与词学观念——陈廷焯的词选批评探论[J].汕头大学学报（人文社会科学版），2005,21(5):24.

　　②彭玉平.选本批评与词学观念——陈廷焯的词选批评探论[J].汕头大学学报（人文社会科学版），2005,21(5):24.

　　③冯选指冯煦《宋六十一家词选》，周选指周济《宋四家词选》，戈选指戈载《宋七家词选》，成选指成肇麟《唐五代词选》。

　　④陈廷焯.白雨斋词话:卷五[M]//唐圭璋.词话丛编.北京:中华书局,1986:3889.

　　⑤况周颐,屈兴国.蕙风词话辑注[M].南昌:江西人民出版社,2000:522.

年"①，1984 年才由上海古籍出版社影印出版。杨希闵《词轨》虽"时有精义"，但因其本难求，极少有相关研究论文。施蛰存就曾感叹《微云榭词选》难得一见："惜其书今多不传，视古书更为难得。"②另如刘瑞潞《唐五代词钞小笺》、龙榆生《唐五代词选注》等，直到 20 世纪 80—90 年代才得以刊行，这些选本数十年来寂寂无闻，自然谈不上有人加以系统研究了。

80 年代以来，词选研究逐渐升温，清人选清词、唐宋人选唐宋词研究的兴盛，推动了清代的唐宋词选本的研究，并开始瞩目于晚清民国时期的词选。

1.唐宋人选唐宋词。唐宋人选唐宋词如《花间集》《尊前集》《花庵词选》《乐府雅词》《草堂诗余》《绝妙好词》等，是研究的重点和热点。较早的如萧鹏《群体的选择——唐宋人选词与词选通论》，该书从选源、选域、选阵等 6 个方面分析唐宋词选的特色，探讨清代对唐宋人选唐宋词的接受和传播情况。闵定庆《〈花间集〉论稿》、李冬红《〈花间集〉接受史论》均为《花间集》的个案研究。前者对《花间集》做了深入分析，后者重在接受史的论述。薛泉《宋人词选研究》不仅关注个案研究，还将宋代词选作为一个整体审美研究对象进行观照，从范式论、题序论、接受论等多个角度，分析宋代词选的批评与审美功能。

2.清人选词。清人选词包括清人选唐宋词、清人选清词、清人选历代词等三种类型。在清词研究论著中都会提及清人选词情况。如严迪昌《清词史》、孙克强《清代词学》、陈水云《清代词学发展史论》等专著中都有涉及。除了以上论著论清词兼及对选本做概述性介绍外，清词选本的专门著作还有于翠玲《朱彝尊〈词综〉研究》、李睿《清代词选研究》等。

与清人选清词研究渐趋细致化相比，清人选唐宋词的研究较多宏观概述。如杨保国《历代唐宋词选本论略》、巨传友《常州词派的内部嬗变与选本》、曹明升《清代宋词学初探》等。李睿《清代词选研究》中涉及晚清时期的唐宋词选，亦有专门论述。

3.晚清民国选唐宋词。目前学界的研究成果主要集中在朱祖谋《宋

---

①舍之.历代词选集叙录(六)[M]//唐圭璋,施蛰存,马兴荣.词学:第六辑.上海:华东师范大学出版社,1988:225.

②舍之.历代词选集叙录(六)[M]//唐圭璋,施蛰存,马兴荣.词学:第六辑.上海:华东师范大学出版社,1988:221.

词三百首》、唐圭璋《唐宋词简释》等数种经典选本上。其中，清末至民国初期词选的研究论文有罗忼烈《朱彊村两订〈宋词三百首〉》、彭玉平《〈宋词三百首〉探论》、王兆鹏《〈宋词三百首〉版本源流考》、曹济平《唐圭璋与〈宋词三百首浅注〉》、张晖《从〈宋词三百首〉看朱祖谋的词学思想》、许菊芳《〈宋词三百首〉刊刻以来的传播与误读探论》等。另外，戈载、陈廷焯、端木埰等编的词选也受到关注。如彭玉平《晚清"重拙大"词学思想溯源——端木埰〈宋词赏心录〉探论》《选本编纂与词学观念——晚清陈廷焯词选编纂探论》《选本批评与词学观念——陈廷焯的词选批评探论》等文，详细探析了陈廷焯、端木埰等晚清选词者的编选观念。沙先一《离合于浙常二派之间：〈宋七家词选〉与吴中词论》分析了戈载《宋七家词选》的独特地位。以民国时期唐宋词选为研究对象的论著，可分为系统观照和重点个案研究两类：前者有曹辛华《民国宋词选本选型析论》、毛建军《20世纪唐宋词选述论》等；后者有巨传友《论唐圭璋对"重拙大"理论的接受——以〈唐宋词简释〉为中心》、许菊芳《民国以来重要唐宋词选研究》[1]等，将焦点集中在民国重要词选的深入分析上，推进了民国词学、词选学的研究。

　　总体而论，对清代前期、中期词选的研究较多，尤以对朱彝尊《词综》、张惠言《词选》的研究最为集中，但对晚清民国时期唐宋词选的全面研究显得薄弱。本书以冯煦、成肇麟、王闿运、朱祖谋、胡适等光宣至民国初期编的唐宋词选为中心，向前略及张惠言、周济、戈载等人的词选，向后涉及陈匪石、俞陛云、俞平伯、刘麟生、胡云翼等人的选本。在研究范围的确定上，以道光二十年（1840）为上限，以民国三十八年（1949）为下限，研究晚清民国百余年唐宋词选本的发展过程。本书试图通过唐宋词选这一载体形式，探析清代词学在光宣时期达到鼎盛后，如何在民国时期完成由传统词学向现代词学的转型，比较唐宋词选本在选旨、选域上的差异，区分选本的不同风格和编选特色，并与前代选本进行比较，试图确立这些词选在词学史上的地位。以点带面，呈现晚清民国时期唐宋词选本的发展脉络，梳理现代词选体例逐步发展和完善的过程。

　　为了真实、全面地呈现晚清民国时期唐宋词选的发展情况，笔者尽力查找、收集相关选本；在版本的选择上，也尽可能以各种词选最早的版本作为论述的基础，以接近和还原晚清民国时期唐宋词选的本来面

---

[1]许菊芳.民国以来重要唐宋词选研究[D].苏州：苏州大学,2012.

貌。但这一时期词选数量繁多，版本情况复杂，有些选本很难确定其初版与再版的时间，可能会遗漏相关选本的信息，这是需要加以说明并表示歉意的。

第一章　晚清民国的唐宋词选本概述

第一节　总　论

清词中兴，其骎骎之势媲美两宋，但清代词学要迟至嘉道以后，直到光宣时期，才真正达到全面的兴盛，进入整理、总结的黄金时期。在此基础上，现代词学体系的各分支学科，在民国时期逐渐萌芽并得到发展。

对唐宋词进行总结和传播，是晚清民国词学的重要内容。不仅出现了刘熙载《艺概·词曲概》、陈廷焯《白雨斋词话》、况周颐《蕙风词话》、王国维《人间词话》等词学史上几种重要的词话，对唐宋词做了系统总结，还出现了如成肇麟《唐五代词选》、朱祖谋《宋词三百首》、胡适《词选》、龙榆生《唐宋名家词选》、唐圭璋《唐宋词简释》、俞平伯《读词偶得》等几种影响极大的唐宋词选。晚清民国词学最大的成绩，体现在对唐宋词的总结中。通过词话或选本等形式择优汰劣，确立了唐宋词的名篇名家，完成了对唐宋词的普及性传播。宋词作为一代文学之盛的代表，正是在晚清民国的词话和词选中，得到充分的阐释和实现。

以《云谣集》《花间集》为肇端，词选（集）经历了充分的发展过程，在清代臻于全盛，又以康熙年间、晚清民国时期为"两次极盛时代"[①]。康熙年间的词选主要是清人选清词及历代词选本，如《瑶华集》《御选历代诗余》《倚声初集》等，体现了清初及清中叶词坛创作的兴盛，所收以广博为主，卷帙浩繁。晚清民国的选本除地域词选外，主要是唐宋词选或侧重选录唐宋词的历代词选。

词选的繁盛不仅代表词学研究的盛况，还因其流播的广泛性，在读

①萧鹏.群体的选择——唐宋人选词与词选通论[M].台北:文津出版社,1992:18.

者的接受与反馈中，促进着词学的发展。晚清民国时期唐宋词选的编撰者大都是近现代著名的词学家，选本反映了他们在不同时期的词学思想。晚清民国时期的各种思潮，如经世致用思潮、科学思潮、人文思潮以及相关论争，程度不一地体现在选本中。伴随西学东渐而带来西方文化的冲击，以及白话文运动中提出的文学通俗化、文字浅易化等主张，也使这一时期的词选在选词、选人上较前代有所不同。这些选本通过近代报纸、杂志、图书、演讲、课堂等多种形式传播，极大地推动了唐宋词的普及。同时，这一时期的唐宋词选也出现了种种嬗变的趋势，显示出传统词学向现代词学的过渡特征，不仅影响到当时的词坛风气，还对现当代唐宋词选的编纂产生深远的影响。

一、概　览

晚清民国唐宋词选主要有两种类型：一种是只收录唐宋词的断代词选，包括将唐（五代）与宋词区分开来的唐五代词选、宋词选，或者唐宋词并收等形式；另一种是收录有唐宋词的历代词选本①。晚清民国时期编选的历代词选数量颇为可观。限于体例，也为了更清晰地呈现晚清民国唐宋词选的特色，故仅就几种重要的历代词选如《词则》等略做分析，其余并未归入本书的研究范围②。表1-1列出晚清民国时期主要的唐宋词选本③。

表1-1所列选本70余种④，其中如刘瑞潞《唐五代词钞小笺》等选本由于种种原因当时未能印行⑤，但也有许多选本都多次重印或修订再版，如成肇麟《唐五代词选》、朱祖谋《宋词三百首》、胡适《词选》、龙榆生

①曹辛华在《民国宋词选本的选型析论》一文中将二者都作为研究对象。见：曹辛华.民国宋词选本的选型析论[J].枣庄学院学报,2008,25(3):12-16.

②历代词选（包括历代女性词选、地域词选）只在本章内并入唐宋词选中进行概述，以见出词坛风气之转移，余不论及。

③本书论晚清民国时期的上限为道光二十年（1840），下限为1949年。表1-1时间的上限略向前推移，将《宋四家词选》《宋七家词选》收录。就影响而言，道光十二年（1832）周济编的《宋四家词选》，道光十七年（1837）戈载编的《宋七家词选》，都在光宣时期重印，并在光宣时期才得到广泛传播。

④表1-1所列为自道光十二年（1832）迄民国三十七年（1948）的唐宋词选本，不包括选录唐宋词的历代词选以及选录唐宋词的诗词合选本，也不含前人编成而在晚清民国重印或进行笺注的唐宋词选本。另如别集之选，以及单纯讲解填词法、填词门径而未形成为选本体例的作词法图书以及词谱等，均不列入。在排列上，不以出版时间为序，而主要以编成时间，如无编成时间，则以出版印行时间为准。

⑤刘瑞潞.唐五代词钞小笺[M].长沙:岳麓书社,1983:3.

《唐宋名家词选》等。民国时期，这些选本被编入《新中学文库》《国学入门基本读物》《学生国学丛书》等中等、高等教育普及读物中，对唐宋词的传播与普及，起到了巨大的推动作用。有些选本作为大学的教材或讲义使用，通过课堂传授、演讲等有声方式[1]得到现场的即时传播，培养了一大批现代词学研究者。如欧阳渐在支那内学院编《词品甲》《词品乙》，汪东在南京中央大学编《唐宋词选》，刘永济在武汉大学编《唐五代两宋词选注释》《诵帚斋词选》，陈匪石在北京中国大学编《宋词举》，俞平伯在清华大学编《读词偶得》，孙人和在辅仁大学编《宋词选注》《唐宋词选》，龙榆生在暨南大学编《唐宋名家词选》，等等。这些唐宋词选本对于近现代词学的建构、词学审美批评的取向产生了深远的影响。

表1-1　晚清民国时期唐宋词选本一览表[2]

时　间	编选者	词　选
道光十二年(1832)	周济	《宋四家词选》
道光十七年(1837)	戈载	《宋七家词选》
道光二十四年(1844)	周之琦	《心日斋十六家词录》
光绪十三年(1887)	冯煦	《宋六十一家词选》
	成肇麟	《唐五代词选》
光绪二十年(1894)	刘继增	《南唐二主词笺》
光绪二十三年(1897)	王闿运	《湘绮楼词选》
光绪三十四年(1908)	樊增祥	《微云榭词选》
	王国维	《唐五代二十一家词辑》
民国元年(1912)	不著撰人	《全唐词选》
民国二年(1913)	刘瑞璐	《唐五代词钞小笺》
民国九年(1920)	吴莽汉	《词学初桄》
	紫仙	《十二楼艳体词选》
民国十一年(1922)	王官寿	《宋词钞》
民国十三年(1924)	朱祖谋	《宋词三百首》
民国十六年(1927)	胡适	《词选》
	叶绍钧	《苏辛词》
	陈匪石	《宋词举》
民国十七年(1928)	胡云翼	《抒情词选》
	王君纲	《离别词选》
民国十九年(1930)	刘麟生	《词絜》
	叶绍均	《周姜词》

[1]关于演讲、课堂教学等有声传播的方式对近代文学发展的影响,参见:陈平原.有声的中国——"演说"与近现代中国文章变革[J].文学评论,2007(3):5-21.

[2]表1-1中如《微云榭词选》《绝妙词钞》中收录少量元词。

时　间	编选者	词　选
民国二十年(1931)	陈登元	《词林佳话》
民国二十二年(1933)	欧阳渐	《词品甲》
	端木埰	《宋词十九首》
	胡云翼	《女性词选》
	林大椿	《唐五代词》
	林大椿	《词式》
	巴龙	《二晏词》
	李宝琛	《绝妙词钞》
	易孺	《韦斋活叶词选》
民国二十三年(1934)	龙榆生	《唐宋名家词选》
	俞平伯	《读词偶得附词选》
	姜方锬	《唐五代两宋词概》
民国二十四年(1935)	吴遁生	《宋词选注》
	韩天赐	《名家词选笺释》
	曲滢生	《唐宋词选笺》
民国二十五年(1936)	杨易霖	《词范》
	胡云翼	《词选》
	唐圭璋	《南唐二主词汇笺》
民国二十六年(1937)	汪东	《唐宋词选》
	胡云翼	《宋名家词选》
	胡云翼	《故事词选》
	朱孝移	《词释》
	龙榆生	《唐五代宋词选》
	谢秋萍	《唐五代词选》
民国二十七年(1938)	冯都良	《宋词面目》
	陈曾寿	《旧月簃词选》
民国二十九年(1940)	夏承焘	《宋词系》
	丁寿田 丁亦飞	《唐五代四大名家词》
	胡云翼	《唐宋词选》
民国三十年(1941)	俞陛云	《唐词选释》
	俞陛云	《五代词选释》
	俞陛云	《宋词选释》
民国三十一年(1942)	欧阳渐	《词品乙》
民国三十四年(1945)	余謷	《唐宋词选注集评》
	冯平	《宋词绪》
民国三十五年(1946)	孙人和	《唐宋词选》
	孙人和	《宋词选注》
	胡云翼	《宋名家词选》
	胡士莹	《唐宋词选》
民国三十六年(1947)	陈匪石	《宋词举》
	季灏	《两宋词人小传》

续　表

时　间	编选者	词　选
民国三十七年(1948)	夏承焘	《唐宋词录最》
编年不详	刘永济	《唐五代两宋词选注释》
	吴虞	《蜀十五家词》
	唐圭璋	《唐宋词简释》
	邵祖平	《词心笺评》
	蔡嵩云	《作法集评唐宋名家词选》
	吴梅	《诗余选》《词选》

除了表1-1列的唐宋词选本外，晚清民国还出现了大量的历代词选本（含地域词选①、女性词选）。如杨希闵《词轨》、陈廷焯《云韶集》《词则》，梁令娴《艺蘅馆词选》，凌善清《历代白话词选》，徐珂《历代词选集评》，李辉群《注释历代女子词选》，吴灏《五百家名媛词选》，赵景深《民族词选注》，胡云翼《故事词选》，周岸登《蜀雅》，孙俍工、孙恕潮《中华词选》，张友鹤、关廉鸣《注释白话词选》，等等。这些历代词选对唐宋词的总结，也影响了唐宋词在近现代的接受和传播。

二、分　期

晚清民国的唐宋词选的发展，大致可分四个阶段：第一阶段为道光、咸丰、同治时期。这一时期为传统词选的发展期。主要有周济《宋四家词选》、戈载《宋七家词选》、周之琦《心日斋十六家词录》等。第二阶段从光绪元年（1875）至民国十三年（1924）。以冯煦《宋六十一家词选》、成肇麟《唐五代词选》、朱祖谋《宋词三百首》等数种经典选本为代表。这一时期是传统词选也是传统词学的鼎盛时期。第三阶段从民国十四年（1925）到民国二十三年（1934），以胡适《词选》的刊行为发端，以易孺的《韦斋活叶词选》为收束。这一时期在"国民文学""写实文学""社会文学"等思潮的影响下，传统词学受到文学革命的强烈冲击，体现出传统与新变的融汇和交锋。第四阶段，以民国二十三年（1934）龙榆生《唐宋名家词选》和俞平伯《读词偶得》的印行为发端。这两种词选发行量极大，流传广泛，代表着现代词选形式趋向成熟。在这数十年，现代词学体系初步建立并得到迅速发展。

---

①饶宗颐《清代地域性之词总集与酬唱词集》列出62种清代地域词集(选)中("氏族"及"其它"不列入地域词集内计算)，刊行或著录于光宣至民国期间的有30余种。见：饶宗颐.清代地域性之词总集与酬唱词集[M]//林玫仪.词学研讨会论文集.台北：中研院文哲所筹备处,1996:449-470.

1.传统词选的发展期：道光、咸丰、同治年间①。

这一时期的词选延续清代词选发展的脉络，注重宗派观念的树立意识。道光十二年（1832）周济编的《宋四家词选》和道光十七年（1837）戈载编的《宋七家词选》，对光宣词坛影响很大。《宋四家词选》倡导有辙可寻的学词之法，为光宣时期论词者和选词者所沿用。《宋七家词选》揄扬南宋格律派的精雅词风，提出词格须高、词法须严、意韵兼美等标准，极为契合学人选词雅正的要求，在光宣时期被推为选本之"至善"者。

道光二十四年（1844），周之琦《心日斋十六家词录》刊行，选录唐宋词人十六家，以晏几道、吴文英、王沂孙选录最多，体现出选者对南宋格律派的重视。端木埰奉周之琦为"词师"，周之琦的选词倾向对端木埰产生了一定的影响。端木埰编的《宋词赏心录》②是晚清"重、拙、大"思想之"权舆"③，其偏倚南宋、宗尚清雄的宗旨，成为光宣词坛之主流思想。由此可见，从周之琦、端木埰到朱祖谋，"重、拙、大"体系在词选中萌芽、发展、完善。

咸丰、同治的二十四年，除同治二年（1863）杨希闵编的《词轨》、同治十三年（1874）陈廷焯编的《云韶集》这两种历代词选外，似并无唐宋词选本问世。杨、陈二选都为手钞本，流传不广，且卷帙繁富。如《云韶集》选历代词共3434首，未能汰粗取精，不适合普通入门者学词。就选本的影响而言，远不如嘉道年间的选本。

2.传统词选的繁盛期：光绪元年（1875）至民国十三年（1924）。

嘉、道、咸、同时期的酝酿，为光宣词学的鼎盛做了充分的铺垫。王易《词曲史》论曰：

> 晚清国事陵迟，民生憔悴，学者从容文史，已不似前此之泰然矣；然绵绵之绪究未稍坠者，则前修积厚流光之功也。道光末，粤乱始作，夷祸复乘，历咸丰而至同治，号称中兴，十数年来，士学曾未稍辍，文风进而益昌。迨光绪中叶以降，变乱纷乘，内外交迫，忧时之士，怵于危亡，发为噫歌，抒其哀怨，词学则骎骎有中兴之势焉。迄于鼎革，著述之盛，不让于唐。④

---

①一般界定晚清民国时期是从1840年至1949年，此所论上限略向前有所推移。

②该选又称《宋词十九首》。

③唐圭璋.宋词赏心录跋[M].//端木埰,何广棪.宋词赏心录校评.台北:正中书局,1975.

④王易.词曲史[M].南京:江苏教育出版社,2005:279.

光绪十三年（1887），是清代词选史上值得关注的一年。这一年刊行了两种重要的唐宋词选：冯煦《宋六十一家词选》和成肇麟《唐五代词选》。《宋六十一家词选》表现出较为客观的编选立场，并在"序言"中提出词心说、本色说，是对当时词坛以词选为"己见"之风气的反拨。成肇麟《唐五代词选》一改唐五代词选独尊花间的局面，在选本中确立了冯延巳、李煜等南唐词人的宗主地位，摒弃"敢于直书"的秾艳之词，选录婉约轻和之词，对民国时期唐五代词选产生了巨大的影响，促进了选者对唐五代词的关注。

光绪二十三年（1897），王闿运《湘绮楼词选》刊行，以"词趣说"评词，阐发唐宋词之灵、妙、趣，对民国初期俞陛云、俞平伯、缪钺等从审美角度掘发词情词意不无启发，标志着诠释方式由"寄托说"向"词趣说"的转变。民国时期盛行抒情词选，多以"晶莹可爱"[①]为标准，注重词的艺术审美性，体现出对王闿运词趣说的承继。民国十三年（1924），朱祖谋编成《宋词三百首》。该选以体格、神致为标准，兼收并蓄，力求浑成，代表了清代词选的最高成就。

光宣至民国初期，是传统词学发展的鼎盛时期。当中数种唐宋词选本，都在词学史上有重要地位，既体现出对清代词学的总结，又酝酿着现代词学的种种新变。

3.由传统向现代词选的转型期：民国十四年（1925）到民国二十二年（1933）。

《宋词三百首》印行之后的数年，是民国时期唐宋词选的转型期。

民国十六年（1927），胡适《词选》面世，与《宋词三百首》并行。《宋词三百首》代表着词学传统，《词选》代表着新变倾向。胡适所言"这五十年的词，都中了梦窗（吴文英）派的毒，很少有价值的"[②]，引起了词学界对清末词坛流弊的思考，在朱、胡二选的基础上，唐宋词选开始向现代词选转型。

就编纂体例而言，胡适《词选》对唐宋词进行新式标点的方法，在民国词选中得到普遍应用。但就词学观念而言，胡适对贺铸、吴文英、姜夔等词人的贬抑，并未得到民国选者的认同。在刘麟生、胡云翼、孙人和等编的唐宋词选中，这些词人的地位重新得到承认。在第二阶段的词选中，已基本确立了唐宋词名家名篇的地位，以选本为范本的目的淡

①谢秋萍.唐五代词选[M].上海：上海亚细亚书局，1947(民国三十六年):2.
②胡适.五十年来中国之文学[M]//胡适.胡适文存二集.上海：上海书店，1989:112.

出，故在第三阶段的词选中，表现出经典意识的弱化。选词的范围和自由度大大提高，对雅正的要求降低，大量名不见经传的词人被选录，所选之词趋于浅易、俚俗化。

在现代词谱、词史专著的形成过程中，以词选为载体，表现出多种过渡形态。在民国大学的词学课上，词选往往作为教学的参考，讲义式的词选推动了集词笺、词选、词史功能于一体[1]的新形态的产生，促进了现代意义上词谱、词史专著的形成。

4.现代词选体例的成熟期：民国二十三年（1934）至民国三十八年（1949）。

这十五年是现代词学的发展和完善期，现代词选体例趋于稳定和模式化。这一时期唐宋词选的数量较多，超过前三个阶段词选的总和，其"合力"的影响不逊于《宋词三百首》和《词选》。唐五代词在这一时期逐渐受到选者的关注。

民国二十三年（1934），开明书店印行龙榆生《唐宋名家词选》及俞平伯《读词偶得》。这两种词选传播面广，与《宋词三百首》《词选》以及新中国成立后的《宋词选》等并称。这五种词选在唐宋词传播史上影响极大，确立了现代之词选本的模式。现代词学之体系得到初步建立。

第二节　晚清民国唐宋词选的嬗变

晚清民国的唐宋词选本体现出由传统词学向现代词学过渡和嬗变的种种特征。与清代词选相比，晚清民国唐宋词选在编选宗旨、编选范围、选词底本、批评形态、诠释角度等方面，都有了较大的变化。

一、宗派意识的弱化

词选对于清代词学流派的形成有着重要影响，龙榆生云："自浙、常二派出，而词学遂号中兴；风气转移，乃在一、二选本之力。"[2]龙榆生曾将词选的功能分为"便歌""传人""开宗""尊体"四种[3]。清代选本

---

[1]曲滢生.唐宋词选笺[M].北京:清华园我辈语社,1935(民国二十四年).

[2]龙榆生.选词标准论[M].//龙榆生.龙榆生词学论文集.上海:上海古籍出版社,1997:73.

[3]龙榆生.选词标准论[M].//龙榆生.龙榆生词学论文集.上海:上海古籍出版社,1997:59.

中，"便歌"的目的"在今日固已无所用之矣"[①]；"传人"的目的主要表现在历代词选和地域型词选中；在清代唐宋词选中，只有"开宗"和"尊体"才是主要目的。如朱彝尊《词综》、张惠言《词选》，分别代表了浙西、常州词派的词学观念，起到开宗立派的作用。

嘉庆二年（1797），张惠言、张琦《词选》刊行；嘉庆三年（1798），舒梦兰《白香词谱》刊行。前者为评点体唐宋词选，是常州词派的代表选本；后者为词谱体唐宋词选，较为契合当时浅易化的择选倾向，流播之广不逊于《词选》。其采用词选、词谱相结合的方式，在民国新体乐歌倡导之时，成为晚清词谱体词选模仿的范本。

张惠言《词选》以风骚之旨趣，重铸唐宋词人之"面目"，强调词之微言大义，以寄托说论词、选词，补救浙西词派末流空洞无物的流弊。在词学主张上，两宋之争是浙西词派和常州词派纷争的焦点。浙西词派倡南宋词，常州词派倡晚唐与北宋词。晚清民国时期，二派观点逐渐融合。吴中词派以及光宣词坛诸老，都表现出折中于浙、常的词学观念。

吴中词派以戈载《宋七家词选》为代表，强调协律、审韵的重要，注意声韵与意旨的结合，其严词法、重词格的观念，对光宣词坛影响较大。朱祖谋学词"审音则戈氏，尊体则张氏"[②]，表现出对张、戈观点的综合。晚清四大家等以常州派"意内言外"为内核，以立意为体，求词格之高；并借鉴吴中派"审音持律"的词学思想，以守律为用，求词法之严。如《宋词三百首》收录吴文英、周邦彦词最多，吴文英是《宋四家词选》中录词最多的词人而周邦彦是《宋七家词选》中录词最多的词人。

清代词学流派的论争，促进了清人对唐宋词的全面总结，在观点各异的贬褒抑扬中呈现出唐宋词的丰富多样性。综观而论，经历了由《词综》之博观博取、到《宋词十九首》《宋七家词选》等博观约取的转变，使唐宋词之菁华，在由繁至约的择选中逐渐显豁。王易《词曲史》云：

晚清词风之盛，更突过前人矣。顾途径之辟，实赖以前诸词家。有若重情韵者，重气势者，重寄托者，重声律者，无不备也；主南宋者，主北宋者，主唐五代者，主乐府风诗者，无不具也。在倡说者未始非正；而尤效者每流

---

①龙榆生.选词标准论[M].//龙榆生.龙榆生词学论文集.上海：上海古籍出版社,1997:85.

②张尔田.彊村遗书序[M]//朱孝臧.彊村丛书·附遗书(九).上海：上海古籍出版社,1989:7122.

于偏。于是后起者斟酌利弊之间,损益方寸之际,而雅音遂得复见。①

"斟酌利弊""损益方寸",体现出对各派观念的融合和宗派意识的弱化。从《宋四家词选》到《宋词三百首》,都是为学词而选词。通过选本来确立"师法",传授填词技巧,对于帮助学词者填词,纠正词坛流弊,起了积极作用。

民国时期,词选成为现代词谱、词史专著形成中的主要依托方式,出现了多种过渡形态的词选,如分调型词谱体词选、词史型选本等。在选词倾向上发生了一些变化,如晚清民国初期的词选以沉郁顿挫为主,讲求体格、神致的浑成;其后词选则并不忌讳选录新巧之词,也并不注重词中之重旨。自龙榆生、鲁迅等对选本之弊提出批评以后,选者提出了对选词的见解和建议。如叶绍钧就建议读者对不曾入选的作品,"不妨从全本里去看",用"自己的眼光"对选者的取舍作出评价②;胡云翼也主张"不囿于派别,不讲宗社,只就作者作品全体的综合,拿来与各家的评论比较,定为最后的结论"③。选者的主动性从选本中淡出,立派目的也逐步弱化。刘麟生在《词絜》中就提出"悉以自然为宗旨,不立宗派"④的选旨。

在宗派意识弱化、学词技法淡出的背景下,民国时期,别集之选、风格之选盛行。

别集之选指以某一位词人的集子为选词来源而成的精选之本。往往以笺注体形式出现,凸显其佳作名篇的地位。风格之选的框架与别集之选相似,不过所录一般为3~5家词人。别集之选和风格之选表现出选者对某一位词人或某一种风格的偏好,与晚清时期"名家词选"的体例有相似之处,但仅为"名家词选"中的1~2家。这3种选本的体例较为灵活,可将多种别集之选再合编成名家词选,也可将名家词选拆分为别集之选。如民国二十四年(1935)韩天赐《名家词选笺释》、民国三十五年(1946)胡云翼《宋名家词选》等,都可以拆分为各家词的选集单行本刊行。以俞平伯《读词偶得》为例,该选词释部分原录5家⑤,后来俞平伯将清真词部分析出,另为单行本《清真词释》,又将《读词偶得》补入梅

①王易.词曲史[M].南京:江苏教育出版社,2005:297.

②叶绍钧.周姜词[M].上海:商务印书馆,1930(民国十九年):14.

③胡云翼.胡云翼说词[M].上海:华东师范大学出版社,2004:68.

④刘麟生.词絜[M].上海:世界书局,1930(民国十九年).

⑤俞平伯《读词偶得》原录五家词为温飞卿词、韦端己词、南唐中主词、南唐后主词、清真词。

溪词4首，仍维持了原来的释5家词的体例。这种灵活的编纂方式在民国时期较为盛行，体现出选者个人的审美取尚。

虽然别集之选、风格之选只是突出某一位词人或某一种风格，并不与其他词人或不同风格进行对比，但选的词人和录的词之风格，本身就表现出鲜明的倾向性，反映出不同时期词坛的宗尚。如叶绍钧《周姜词》将周邦彦、姜夔并列，就不难见出民国时期姜夔词地位的上升。

从选本发展的情况来说，别集之选或者仅录二三家以突出共同风格（或不同风格）的选本，与清代词选中以家数标举轨辙、示人以学词门径的选本不同，反映出选者的审美偏好，而非彰显其学词技法与心得。虽然重在突出某一位词人或某一种风格的作品，但并不因此贬抑其他词人或不同风格的作品，高下、优劣的确立和品评并非是选者关心的重点，选本注重体现选者个人的偏嗜，或迎合某一特定时期读者的阅读需求。如民国时期出现的南唐二主词选、二晏词选、淮海词选、清真词选、苏辛词选、李清照词选、梦窗词选等，不仅反映出选者的爱好，还折射出不同阶段的词坛风尚。从读者角度而言，对唐宋词流派和不同群体的区分，正是通过这些选本对不同风格的凸显，才逐渐明了的。

二、唐五代、两宋词的分与合

朱彝尊《词综》、张惠言《词选》分别为浙西词派、常州词派的代表选本。前者为历代词选本，后者为唐宋词选本，在唐词、宋词之间并无明显偏倚。但随着作词法在选本中的强化，"师法"成为选本的主要目的，宋词特别是南宋词的雅正和有辙可寻，越来越受选者的重视。

自周济以宋四家词"领袖一代"[①]，专选宋词的选本在晚清开始流行。如戈载《宋七家词选》、端木埰《宋词十九首》、王官寿《宋词钞》等。相比较而言，专选唐五代词的选本少见。卢冀野曾批评这种唐宋词分流的情况，不免"舍本而逐末"[②]。

在宗派意识渐趋淡薄的晚清至民国初期，选者偏倚宋词的原因，除了宋词数量远逾唐五代词外，更主要的是从学词角度考虑。其一，由于唐五代词"瑕瑜互见"，不易学且不易知，选者从恐贻误后学的角度，往

---

①周济.宋四家词选目录序论//唐圭璋.词话丛编.上海:上海古籍出版社,1986:1643.

②卢冀野.唐五代四大名臣词序[M]//丁寿田,丁亦飞.唐五代四大名臣词.上海:商务印书馆,1940(民国二十九年).

往较为谨慎地回避。其二，宋词特别是南宋词如王、姜、吴、辛词等风格鲜明，初学者容易从技巧层面选择适合自己的模仿对象；而多作为"歌者之词"的唐五代词个性色彩并不鲜明，这一点胡适在《词选序》中曾经提及①。当学词法的目的逐渐从选本中淡出时，唐五代词才重新进入选者的视野。

成肇麟《唐五代词选》、王国维《人间词话》、胡适《词选》等肯定唐五代词的重要地位，并对唐五代词"可学""可知"的部分，进行选录或评论；民国选者俞陛云、林大椿、龙榆生、谢秋萍等，整理和选录唐五代词，进一步促进唐五代词研究的深入。如俞陛云《唐词选释》《五代词选释》选录清新短小、拙朴真挚的词作，并加以诠释注解，点出词中的生动意趣和哲思禅意，帮助读者理解绮情艳语亦有真伪之别。与王鹏运等以"敢于直书"来评价唐五代艳词相比，民国时期对唐五代词的评价，比较通达和客观。

在民国词选中，唐五代词地位渐与宋词相齐，选者一般不再把唐五代词单独分离出来。如胡云翼、俞平伯、夏承焘、刘麟生、孙人和、龙榆生、刘永济等编的选本中，唐五代词都被并入两宋词中，合编为唐宋词选。在笺、注、评等各种形式的唐宋词选中，如曲滢生《唐宋词选笺》、朱孝移《词释》等选本，唐宋词并无地位高下之分。就影响力而言，由于民国词选中所录唐五代小令词大都凝炼精巧，易入人心，加上王国维、俞平伯等对词心词境的阐发，李煜、李璟、韦庄、冯延巳等名家词已流传甚广，并不逊于宋词。

三、由"诗教"向"诗意"主题的转变

纵观唐宋词在晚清民国的接受过程，有两次大的转变：其一，托附比兴以推尊词体，使词由"艳科"的靡靡之音向"与风骚同旨"的雅文学转变。这一转变在嘉道年间就已初步完成。其二，回归词体的文学本位，还原唐宋词的纯文学性。不再侧重于阐发词所负载的诗教内涵，而关注于分析词之"无用之用"的审美特征。这种纯粹从文学审美角度而言的"无用之用"，与前期评价词为"无用之学""小道"迥异，体现出对文学美育作用的重视和自觉。这一转变完成于民国初期。反映出"艺

---

①胡适《词选序》云："词人的个性出来了：东坡自是东坡，稼轩自是稼轩，希真自是希真，不能随便混乱了。"见：胡适，刘石．词选[M]．北京：中华书局，2007:6．

术无功利""为艺术而艺术"的美学思想，也体现出论词、选词由社会历史批评向审美批评角度的转变。

（一）社会历史批评的角度

1.应时、应世之选。

选本分为因词而选、因人而选、因时而选、因地而选、因题而选、因调而选六种①。晚清词选多为应世、应时之选，即"因时而选"。

晚清民国词坛，伤时悯世是词创作的主要基调。"所有幽忧愤悱缠绵芳洁之情，不能无所寄托"②。王鹏运《南宋四名臣词集》中，赵鼎、李光、李纲、胡铨均不以词名世，但选者正是在首肯"名臣""贤臣"身分的基础上，允称其词，这与冯煦评龙川词的忠愤之气，"足唤醒当时聋聩"③，不无相通之处。端木埰在仅收十九首词的《宋词赏心录》中选录岳飞词；胡适、梁启超在选词论词时对稼轩词的揄扬，都不仅仅是从艺术审美的立场，而更多的是从社会历史批评的角度，认可其词中的壮怀激烈之情和家国之思。

晚清词选所选之词，以沉郁顿挫为主，不失内敛含蓄；民国选本所选之词，以发越凄异为多，情感色彩浓郁鲜明。从《宋词十九首》以范仲淹《苏幕遮》（碧云天）开篇，到《宋词三百首》以宋高宗《燕山亭》（裁剪冰绡）为首，其间意绪变化不难体会。五百年未有之变局，激发了国人救亡图存的使命感。龙榆生在《今日学词应取之途径》一文中，反对词作亡国哀思之音，号召作词者应大声疾呼，以挽消沉之世风，"固吾辈从事于倚声者所应尽之责任也"④。晚清词选之怨而不怒、温柔敦厚的主体风格，逐渐被悲愤激昂的基调取代。

2.苏辛词与豪放词选。

中华词选、民族词选、爱国词选、名臣词选等，在民国时期纷纷而出，体现出抗战文学、国难文学的特征。凄婉绵丽的词作在民国词选中地位下降，苏辛词及辛派词人慷慨激昂的作品被遴选出来，成为豪放词的代表作。有些还以歌曲的形式传唱，以激励民众的救国热忱。

选者对苏辛词的青睐并非偶然。在晚清至民国初期的历史背景下，苏辛词特别是辛弃疾词，极适合传达悲壮慷慨的情感。苏辛词在南宋已

---

①任二北.词学研究法[M].上海:商务印书馆,1935(民国二十四年):74.

②龙榆生.近三百年名家词选[M].上海:上海古籍出版社,1979:225.

③冯煦.蒿庵论词[M].唐圭璋.词话丛编.上海:上海古籍出版社,1986:3591.

④龙榆生.今日学词应取之途径[M]//龙榆生.龙榆生词学论文集.上海:上海古籍出版社,1997:107.

受到推崇,在《唐宋诸贤绝妙词选》中,苏轼词选录31首,是该选录词最多的人;《中兴以来绝妙词选》中,也以辛弃疾、刘克庄词选录为多。晚清国势与南宋相近,理解了这一点,就能明了苏辛词在清末至民国初期备受推崇的原因。如欧阳渐、赵景深、夏承焘等编的唐宋词选,都以苏辛的豪放词为主。

夏承焘取《诗大序》"一国之事系一人之本",将其选名为《宋词系》。该选所录均为南渡词人之作,又以辛弃疾、刘辰翁、张孝祥等辛派词人的豪放词作为主,皆"足鼓舞人心,砥砺节概者"①。吴遁生在《宋词选注》中申明其选词标准,就是"以高华雄浑清新雅丽为归"②;李宗邺《满江红爱国词百首》选词亦以"忠义奋发,慷慨苍凉,具有争赴国难,复兴民族之热情者"③为标准。

宋以降,豪放词大都被视为别调,被列入"非雅词"④的行列。清代刘熙载等揄扬苏轼词时,也并不关注其豪放之作,而是着力于挖掘其词空灵蕴藉的特色。民国选者则不同,往往有意选录苏辛词中偏尚豪放风格的作品。唐宋豪放词及唐宋豪放词人群体的建构,正是在选本的不断累积中形成的。赵景深在《民族词选注》中选录毛文锡《甘州遍》(秋风紧)、孙光宪《定西番》(鸡禄山前游骑)等花间词人之作,说明豪放派词"五代早已有之"⑤,并非词之变体,由此确立豪放词的正统地位。

民国时期,豪放词选广泛流传,成为鼓舞和凝聚民心的力量。如欧阳渐所编《词品甲》多录南宋如岳飞、陈亮、张孝祥、刘克庄、文天祥、辛弃疾、张元干、陆游等爱国词人之作,北宋仅录苏轼一人,晚唐五代词人无一首入选。欧阳渐序云:"既谈斯事,应区品类,曲尽其致。然今天下溺矣,救火追亡,直奔走呼号而无及,故其他一俟承平,而先发奔走呼号之一声。"⑥又举夫差为父复仇为例,突出其无涯之悲愤,借以唤起民众急国难的危机感,也解释了为什么该选偏倚裂石穿云之作的原因。集中所选,如文及翁《贺新郎》(一勺西湖水),张元干《贺新郎》(梦绕神州路),刘克庄《贺新郎》(国脉微如缕)、(北望神州路),

①夏承焘.宋词系[M]//夏承焘.夏承焘集:第三册.杭州:浙江古籍出版社,浙江教育出版社,1997:479.

②吴遁生.宋词选注[M].上海:商务印书馆,1935(民国二十四年):1.

③李宗邺.满江红爱国词百首[M].上海:商务印书馆,1938(民国二十七年):1.

④江顺诒,宗山.词学集成[M]//唐圭璋.词话丛编.上海:上海古籍出版社,1986:3266.

⑤赵景深,民族词选注[M].上海:商务印书馆,1940(民国二十九年):1.

⑥欧阳渐.词品甲[M].南京:支那内学院,1933(民国二十二年).

张孝祥《六州歌头》（长淮望断），刘过《六州歌头》（中兴诸将），岳飞《满江红》（怒发冲冠），张孝祥《满江红》（千古凄凉），苏轼《无愁可解》（光景百年），皆是借宋词之酒杯，浇心头之块垒。所收之词句，如"渡江来、百年歌舞，百年醉醉""国事如今谁倚仗""万里江山知何处""君莫道、投鞭虚语。自古一贤能制难""多少英雄沈草野，岂堂堂、吾国无君子。起诸葛，总戎事""骂贼睢阳，爱君许远，留得声名万古香"等，皆可谓是选者感愤国事而激越难平之心声。

另如龙榆生《唐五代两宋词选》、易孺《韦斋活叶词选》等，也是以激发青年人的爱国热忱为目的。新中国成立后胡云翼编的《宋词选》，以"高举爱国主义的旗帜"的豪放词为主流，以"代表南宋士大夫的消极思想和个人享乐思想"[1]的婉约词为逆流，这种对词体艺术风格做是非判断的区分，与民国豪放词选盛行的背景不同，兹不论。

（二）审美批评的角度

民国词话和词选中，表现出对词之纯文学特质认识的自觉，也体现出中西方文化交锋和融汇的特色。如王国维《人间词话》主张以"自然之眼"观物，就带有借用叔本华所言"世界之眼"的痕迹；胡适在白话文运动中提倡"鲜明扑人的影像"，就明显受到美国意象派诗歌的影响。西方文艺理论的传入，也引起了文艺界的思考与论争。如"为人生而艺术"与"为艺术而艺术"的论争就是其中之一。前者关注文学的社会功用性，一般被归入现实主义一派，主张抒写时代精神，揭露社会弊端；后者提出艺术无功利主张，强调文学的"全"与"美"，一般被视为浪漫主义一派，强调文学必须忠实地表现作者自己"内心的要求"，重视文学的美感作用[2]。"为人生而艺术"的主张，与应时、应世之选的目的一致，民国时期苏辛词派的形成与此相符；"为艺术而艺术"的主张，补充了晚清词学批评中较为薄弱的审美批评环节。晚清对于词之正统地位的强调，在民国时期转变为对词之纯文学性认识的自觉。这一主张对民国词学发展产生了重要影响，民国选者尤为注意词的艺术性。如胡云翼就在《抒情词选》明言，他是"站在'艺术'的立场来选词的"[3]。数年后，胡云翼编《词选》时，仍强调其所编词选，"是抱着赏鉴艺术的博爱

①胡云翼.宋词选[M].上海：上海古籍出版社，1983:18.
②关于"为人生而艺术"与"为艺术而艺术"的主要内容及其论争，参见：钱理群，温儒敏，吴福辉.中国现代文学三十年[M].北京：北京大学出版社，1998:16-17.
③胡云翼.抒情词选[M].上海：亚细亚书局，1928(民国十七年):2.

的态度"①。这种"艺术"的立场，又主要表现为对词之柔婉风格的偏倚。如李宝琛在《绝妙词钞》中，就阐明他是以"春花烟月的心情，僄俏的眼光"②来选词的，与晚清重、拙、大的词学观念迥异，颇能代表民国时期"为艺术而艺术"的词坛风气和选词态度，体现出论者、选者逐步摆脱诗教的束缚，从纯文学的角度对唐宋词进行批评和总结的自觉意识。

虽然历代论词者都对词之纯文学性有所论及，但在词被卑为"小道"的背景下，论词者往往只能以尊体的方式来提高词之地位，阐发词之微言大义。晚清至民国初期，冯煦、况周颐、王闿运等逐渐重视词之审美特质，对词心、词境、词情、词趣进行了阐发。但从纯粹审美的角度论词，并形成自觉的理论体系，应以王国维《人间词话》为开端。王国维指出："词乃抒情之作，故尤重内美。"③肯定词的独胜之处。又引陈子龙之语云："宋人不知诗而强作诗，故终宋之世无诗。然其欢愉愁怨之致，动于中而不能抑者，类发于诗余，故其所造独工。"④故北宋诗词兼擅者如欧阳修、秦观，词之创作成就远胜于诗，"以其写之于诗者，不若写之于词者之真也"⑤。选者和读者逐渐认识到：词具有"能言诗之所不能言"等美学特征。词能远离"关系""限制"⑥的束缚，其宛转绵邈、深情雅致更胜于诗。这种审美批评方式在民国初期俞陛云、缪钺等的词选、词论中，得到进一步阐发。

民国时期，词的"绮艳""轻盈""幽美"等特征，被肯定为词的"文艺的独在性"⑦。词被定位为古典文学中"优美的有价值的真是艺术品的文学作品"⑧，成为纯文学样式的代表之一，这是晚清民国时期由传统词学向现代词学转变的一大关揆。就词选而言，主要表现在唐五代北宋小令词地位逐渐提高。南唐君臣词、二晏父子词、六一词、方回词等，越来越受到选者和读者的青睐。偏倚柔婉轻约风格的抒情词选和女

①胡云翼.词选[M].上海:亚细亚书局,1933(民国二十二年):3.

②李宝琛.绝妙词钞[M].上海:黎明书局,1933(民国二十二年):3.

③王国维.人间词话[M]//唐圭璋.词话丛编.上海:上海古籍出版社,1986:4266.

④王国维.人间词话[M]//唐圭璋.词话丛编.上海:上海古籍出版社,1986:4251-4252.

⑤王国维.人间词话[M]//唐圭璋.词话丛编.上海:上海古籍出版社,1986:4256.

⑥王国维云:"自然中之物,互相关系,互相限制。然其写之于文学及美术中也,必遗其关系、限制之处。"见:王国维.人间词话[M]//唐圭璋.词话丛编.上海:上海古籍出版社,1986:4240.

⑦巴龙.二晏词[M].上海:启智书局,1933(民国二十二年):4.

⑧朱孝臧.词释[M].保定:协生印书局,1937(民国二十六年):1.

性词选开始盛行。

其一，抒情词选①的盛行。随着对唐宋词之纯文学特质认识的自觉，词心之柔婉细腻以及"风花雪月"的缠绵悱恻，得到选者的承认和重视。富有感伤色彩的描写悲情、恋情之词，尤受选者青睐。

最早以"情"来命名选本的是明人施子野的《情词》，但该选所录并非词，而是"描写恋爱"的曲选。不过其"情词"之名，颇受民国时期词选者的欢迎和认可。许啸天将该选加新式标点予以出版，名为《新式标点情词》。周瘦鹃也仿此名，选元、明、清及近代词人词作编成《情词》四卷。另如范烟桥《销魂词选》、刘季子《分类写实恋爱词选》等，都偏倚柔婉细腻风格，体现出对词为抒情文学认识的深化。其中《销魂词选》②将收录的女性词分为怀人、咏物、感时、别绪、哀悼、投赠、题咏、闺怨、艳情、无题等10类，在分类中并无品第高下之意，只是突出词对不同情感的细腻表达。

以1928年（民国十七年）王君纲编的《离别词选》③为例，该选共录唐宋词100首，均为含蓄绵邈、婉转情深的离别词。细目又分送别、送友、临别、留别、饯别、忆别、怀人、忆外、惜别、别恨、恨别、旅恨等37种。从这些分类来看，可见选者较重视词之不同情境的区分，对悲情愁绪的体察细致入微。反映出民国词学对词体的认识逐渐丰富。

选者在词选中细致地区分词所蕴涵的不同情感色彩，促进了对词之抒情特质的认识。民国词学家余毅恒《词筌》将词中所表达"人事上"的感情，分为喜欢、愤怒、快乐、哀伤、亲爱、憎恶、冀欲、懊丧、企慕、决绝、高澹、闲雅、恐怖、力量、活泼等④。其中，悲壮、激愤、感伤的情感，可谓是民国词选的主要基调。悲壮、激愤的情感，主要体现在豪放词选中；感伤的情感，在词选中主要表现为偏倚柔婉一派风格。自冯煦以"古之伤心人"评价"词心"之秦观，民国论词者较关注词抒写哀感悲情的"言长"之特点。如胡云翼《宋词人评传》中将柳永与李煜词比较，分析词中之哀感：

---

①广义而言，豪放词选也属于抒情词选。这里借用胡云翼《抒情词选》的标准，抒情词选指偏倚恋情、悲情等婉约风格的词选。

②范烟桥《销魂词选》为历代闺秀词选。见：范烟桥.销魂词选[M].上海：中央书局,1934(民国二十三年).

③王君纲.离别词选[M].上海：良友图书印刷公司,1928(民国十七年).

④余毅恒.词筌[M].上海：正中书局,1943(民国三十二年):48-53.

李后主是由圣洁的挚情,极沉痛的哀感,婉约地、简质地表现出来,这是李词;耆卿则由他那浪流的生涯,沉沦的痛苦,铺张缠绵地描写出来,这是柳词。①

论者指出李煜、柳永悲情词的不同哀感和表现方式,阐发对词心词境的理解。

与晚清选者结合衰世、盛世等写作背景,来评价小令、长调的优劣不同,民国选者更注重阐释小令与长调的不同美感。如胡云翼以二晏词为代表,分析小令容易表现自然的音节之美,更具有柔美特性②,读了使人起"一种温婉腻细的感触"③,这种柔美的小令在民国时期颇受选者、读者的青睐。

其二,女性词选的盛行。随着女性意识的觉醒和女性地位的提高,民国时期出现了大量女性词选。从艺术审美而言,词之婉约特质更适合歌女按"红牙拍板"而歌;女词人之作又比"男子作闺音"更为真实动人④,是女性词选大量增加的主要原因。

清代女性词人的数量远胜前代。在徐乃昌编的《小檀栾室汇刻闺秀词》和《闺秀词钞》中,收录清代女词人有600余家。民国时期有10余种流传广泛的女性词选。如吴灏《历代名媛词选十六卷》《闺秀百家词选》,徐珂《历代闺秀词选集评》,张友鹤《历代女子白话词选》,孙佩苣《女作家词选》,李白英《中国历代女子词选》,云屏《中国历代女子词选》,李辉群《历代女子词选》,等等。胡云翼编有《女性词选》,在辑录的《词学小丛书》10种中,他还收录了李清照、吴藻两位女性词人词选。女性词选的增加与当时选者对词之审美特质的重视密切相关。孙佩苣不无自豪地声称,真正具有词的本相、词的价值,"在文艺上,美术上,可以翘然独树一帜,当得起'真'和'美'的,只有我们女子做的

①胡云翼.胡云翼说词[M].上海:华东师范大学出版社,2004:73.

②"小词本来很少豪放的(也容许有例外,如吴彦高'南朝伤心千古事',范仲淹的'塞下秋来风景异'均很有排宕势),二晏之小词,自然也是属于婉约这一方面。""长词须用韵太多,不免做作硬凑,音节难于联贯,小词则容易表现自然的音节之美。"见:胡云翼.胡云翼说词[M].上海:华东师范大学出版社,2004:81.

③胡云翼.胡云翼说词[M].上海:华东师范大学出版社,2004:81.

④孙佩苣云:"女子们既没有求名的心,又没有求利的心;他所做的词,完全在表显自己的情绪,或是安慰自己的痛苦,决不是无病呻吟,扭捏作态;所以尽管冲口而出,不加雕琢,也总要比着男子们所做的容易动人。"见:孙佩苣.女作家词选[M].上海:广益书局,1930(民国十九年):10.

词了"①。

在女性名家词的确立中，以李清照词的接受过程最为复杂，也最具有代表性。清初王渔洋以李清照、辛弃疾为"济南二安"；《四库全书总目》称易安词"为词家一大宗"；张惠言《词选》录易安词4首，在张先、姜夔之上；江顺诒、陈廷焯都较为推崇易安词；晚清沈曾植《菌阁琐谈》以易安词为"婉约主"，与豪放主幼安并列。但在晚清选本中，选者对易安词的推举极为谨慎。周济认为易安词为闺秀词中最佳者，但终以"究苦无骨"②为评，其《词辨》中仅选录1首。周济之言反映了晚清选者对易安词的普遍评价。如蔡嵩云评易安词笔纤巧，非学词正轨；朱祖谋《宋词三百首》选易安词反复斟酌，几次增删；王国维在《人间词话》中对易安词不置一评。王闿运、朱祖谋、吴梅选录易安词都极为经意，并不提倡"易安笔法"，更不主张模仿易安词用字遣词出奇出新之处，担心学之不当，而堕尖巧之弊。在晚清唐宋词选中，易安词的地位不高。

随着女性文学开始受到关注，女性词特别是易安词的地位，在民国逐渐提高。刘麟生《词絜》中选录李清照词11首，在所选北宋词人中占据第5位；刘永济《唐五代两宋词简析》将李清照作为一个专题；胡云翼《抒情词选》中将李清照与李煜、欧阳修、苏轼、辛弃疾并列，都归入"我所最爱的词家"③。孙佩苣《女作家词选》则评李清照词"足以抵得过无数的李后主，张子野，姜白石，辛稼轩，以及一切一切的男作家了"④。晚清如周济、戈载等编的词选中，易安词不入名家之列；民国词选才确立了易安词的名家地位。李清照、朱淑真等名家词地位的确立，也引起选者对女性词人群体的关注，选者开始全面收集历代女性词人词作，如徐珂编的《历代闺秀词选集评》《历代女子白话词选》。在各种女性词选中，历代女词人的生平事迹得到整理，在词话中不受重视的女性词话，开始进入研究者的视野⑤。谭正璧辑的《女性词话》中，收录56名女性词人的生平及词之本事、评论等。在女性词选收录女性词人词作的

①孙佩苣.女作家词选[M].上海：广益书局,1930(民国十九年):24.

②周济.介存斋论词杂著[M].//唐圭璋.词话丛编.上海：上海古籍出版社,1986:1636.

③胡云翼.抒情词选[M].上海：亚细亚书局,1928(民国十七年):3.

④孙佩苣.女作家词选[M].上海：广益书局,1930(民国十九年):4.

⑤据白贵、李世前统计："(沈雄)《古今词话》保存女词人的完整词篇33首,词句38句,作者47位;《历代词话》保存女词人的完整词篇36首,词句18句,作者45位".见:白贵,李世前.词话与女性词的保存与传播[J].河北学刊,2006,26(1):137.民国时期才出现系统的女性词话.

同时，民国的唐宋词选本及历代词选本中，女性词人词作的数量不断增加。逐渐形成李清照、朱淑真、顾太清、吴藻、秋瑾等"必选"的女性名家词群体，其他如严蕊、徐灿、黄媛介、沈善宝、沈鹊应等女性词人开始受到研究者的关注，俞陛云的选本中还选录了杨贵妃词。女性词人词作的高下"梯队"，在比较中显现出来。如孙佩苣就将李清照列为宋代女性词人之冠冕；将朱淑真列于其后；"再次一等"，则列出王红娇、严蕊、美奴、戴石屏妻等[①]。

抒情词选和女性词选的流行，反映出对词之纯文学特质认识的回归和自觉，标志着审美批评已逐渐取代社会历史批评，成为唐宋词选的主要批评方式。

本 章 小 结

晚清民国是唐宋词全面总结的时期，出现了大量的唐宋词选本，尤以光宣至民国初期的词选影响最大。可分为4个阶段：第一阶段包括道、咸、同时期，为清代词选的发展期；第二阶段从光宣至民国初期，为清代词选发展的繁盛时期，出现了冯煦《宋六十一家词选》、成肇麟《唐五代词选》、朱祖谋《宋词三百首》等近现代广泛流传的唐宋词选本；第三阶段是传统词学向现代词学的转型期，以胡适《词选》为代表，出现了一批兼含词选、词史、词论等过渡形态的词选；第四阶段以龙榆生《唐宋名家词选》、俞平伯《读词偶得》为代表，标志着现代形态的唐宋词选逐步完善并臻于成熟。

晚清至民国时期百余年间，唐宋词选的编选宗旨、编选范围、批评标准、批评形态等发生了较大的变化。如宗派意识逐渐弱化；唐宋词选由晚清时期的分选体例改为合选；晚清人整理的大型唐宋词籍取代唐宋人选唐宋词，成为民国时期选唐宋词的主要选源；批评标准由晚清时期偏重社会历史批评逐渐转向审美批评；等等。这些嬗变促进了唐宋词选的现代转型。

---

①孙佩苣.女作家词选[M].上海：广益书局,1930(民国十九年):7.

第二章　词法门径体词选及其转型

第一节　"学词"与"词学"的浑融与分化

一、"群体的选择""历史的选择"与"学词法的选择"

萧鹏以"群体的选择"[①]概括唐宋人选词的特色，将唐、五代至元初四百年内的词人分为十大词人群体，指出每一种词选或"词选群"背后都有一个相应的"词人群"。每一个选本不仅代表编选者个人的观点，更体现出他所属群体的观点，即"群体选择"，是选者所归属的词人群体"集体选择的结果"[②]。但"群体的选择"更多地体现在当代人选当代人词中，如唐宋人选唐宋词、清人选清词及体现出鲜明归属意识的地域词选中。南宋周密的《绝妙好词》、清代孙默的《国朝名家诗余》都分别体现出南宋临安词人群体、清初扬州词人群体选择的特色[③]。选者以自己归属或有认同感的当代词人群体作为编选对象，体现出较为鲜明的宗派观

---

①萧鹏解释"群体的选择"有三重含义，"其一，词选是编选者归属的那个群体的集体选择的结果（群体选择），不仅仅属于编选者个人。其二，词选以前代或当代词人群体及其创作为选择对象（选择群体）。其三，一些词选以其相近或相同的类型构成群体共同对词坛进行审视和选择（词选群体选择）"。见：萧鹏.群体的选择——唐宋人选词与词选通论[M].台北：文津出版社，1992:11.此处主要分析第一层含义，即"群体选择"。

②萧鹏.群体的选择——唐宋人选词与词选通论[M].台北：文津出版社，1992:11.

③张宏生对孙默《国朝名家诗余》的词坛背景和编选主张进行了分析："围绕在孙默周围的是一个阵容庞大、影响力多向渗透的群体，他们或为被选之词人，或为选者和圈点者，或为作评者，造成了浩大的声势。他们的理论主张对后世多有启发，而孙默本人的词学修养也在这样的活动中有所体现。"见：张宏生.总集纂集与群体风貌——论孙默及其《国朝名家诗余》[M].中山大学学报（社会科学版），2006，46(1):16.

念。不同的词学流派通过选本这种传播媒介，展现词人群体的构成，表达主要的词学观念。不同的唐宋"词人群"和"词选群"，在传播和接受过程中，不断融合与互补，积淀为"历史的选择"①，成为读者普遍接受的唐宋词人名家群体。

"群体的选择"强调共时的选择，呈现出选者所属流派的观念；而"历史的选择"强调历时的选择，即在接受过程中，读者对选录不同"词人群体"的选本的不同态度，并且可能再次进行"群体的选择"。"历史的选择"往往会弥补由于宗派选择的偶然性和主观性所带来的偏颇，而保持一种"动态的平衡性"②，使得前代不同词人群体的地位得以平衡；而"群体的选择"往往带来新变的因素，体现出当时词坛的风气和审美取向。

晚清人选唐宋词在这两种特色之外，最突出的特点是为传授学词法而选词，可称之为"学词法的选择"，即通过选词介绍词法、门径，并通过选本予以广泛传播，使学词者有辙可寻。词法门径体选本产生的最初动因，是为了授业课徒之需。如张惠言《词选》、王闿运《湘绮楼词选》等。王敬之云："填词之不工，由于填词之无法；而读词之无法，由于选词之未精。"③表达的正是这种选者之心。为学词而选词的选本追求门径、技法，择选苛严，往往只录数家词，将不适合初学的作家作品完全剔除，这也是清末词选比清初更为精审的主要原因。

虽然对作法、技巧的分析是诗文选本的重要内容，但在嘉道以前的词选本中，学词法、填词技巧并不是主要目的，更不会因此决定选者的取舍标准，这种现象主要是由词体地位决定的。唐宋时期的词选多为唱本，俾歌者应时应景倚丝竹而歌，为娱宾遣兴之用，不登大雅之堂；清初词选虽为读本形式，但词仍卑为小道，是不得志者的寄情之言。《四库全书总目》评云："词曲二体在文章、技艺之间，厥品颇卑，作者弗贵，特才华之士以绮语相高耳。"④在这种背景下，词选大多并不带有传授学

---

①罗忼烈《试论宋代词选集的标准和尺度》一文中提出，以数据统计的方式来判定这种历史选择的影响："古今著名的词选到底选哪些人的作品最多？在古今著名的词话书里被提出的是哪些人最多？一人之作而被评论的个别篇章又是哪些人最多？如果我们不惮烦，统计一下，得到的数字就是历史的见证。词人甲乙，不中不远。"王兆鹏、刘尊明将两宋词人进行统计排名，并得出"历史的选择"的相关结论。见：王兆鹏，刘尊明.历史的选择——宋代词人历史地位的定量分析[M].文学遗产，1995(4)：47-54.

②王兆鹏，刘尊明.历史的选择——宋代词人历史地位的定量分析[M].文学遗产，1995(4)：48.

③王敬之.宋七家词选序[M]//戈载.宋七家词选.曼陀罗华阁重刊本.1885(光绪十一年).

④永瑢，等.四库全书总目[M]..北京：中华书局，1965：1807.

词门径的目的。

　　清中叶以降，词体地位提高，为学词而选词成为选者的主要目的。词选模仿诗文选本的编纂方式，重在示人门径、指点作法。以张惠言《词选》为开端，经过常州词派的不断阐释和丰富，词体逐渐摆脱"艳科""小道"的评价。1905年（光绪三十一年）废除科举制度后，学词之风更盛。为学词而选词，反映出词之地位已渐与诗、文相齐。

　　正因为从学词的角度选词，选者关注的是"师法"，重在"示后生以圭臬"①，所以晚清民国的选者，即使在论词时体现出一定的宗派意识，但表现在选词时要弱化得多。如胡适《词选》以浅易白话为宗旨，但其选中实不无用典繁密之词；彊村词派偏倚南宋，但《宋词三百首》中北宋词实占有较大的比例。另如冯煦将选词与论词从形式上进行分离，胡云翼选词与论词呈现差异等。这些都是因为选者从学词角度考虑而作出的选择。唐五代艳词在晚清词话中评价较高，但在选本中极少收录，这种论词与选词之间的巨大差异，体现出清末至民国初期选者在学词法影响下所作的取舍。

二、学人选词与为学词而选词之利弊

　　学词法的选择标志着词体地位的提高。学人选词与学词之法本无直接的联系，但值得注意的是，晚清词坛学者型词人如朱祖谋、王闿运等，多是中年转辙学词，并在学词的同时开始进行词学研究。他们对初学入门的途径及填词技巧较为关注，也将自身学词的甘苦心得，体现在词论、词选中，促进了为学词而选词的发展。

　　清初选家如朱彝尊以《静志居琴趣》名世，纳兰性德以《饮水词》名世，在创作上都有较大的影响。乾嘉以降，这种情况发生变化，选者多并不擅长于词的创作。陈匪石总括曰："近二百年来，善言词者，词多不工。"②如编《词雅》的刘逢禄，其集中词仅7首，谭献叹云："亦所谓善易者不言易也。"③《湘绮楼词选》的编者王闿运词作也不多，"间以游

　　①舍之.历代词选集叙录（六）[M]//唐圭璋,施蛰存,马兴荣.词学:第六辑.上海:华东师范大学出版社,1988:217.

　　②陈匪石,钟振振.宋词举[M].南京:江苏古籍出版社,2002:211.

　　③谭献.复堂词话[M]//唐圭璋.词话丛编.上海:上海古籍出版社,1986:4015.

艺为之，非专家也"①。戈载虽有《翠微花馆词》30卷，但句意平实，"平庸少味"②，当时即有"泥美人"之讥。另如万树、戈载、陈廷焯、樊增祥、成肇麟等，皆不以词名。选词、论词与创作之间的差距，使得选者在选本中尤为关注学词法，并将自己的学词之得失展现在选本中，以示人津梁，度人金针。从张惠言《词选》、周济《宋四家词选》、戈载《宋七家词选》到朱祖谋《宋词三百首》，在选本中对师法、技巧的探求一脉相承。

（一）词选：学词之教程

"夫初步读词，当读选本。"③在况周颐《词学讲义》、陈匪石《声执》、刘麟生《词絜》、凌善清《历代白话词选》中，都列有初学者入门必读词选书目。

况周颐《词学讲义》为初学者列出数种词选④：清代选本列《蓼园词选》《宋词三百首》2种，尤为推崇《蓼园词选》为"词之导师"（《蓼园词选·序》）。蒋兆兰《词说》为学词者推荐了《词选》《宋四家词选》《宋七家词选》《绝妙好词》等4种⑤。龙榆生则揄扬《宋四家词选》是近代词选中"最能示人以津筏，最有步骤及计画者"⑥。徐珂《清代词学概论》评戈载《宋七家词选》、朱祖谋《宋词三百首》最适于初学，又将《蓼园词选》等列入宜读词选。夏敬观推举冯煦《宋六十一家词选》、朱祖谋《宋词三百首》、龙榆生《唐宋名家词选》3种选本"为佳"⑦。胡云翼《宋词研究》列学词参考的唐宋词选有《唐五代词选》（成肇麟⑧）、《宋六十一家词选》（冯煦）、《宋七家词选》、《宋四家词选》、《词选·续词选》等。从词学家推荐的词选书目中，不仅可以看出他们对词选的评价，还可略知哪些选本在当时受到普遍认同。

陈廷焯、陈匪石等在推荐选本的同时，从选者的角度，对历代词选尤其是晚清词选做了评价。如陈匪石评云：

①张璋，职承让，张骅，等.历代词话续编[M].郑州：大象出版社，2005:1.

②谢章铤.赌棋山庄词话续编[M]//唐圭璋.词话丛编.上海：上海古籍出版社，1986:3558.

③夏敬观.蕙风词话诠评[M]//唐圭璋.词话丛编.上海：上海古籍出版社，1986:4599.

④况周颐，孙克强.蕙风词话广蕙风词话[M].郑州：中州古籍出版社，2003:154-156.

⑤蒋兆兰.词说[M]//唐圭璋.词话丛编.上海：上海古籍出版社，1986:4631.

⑥龙榆生.选词标准论[M]//龙榆生.龙榆生词学论文集.上海：上海古籍出版社，1997:82-83.

⑦夏敬观.蕙风词话诠评[M]//唐圭璋.词话丛编.上海：上海古籍出版社，1986:4599.

⑧胡云翼选本中误署为冯煦。

初学为词,宜从张惠言《词选》或周济《宋四家词选》入手。既约且精,毫无流弊,以奠其始基。再进一步,则《唐五代词选》《宋六十一家词选》为必读之书。而广之以《词综》,参之以《七家》《十六家》《三百首》。既各补其所未备,如《七家》之草窗、碧山、玉田,十六家之方回、蜕岩;又可因取舍之不同而见其流别。①

陈匪石推荐的诸种词选,都是清人编的唐宋词选,又以晚清编的词选为主。主张初学者在熟读这些选本的基础上,知其途径流别后,再读宋人四总集以及《花间》②。这种逆溯,无疑是认为晚清人选唐宋词更为雅洁、更适合初学的缘故。

（二）学词的高度技巧化

晚清选者对学养的融入及如何由人巧臻天工有较大的兴趣,并热衷于探求"如何学""怎样学"。"不成何必学"③,学则必求有所成,选者对唐五代两宋词的不同态度都由此而发。诗文选本中总结的创作技巧及相关评论话语,在词选中得到广泛借鉴和采用。

其一,门径。四家、七家、十六家等都为示人门径之意。即在唐宋词人中挑选出数家之词,编选成集。读者可从其中一家入手开始学词,或者沿着选者指示的途径循序渐进。

在晚清词选中,最有代表性的词法门径之选是周济的《宋四家词选》。周济提出"问途碧山,历梦窗、稼轩,以还清真之浑化"④的学词法,认为学词者若沿此轨辙,"专精一二年,便可卓然成家"⑤。在《宋四家词选》中,周济并不以作品的优劣高下来评价南北宋词人词作,而是从有益初学的角度选词、论词。如周济因稼轩词"沉着痛快,有辙可寻",而退苏进辛;该选"纠弹姜、张,刻剌陈、史,芟夷卢、高"⑥,非词史之公论,但其"由中之诚",仍然得到选者及读者的认可。杜文澜评云:"示人从学之径,为阅历甘苦之言"⑦,认为周济旨在示人门径,并非任意进退古人。

---

①陈匪石,钟振振.宋词举[M].南京:江苏古籍出版社,2002:207.

②陈匪石,钟振振.宋词举[M].南京:江苏古籍出版社,2002:207.

③况周颐,孙克强.蕙风词话　广蕙风词话[M].郑州:中州古籍出版社,2003:151.

④周济.宋四家词选目录序论[M]//唐圭璋.词话丛编.上海:上海古籍出版社,1986:1643.

⑤周济.宋四家词选目录序论[M]//唐圭璋.词话丛编.上海:上海古籍出版社,1986:1646.

⑥周济.宋四家词选目录序论[M]//唐圭璋.词话丛编.上海:上海古籍出版社,1986:1646.

⑦杜文澜.论词三十则[M]//唐圭璋.词话丛编.上海:上海古籍出版社,1986:2853.

在晚清四大词人中，较为注重学词门径并有相关论述的是况周颐。况氏论词虽提倡出自然于雕琢，但也特别强调："唯是致力之始，门径不可不知。"①指出晚近词坛的轻佻、纤巧、饾饤之失，皆因未能辨识门径而误。反对学词者由唐五代词入门，主张由南宋词入手，先求妥帖，再求和雅、深秀，乃至精稳、沉著②。况周颐对学词门径的提炼及逆溯之法，后来在陈匪石《宋词举》中以选本形式呈现出来。

其二，作词技法的分析。诗庄词媚，词以婉约为本色，故其作法"不可尽以文章技术概括之"③。沈义父《乐府指迷》、张炎《词源》是词学史上较早的论作词法的著作。如张炎《词源》从音谱、拍眼、制曲、句法、字面、虚字等15点，谈作词之法。杨守斋也提出择腔、择律、填词按谱、随律押韵、立新意等较为系统的作词五要④。

清代较早在选本中探求填词技法的是张惠言。张惠言在《词选》中分析温庭筠《菩萨蛮》15章，梳理各章"提起""结""领起"的转承，对词之篇章、句法做了分析。这种对词之技法的关注，成为选者论词的主要内容。如《蓼园词选》《宋四家词选》堪为代表。周济在《宋四家词选》中提出明确的学词途径，又以勒提跌宕、正说反说、顺逆相足等法，来总结作词之技巧，促进选者对作词法的重视。民国初期，龙榆生、陈匪石等选者承继周济等对词之章法、句法、用笔的总结，并予以丰富和发展。

但在选本中透彻地讲解作词法，显然是有困难的，所以专门的学词法小册子应运而生，以补充词话、词选兼顾"词学"与"学词"的不足。1911年，陈锐编《词比》，从字句、协韵等方面举例详论词之作法，其自序云："使党人得志，开词学堂，其必以此为初级教科书矣。"⑤另如傅绍光《学词初步》、傅汝楫《最浅学词法》等，都是晚清流行的作词法小册子。世界书局还曾专门约请夏承焘编写《词之作法》一书⑥。

民国时期，致力于编写学词法、作词法的还有顾宪融、陈栩、吴梅等，其中以顾宪融的成就最为突出。顾宪融编有《填词百法》《填词百日通》《填词门径》等数种学词入门读物，流行甚广。如1926年（民国十五

①况周颐.蓼园词选序[M]//黄苏,周济,谭献,尹志腾.清人选评词集三种.济南:齐鲁书社,1988:3.

②况周颐.蕙风词话[M]//唐圭璋.词话丛编.上海:上海古籍出版社,1986:4590.

③余毅恒.词筌[M].南京:正中书局,1946(民国三十五年):43.

④王又华.古今词论[M]//唐圭璋.词话丛编.上海:上海古籍出版社,1986:593.

⑤陈锐.词比[M]//龙榆生.词学季刊.上海:上海书店,1985:113.

⑥夏承焘.天风阁学词日记[M].杭州:浙江古籍出版社,1984:331.

年）编写的《填词百法》，至1931年（民国二十年）已刊行第6版，可见该书之畅销，亦可反映出此类书在当时的普及程度。

这些学词法小册子与词选一样，属于学词入门的基础读物，在编纂体例上，与词选有许多相似之处。就形式而言，每一种填词法图书都可以理出一个选本的框架来；就内容而言，许多方法可以在不同类型的选本中找到相似的论述。以顾宪融《填词百法》为例，其中上卷所列四声辨别法、阴阳辨别法、五音辨别法等在词谱体词选中多有涉及。下卷论词派研究法，自唐至近代，其中列唐五代13家词，两宋17家词[①]，各录其词数阕，并由此归纳出30种研究方法，实可视为唐宋30家词选。其每章"先陈其人出处，次为博采诸家评语，参以己意，一一论次之，后列其词"[②]的体例与选本完全一致，对词人风格的总结及地位的评价，与选本无明显差异。但《填词百法》在选本的基础上，总结了如虚字、衬字、属对、炼句、布局、起结、转折等遣词谋篇之法。一些在选本中随意批点的作词法，被提炼出来作为学词者的指导，如空际盘旋法、先空后实法、言浅意深法等，其中所列"十六要诀法"，即采用孙麟趾《词迳》中的"作词十六字要诀"。但该著层次不明，体例驳杂，引入他论未列出处。与《填词百法》相比，1928年（民国十七年）刘坡公所编《学词百法》的编纂体例就显得较为清晰。该书从音韵、字句、规则、源流、派别、格调等6个方面来总结词之作法[③]，体现出较强的系统性。这些作词法小册子，进一步促进了读者对方法、技巧的关注。

三、学词法技巧之检讨

选本中对学词法的关注以及专门的学词法图书的出现，使近现代词学在产生初期就与"学词"密切相关，呈现出混沌不分的状态。民国初期，对作词法的探讨，是词学研究的主要构成部分，以1918年（民国七年）谢无量著的《词学指南》为例，其目录为：

第一章词学通论
　　第一节词之渊源及体制
　　第二节作词法

---

①此把二晏合为一家而论。

②顾宪融.填词百法：卷下[M].上海：上海中原书局，1931（民国二十年）：2.

③刘坡公.学词百法[M].上海：上海古籍出版社，1982.

　　从命名及章节的架构中可以看出，谢无量对词学研究范围的界定，包括词体、词韵、词人、作词法4个部分。就具体内容而言，谢著中论及的"作词法""词韵""填词实用格式"，与民国年间的填词法、学词法等小册子并无不同。另如梁启勋的《词学》，虽命名为"词学"，但该书无论在体例还是在内容上，都与当时的学词法小册子相似。

　　正如前文所言，清代选词者、论词者如周济、戈载、王闿运、陈廷焯等虽在选本中指示途径、轨辙，但就具体创作成就而言，并不尽如人意。这种选词、论词与创作之间的差距，显示出学词与词学存在的区别，即论词者未必懂得填词，而填词者未必擅长提炼。因此在晚清时期，已经出现了"词学"与"学词"在实际层面上的分化。

　　就晚清词而言，融词学于填词的词学词、考据词，大都与理论上倡导的"以学养相济"偏离。虽文有其质，却未能达到学问与性情的相浃互化，摛藻绮密多有晦涩之弊，词之要眇宜修的抒情性渐趋淡薄。或追求典故的深隐细密，或直接将学术考证添加于词，读者有时连序言都无法看懂，更无遑谈及欣赏。词学之词、考据之词往往不是个人内心情感的再现，而是表达对象化的学术语言。龙榆生指出"文有其质"的学人之词"利之所在，弊亦随之"②。王国维在以学问入词的浓厚风气下，强烈主张"赤子之心"的创作，认为"彊村虽富丽精工，犹逊其（蕙风）真挚也"③。

　　既然倡导学词门径的词学家们的作品都未能成为典范，那么，徒由学词门径、学词百法来掌握填词技巧的后学们，更易流于肤廓浅薄。大多数学词者抱着速成的目的，热衷于如何运用技巧来填词，清末词坛中技巧纯熟而"毫无内心"的"试帖词"④比比皆是。况周颐、吴梅、龙榆

　　①谢无量.词学指南[M].上海:中华书局,1935(民国二十四年):1.
　　②龙榆生.龙榆生词学论文集[M].上海:上海古籍出版社,1997:405.
　　③王国维.人间词话[M]//唐圭璋.词话丛编.上海:上海古籍出版社,1986:4268.
　　④夏承焘.天风阁学词日记[M].杭州:浙江古籍出版社,1984:326.

生等对这种"偏于技术"①的创作风气表示了忧虑，提出以顿悟、妙悟相济，注重性情、襟抱在创作中的重要作用。

况周颐意识到"不成何必学"只是一种激励而已，至于成就名家更非易事。若无襟抱又词格卑弱，徒求技巧词笔，恐不免会误入歧途。吴梅《论词法》指出，词之间架结构并不难学，难在撷芳佩实，自成一家。前为规矩之谈，后为天籁之巧，有非言语可以形容者②。王国维《人间词话》提出"豁人耳目""脱口而出"③方为大家之作，反对矫揉妆束、有格无情之词。龙榆生评《宋四家词选》虽为学者指示途径，但认为其"已日趋于技术之讲求，持论益精，而拘束渐甚"④，犀利地批判了这种仅关注技巧的创作风气：

> 自讲求技巧之说兴，一洗粗犷径露之习，而学者遂专敝精神于"顺逆反正"之运用，转忽"恻隐盱愉""意内言外"之功。自止庵偏尚梦窗，誉其"每于空际转身，非具大神力不能"；又喻以"天光云影，摇荡绿波，抚玩无斁，追寻已远"（《介存斋论词杂著》）。遂使学者益为目眩，日惟求其所谓"空际转身"者，既无梦窗之才藻以赴之，但务迷离惝恍，使人莫测其命意之所在，其笨伯乃竟以涂饰堆砌，隐晦僻涩为工，此其病至今日而转剧，亦止庵及王、朱诸先生所不及料。⑤

选者从入门须正的考虑，严格门径、师法，力避油滑粗鄙之风。但绝妙好词并非单纯从技巧中得来，如常州词派讲究词法、词格，虽议论精辟，"为倚声家开无数法门"，但张惠言、周济所作之词却"不足与其言相副"⑥，这正是晚清词坛热闹之中的尴尬困境。清末词学家在晚清民国词坛的重要地位，也主要体现为词学研究和词籍整理校勘方面的成就，而非创作影响上。从这一点而言，晚清民国词学与词创作的发展是并不平衡的。

龙榆生在况周颐"不必学"基础上，厘清"可学"与"不可学"的区别："所可学而能者，技术词藻，其不可学而能者，所谓词心也。"⑦若

①龙榆生.选词标准论[M]//龙榆生.龙榆生词学论文集.上海:上海古籍出版社,1997:83.

②吴梅.论词法[M].上海:文力出版社,1947(民国三十六年):131.

③王国维.人间词话[M]//唐圭璋.词话丛编.上海:上海古籍出版社,1986:4252.

④龙榆生.论常州词派[M]//龙榆生.龙榆生词学论文集.上海:上海古籍出版社,1997:399.

⑤龙榆生.论常州词派[M]//龙榆生.龙榆生词学论文集.上海:上海古籍出版社,1997:405.

⑥龙榆生.晚近词风之转变[M]//龙榆生.龙榆生词学论文集.上海:上海古籍出版社,1997:380.

⑦龙榆生.龙榆生词学论文集[M].上海:上海古籍出版社,1997:380.

无真性情为基石，无所历所感相激发，徒求顺逆反正，空际转身，则不免流于"乡愿""俗子"而已，王国维《人间词话》对此批驳甚详。正是在这样的词坛背景下，《人间词话》得到了现代学者的广泛接受和认可，成为矫治清末至民国初期词坛流弊的药石。

1933年（民国二十二年），罗芳洲编《词学研究》①综合了况周颐、龙榆生等对于作词法检讨的意见。《词学研究》共分六辑：第一辑张炎《词源》，专讲词作法；第二辑沈义父《乐府指迷》；第三辑《古今词论》；第四辑周济《论词杂著》；第五辑王国维《人间词话》；第六辑吴梅《论词法》。从六辑的收录来看，张炎、沈义父的著作都为南宋以来论雅词作法的代表作，兼以《古今词论》开阔胸襟、周济《介存斋论词杂著》指示门径，再以王国维、吴梅之论相补充，避免了一味于字面技巧中求学词之法的偏狭之弊，是较有轨辙和识见的学词类丛书。

四、"学词"与"词学"的分化

民国时期，"学词"与"词学"逐渐分化。词作中一般不再负载词学研究的内容，词学研究也不单纯以学词作为核心要素。1925年（民国十四年），徐敬修编的《词学常识》中，"填词之入手法"与"填词之格式"等作词法，已经退为"研究词学之方法"的一部分。胡云翼在《词学ABC》中特别强调："我这本书是'词学'，而不是'学词'，所以也不会告诉读者怎样去学习填词。"②

1934年（民国二十三年），龙榆生在《词学季刊》上发表《研究词学之商榷》一文，标志着现代词学概念的明晰化，"无异于现代词学诞生的一篇宣言"③。龙榆生在文中开宗明义地区分了填词（学词）与词学，"取唐、宋以来之燕乐杂曲，依其节拍而实之以文字，谓之'填词'。推求各曲调表情之缓急悲欢，与词体之渊源流变，乃至各作者利病得失之所由，谓之'词学'"④，并将其分属为"文人学士"与"文学史家"之所有事。一年后，龙榆生在《今日学词应取之途径》中，又再次申议了此观点，其论云："词学与学词，原为二事。治词学者，就已往之成绩，

①罗芳洲.词学研究[M].上海:上海教育书店,1947(民国三十六年).

②胡云翼.词学ABC[M].上海:世界书局,1930(民国十九年):2.

③刘扬忠.二十世纪中国词学学术史论纲(上篇)[J].暨南学报(哲学社会科学),2000,22(6):11.

④龙榆生.龙榆生词学论文集[M].上海:上海古籍出版社,1997:87.

加以分析研究，而明其得失利病之所在，其态度务取客观。……学词者将取前人名制，为吾揣摩研练之资，陶铸销融，以发我胸中之情趣，使作者个性充分表现于繁弦促柱间，藉以引起读者之同情，而无背于诗人'兴''观''群''怨'之旨，中贵有我，而义在感人……"①不仅将"词学"与"学词"的内容做了区分，并针对当时的词坛流弊，从客观与个性的角度来强化二者的差别。

"词学"与"学词"的分化，明确了词学学科的研究范围，使词学的理论研究与创作区分开来，纠正了清末至民国初期词坛"偏于技术"的模拟之风，也为"体制外"的词学家开展词学批评搭建了有利的平台，促进了现代词学的昌盛。当然，必须指出的是，这种分化在一定程度上造成许多现代词学研究者对词创作的陌生和疏离。

就词学史的发展而言，真正对唐宋词创作做出冷静、全面的理论总结，并非是民国初期盛行的填词法图书，而是在技巧之风淡化之后的一些词学专著中实现的，如1944年（民国三十三年）余毅恒著的《词筌》就值得关注。该书分为8个部分：词之意义、词之起源、词之体裁、词与诗、词调、词之歌咏、词之创作、词之流派②，已淡化了单纯追求技巧的色彩，是民国时期优秀的词学专著。

第二节　晚清民国唐宋词选本中确立的唐宋词名家群体

在为学词而选词的编选宗旨下，词人词作的高下优劣之争，成为清代选本的重要内容，通过各种选本的积淀，以及论者、读者的不断评价和"反馈"，晚清民国唐宋词选中"唐宋词名家"群体逐步形成并得到广泛承认。

一、"名家词"的编纂体例

清代论词者、选词者在词话或词选中，从学词法的角度，向读者指出自己认为的唐宋词经典名家。如夏秉衡将周邦彦、姜夔、蒋捷、史达

---

①龙榆生.龙榆生词学论文集[M].上海：上海古籍出版社，1997:104.
②余毅恒.词筌[M].南京：正中书局，1944(民国三十三年).

祖、张炎等数家词推为"词家上乘"①；张惠言评张先、苏轼、秦观、周邦彦、辛弃疾、姜夔、王沂孙、张炎词为宋词中"文有其质"者②；杨希闵《词轨》以温庭筠、韦庄词为宗主，二晏、秦观、贺铸词为"嫡裔"，欧阳修、苏轼、黄庭坚词则"别为世庙"③；余诚格以"开基之彦""踵武之贤""大备之英""时中之圣"④，分别评价温庭筠、冯延巳、周邦彦、姜夔四家词等；赵尊岳以晏、秦、周、柳、苏、吴、姜、张为宋词八大家⑤；皆为论列、推举名家之词。

在晚清至民国初期选本中出现了较多"定家数"的词选，旨在突出名家词地位，以为学词范本。如《宋四家词选》《宋七家词选》，对所录诸家的推举之意就较为鲜明。《宋六十一家词选》《宋词三百首》《宋词举》等，在进退唐宋词人之间都反复斟酌。郑文焯《石芝西堪宋十二家词选目》中，也列出拟选的唐宋词名家，其中小令五家：晏殊、欧阳修、张先、晏几道、秦观，曼曲七家：柳永、周邦彦、苏轼、辛弃疾、吴文英、姜夔、贺铸。通过选者"各矜手眼"⑥的推举及不断积淀与调整，唐宋词经典名家的地位在清末得到确立。"群体的选择"反映出不同流派的观念，"历史的选择"体现出读者的接受和认可，而"学词法的选择"使得词选尤为精审雅洁，促进了唐宋词名家群体的形成。在这种择优汰劣中，晚清至民国初期的唐宋词选起到了重要的作用，主要表现在以下两个方面：

其一，只选名家词。选者在选本中仅收录自己认可的唐宋词人名家，对其他词人的词作完全摒弃，即仅择选少数几位名家。这种择选方式较为省洁地突出了名家词的地位，但在仅录数家、不及其余的有限择选中，呈现在读者面前的，往往是一元化的词史面目。为了避免这种片面性，有些选者采取主次互为补充的方式，以弥补仅录数家词之憾。如《宋四家词选》中以王沂孙、吴文英、辛弃疾、周邦彦四家为"宗主"，其余诸家列入"附庸"收录；《词轨》中将温庭筠、二晏、稼轩等分列为

---

①夏秉衡.清绮轩词选自序[M]//施蛰存.词籍序跋萃编.北京:中国社会科学出版社,1994:763.

②张惠言.词选附续词选[M].北京:中华书局,1957.

③杨希闵.词轨[M].1863(同治二年).

④余诚格.微云榭词选序[M]//樊增祥.微云榭词选.1908(光绪三十四年).

⑤赵尊岳.填词丛话:卷四[M]//夏承焘,唐圭璋,施蛰存,等.词学:第五辑.上海:华东师范大学出版社,1986:215.

⑥舍之.历代词选集叙录(六)[M]//唐圭璋,施蛰存,马兴荣.词学:第六辑.上海:华东师范大学出版社,1988:221.

"七宗"，其余诸家以次附列①。这种凸显名家的意识，对唐宋词名家群体的形成，起到积极推动作用，而不同时期对于某一位或某几位词人的特别推举，也显示出词坛风气的变化。如白石词、梦窗词、东坡词的地位变化，就体现出清代至民国的词坛风尚之转移，反映出读者在不同时期对不同唐宋词风格的偏好。

其二，确立名家词的地位。选者不仅选录唐宋词名家，还试图在选本中为这些唐宋词人定等次，确立其高下地位。与确立家数一样，对唐宋词名家高下优劣不同地位的评价，为清代词选纷争的重要内容，其间亦昭示出词坛风气之转移。如周济《宋四家词选》之退苏进辛、纠弹数家，就并非一人一选之见，反映了在学词风气下的普遍选择。通过不断地积淀、比较与互相补充，唐宋词人名家群体及高下等次的排列，在晚清词选中逐步形成，并得到读者的普遍承认。从这一意义上来说，清代选本的"各矜手眼"及流派之争，是确立唐宋词人地位的必经阶段。唐宋词名家群体的形成，是"历史的选择"的结果，表现出选者、论者在一定程度上的"共识"，为后之选者提供了一个以这些群体为核心，可适当收缩和扩张的范围。某选本未选录这些为选者和读者普遍认可的名家名篇，就可能受到质疑。如《宋词三百首》中不收苏轼《浪淘沙》，就颇受关注。随着学词法目的渐从选本中淡出，在后期的唐宋词选本中，选录名家词的主旨逐渐淡化，在选录名家的同时，还收录大量没有名气的词人词作。

二、晚清民国唐宋词选中的唐宋词名家

罗忼烈在《试论宋词选集的标准和尺度》一文中，将10种词选中收录的24位词家的词作数量进行对比，以探寻700年来词学界"对宋词作家和作品的一般评价"②。在罗忼烈收录的24家词人中，周邦彦、辛弃疾、吴文英、苏轼、姜夔、秦观、欧阳修、柳永、张炎等人词作，在10种词选中选录较多。

笔者模仿罗忼烈的统计方法，通过量化比较，探寻不同时期词选对唐宋词人的接受情况，并由此反映唐宋名家在晚清民国的经典化过

---

① 杨希闵. 词轨[M]. 1863(同治二年).

② 罗忼烈. 试论宋词选集的标准和尺度[M]//罗忼烈. 词学杂俎. 成都:巴蜀书社,1990:180.

程^①。分调型选本因不能明晰见出对名家词的推举，故此类选本如《乐府雅词》、《阳春白雪》、《花草粹编》、《宋词选注》（吴遁生）、《唐宋词选》（孙人和）等，均不收入。也不收录选者明言其所选为单一标准的分类型词选，如《词品甲》《词品乙》《离别词选》《宋词系》等。

表2-1　历代唐宋词选中入选词作数量居前12位的词人

选本＼位次	1	2	3	4	5	6	7	8	9	10	11	12
《花间集》	温庭筠	孙光宪	顾敻	李珣	毛熙震	牛峤	张泌	韦庄	和凝	薛昭蕴	欧阳炯	皇甫松
《尊前集》	刘禹锡	欧阳炯	白居易	孙光宪	薛能	李珣	李白	尹鹗	王建	成文干	皇甫松	李王
《草堂诗余》	周邦彦	苏轼	柳永	秦观	欧阳修	康与之	辛弃疾	黄庭坚	李清照	胡浩然	晏几道	晁补之
《唐宋诸贤绝妙词选》	苏轼	欧阳修	周邦彦	秦观	谢无逸	万俟雅言	陈子高	贺铸	柳永	温庭筠	僧仲殊	黄庭坚
《中兴以来绝妙词选》	辛弃疾	刘克庄	姜夔	严仁	卢祖皋	张孝祥	康与之	刘叔安	张辑	高观国	陆游	刘仙伦
《绝妙好词》	周密	吴文英	陈允平	姜夔	李莱老	李彭老	施岳仲	史达祖	王沂孙	高观国	李肩吾	汤恢
《词林万选》	苏轼	柳永	王秋涧	张仲举	蒋捷	黄庭坚	张仲宗	贺铸	张先	晏几道	辛弃疾	白玉蟾
《词选》	温庭筠	秦观	李煜	辛弃疾	冯延巳	朱敦儒	李璟	韦庄	苏轼	周邦彦	王沂孙	李清照

———————

①表2-1中列出历代主要唐宋词选中录词作数量最多的前12名词人。有些选本所选的不足12家，则依选本收录多寡而排列。

续　表

位次 选本	1	2	3	4	5	6	7	8	9	10	11	12
《宋四家词选》	周邦彦	辛弃疾	吴文英	王沂孙	姜夔	晏几道	柳永	秦观	欧阳修	张炎	周密	贺铸
《心日斋词选》	晏几道	吴文英	王沂孙	温庭筠	张翥	韦庄	贺铸	姜夔	李珣	史达祖	孙光宪	周邦彦
《宋七家词选》	吴文英	张炎	周密	周邦彦	姜夔	史达祖	王沂孙					
《宋六十一家词选》	吴文英	晏几道	周邦彦	苏轼	史达祖	秦观	辛弃疾	周紫芝	陆游	姜夔	赵长卿	张孝祥
《唐五代词选》	冯延巳	温庭筠	李珣	李煜	孙光宪	韦庄	顾敻	欧阳炯	张泌	薛昭蕴	皇甫松	牛峤
《湘绮楼词选》	姜夔	苏轼	李煜	周邦彦	辛弃疾	孙光宪	范仲淹	秦观	李清照	陈允平	周密	宋祁
《唐五代词钞小笺》	冯延巳	温庭筠	李珣	韦庄	孙光宪	李煜	顾敻	张泌	牛峤	欧阳炯	薛昭蕴	毛熙震
《宋词三百首》	吴文英	周邦彦	姜夔	晏几道	柳永	辛弃疾	贺铸	晏殊	苏轼	欧阳修	欧阳修	秦观
《胡适词选》	辛弃疾	朱敦儒	陆游	苏轼	秦观	周邦彦	张先	张炎	晏殊	黄庭坚	蒋捷	欧阳修
《抒情词选》	欧阳修	苏轼	辛弃疾	秦观	李煜	冯延巳	晏殊	张先	陆游	韦庄	柳永	黄庭坚
《词絜》	辛弃疾	周邦彦	欧阳修	苏轼	李煜	姜夔	秦观	温庭筠	陆游	晏几道	韦庄	柳永
《词林佳话》	苏轼	李后主	辛弃疾	周邦彦	陆游	冯延巳	黄庭坚	李清照	刘过	姜夔	严蕊	文天祥

位次 选本	1	2	3	4	5	6	7	8	9	10	11	12
《胡云翼词选》	秦观	欧阳修	温庭筠	苏轼	张先	柳永	韦庄	晏几道	周邦彦	晏殊	冯延巳	黄庭坚
《唐五代词》	冯延巳	孙光宪	温庭筠	顾夐	韦庄	李珣	吕岩	欧阳炯	李煜	刘禹锡	牛峤	毛文锡
《唐宋名家词》	辛弃疾	苏轼	晏几道	周邦彦	贺铸	欧阳修	柳永	冯延巳	姜夔	韦庄	秦观	温庭筠
《唐五代宋词选》	辛弃疾	朱敦儒	晏几道	欧阳修	苏轼	冯延巳	李煜	贺铸	周邦彦	李珣	秦观	叶梦得
《读词偶得》	冯延巳	贺方回	周邦彦	秦观	温飞卿	韦庄	欧阳修	晏几道	苏轼	晏殊	李煜	史达祖
《名家词选笺》	李煜	周邦彦	温庭筠	冯延巳	欧阳修	苏轼	陆游	韦庄	晏殊	秦观	晏几道	李清照
《唐宋词选笺》	苏轼	周邦彦	温庭筠	李煜	柳永	姜夔	辛弃疾	秦观	李清照	晏几道	贺铸	吴文英
《唐宋词选》	辛弃疾	苏轼	秦观	朱敦儒	周邦彦	李清照	李煜	欧阳修	温庭筠	柳永	韦庄	陆游
《词释》	冯延巳	张先	苏轼	温庭筠	韦庄	晏殊	李煜	鹿虔扆	韩玉汝	欧阳修	秦观	
《唐五代四大名家词》	冯延巳	温庭筠	韦庄	李煜								
《宋词面目》	欧阳修	周邦彦	李清照	晏殊	柳永	辛弃疾	贺铸	姜夔	刘过	周密	范仲淹	张先
《旧月簃词选》	姜夔	辛弃疾	吴文英	周邦彦	苏轼	晏几道	温庭筠	李清照	韦庄	欧阳修	贺铸	秦观
《唐五代两宋词选释》	周邦彦	张炎	吴文英	冯延巳	贺铸	王沂孙	苏轼	周密	晏几道	辛弃疾	史达祖	李煜

续　表

选本＼位次	1	2	3	4	5	6	7	8	9	10	11	12
《唐五代词选》	冯延巳	温庭筠	李煜	韦庄	孙光宪	顾夐	张泌	欧阳炯	牛峤	毛文锡	薛昭蕴	毛熙震
《宋名家词选》	晏几道	苏轼	欧阳修	秦观	晏殊	朱敦儒	张先	陆游	蒋捷			
《宋词举》	周邦彦	晏几道	吴文英	贺铸	柳永	王沂孙	辛弃疾	秦观	张炎	史达祖	苏轼	
《唐五代两宋词简析》	李珣	李煜	苏轼	冯延巳	柳永	辛弃疾	牛峤	李清照	晏殊	周邦彦	韦庄	欧阳修
《诵帚堪词选》	辛弃疾	温庭筠	苏轼	周邦彦	姜夔	冯延巳	秦观	柳永	朱敦儒	韦庄	吴文英	欧阳修

　　从表2-1中可以看出，在唐、宋、元、明时期的选本中，并未形成稳定的唐宋词人名家群体。如《草堂诗余》收录的康与之、胡浩然，《花庵词选》收录的严仁、康与之、刘叔安，《绝妙词选》收录的李莱老、李彭老、施岳仲，《词林万选》收录的王秋涧、张仲举、白玉蟾等，在清中叶以后已不受重视，有些词人则完全从选本中汰除。

　　由于词人存世词作数量不同，选本中入选词数多寡与词人地位之高下仍有一定差异。在以博观博取为特色的总集型词选如朱彝尊《词综》、林大椿《唐五代词》中，就很难通过这种数据统计看出名家词的地位。但就晚清的唐宋词选而言，由于这一时期的选本带有鲜明的学词法目的，对词人、词作择选苛严，选本中收录的不同词人词作数量的多寡，就成为一个非常关键的因素[①]。对不适合初学入门的词人词作，即使存世的数量较多，也可能被完全汰除，如张惠言《词选》中摈而不录吴文英、柳永词。有些词人词作数量不多，但在选本中收录比例较高，如以精审著称的冯煦《宋六十一家词选》中，仅删了1首姜夔词，可见选者的

---

　　①宇文所安以郑振铎对吴文英、王沂孙的不同态度为例，指出："'数量'可以比内容之'取舍'更有效地改变读者对一个作家的文学地位的认识。"这一点在晚清民国的唐宋词选本中表现得较为明显。选词数量的多寡，往往有意传达出一种"新的价值判断"。见：宇文所安.过去的终结：民国初年对文学史的重写[M]//刘东.中国学术.总第5辑.北京：商务印书馆，2001:198.

偏好。清末民初选者在进退名家词地位时均极为经意，如朱祖谋《宋词三百首》3次增删中，将姜夔词补而又删，将吴文英词删而又补，都体现出这种选者之意，所以从表2-1的统计中，仍可大致见出晚清民国词选中唐宋词人名家群体的确立过程。兹仅略述数家。

（一）唐五代词人名家群体

晚清民国词选确立了李煜、冯延巳、温庭筠、韦庄等唐五代词人的名家地位，"其他词家殆无能出此范围者"[1]。

1."温秾韦澹"的取舍。

《花间集》中收录温庭筠词66首，为全集之冠；韦庄词入选的数量仅列第8位。张炎《词源》始将韦庄、温庭筠并列为词之"极则"。但在元、明及清初词选中，温庭筠的地位仍远在韦庄之上。直至清末刘熙载《词概》才将韦庄词之清新质朴与温庭筠词之精妙绝伦区分开来，褒扬韦庄词真切动人的艺术魅力。常州词派周济则以"初日芙蓉春月柳"形容韦词之清艳绝伦。虽然论者仍然叹服飞卿词之精丽雅致，但相比较而言，韦庄词之疏澹朗润愈来愈受关注。如王国维以"画屏金鹧鸪"与"弦上黄莺语"分拟温、韦词之词品[2]，置端己于飞卿之上；龙榆生引孙光宪《北梦琐言》，评温庭筠词"作风偏于香软"，揄扬韦庄词的白描手法启发了欧阳炯、李珣等词人对南方风土人情的描绘，开辟了词创作的另一法门[3]。对温秾韦澹的不同取舍，代表了晚清民国时期对唐五代词人及流派风格的不同评价。随着韦庄词被认同，温、韦在选本中的地位逐渐发生了变化：温词地位逐渐下降，而韦词地位开始上升。这一改变影响到近现代词论对温、韦词的评价和定位。

2.南唐君臣李煜、冯延巳词地位的确立。

在晚清民国词选中，冯延巳已取代温庭筠，成为唐五代词之冠。真正确立冯延巳、李煜唐五代词名家地位的关键选本，是成肇麟的《唐五代词选》。成选中冯延巳词选录最多，李煜词列第4位，奠定了冯、李在晚清民国选本中的尊崇地位。民国时期，冯延巳、李煜、温庭筠、韦庄4家成为唐五代词选本必录的经典名家。另如李珣、孙光宪等亦较受选者重视，而如龙榆生选词偏倚盛唐、中唐，故刘禹锡等词人选录较多，谢秋萍选词将帝王词摒弃不录，均因选者特殊的择选标准所致，并不影响

①丁寿田，丁亦飞.唐五代四大名家词[M].上海：商务印书馆，1940(民国二十九年)：1.

②王国维.人间词话[M]//唐圭璋.词话丛编.上海：上海古籍出版社，1986:4241.

③龙榆生.宋词发展的几个阶段[M]//龙榆生.词学十讲.福州：福建人民出版社，1988:153.

唐五代词名家在选本中的经典地位。

（二）两宋词人名家群体

晚清民国词选中，宋名家词的地位变化，经历了3次较大的起伏：其一，晚清词选：崇尚姜、张词之雅洁，贬抑苏、辛词为"别调"。其二，清末至民国初期的词选多推举梦窗词，以矫治学姜、张而流于浮滑者。其三，民国时期的词选揄扬姜夔词之清气、苏辛词之畅达，批判梦窗词之密涩。宋名家词的地位变化大抵与这3个时期的不同取尚相关联。由于梦窗、易安、清真词的相关论文较多，兹仅及耆卿、山谷、方回、草窗、东坡、稼轩、玉田、白石数家。

1.耆卿、山谷词的雅俗之辨。

陈师道以"今代词手，惟秦七、黄九"①之评，揄扬黄庭坚和秦观词在宋词中的尊崇地位；李清照在不轻言褒许的《词论》中，将黄庭坚与晏几道、贺铸、秦观并提为始能知词者②，可见黄庭坚词在宋代的影响。但清代选本中，秦观词与黄庭坚词地位悬殊。陈廷焯评淮海为词之圣者，山谷词则"尽有可议处"③。冯煦评淮海词为"词心"；评山谷词所失褒诨，"非秦匹"④。朱祖谋《宋词三百首》3次增删，将黄庭坚词全部汰除。

山谷词在宋、清的悬殊评价，引起了论者和选者的注意。夏敬观拈出"秦七、黄九"的论说进行分析，评山谷词重拙，堪与淮海之清丽并肩，并就山谷用谚语作俳体辩云："时移世易，语言变迁，后之阅者，渐不能明，此亦自然之势。"⑤高度评价山谷词超轶绝尘的艺术成就。民国词选中，山谷词重新进入选者的视域，但与秦观并称的地位已不复存在。

与山谷词备受贬抑的命运相近，耆卿词在清代亦被视为俚俗之词。张惠言《词选》不录柳词，周济虽允称柳词"森秀函淡之趣在骨"⑥，但并不以其为唐宋词之名家，故陈锐叹曰："百年以来无人道柳。"⑦柳永词在清末至民国初期的地位逐渐上升。冯煦在《宋六十一家词选》中开始

---

①冯金伯.词苑萃编[M]//唐圭璋.词话丛编.上海:上海古籍出版社,1986:1842.

②魏庆之.魏庆之词话[M]//唐圭璋.词话丛编.上海:上海古籍出版社,1986:202.

③陈廷焯.词坛丛话[M]//唐圭璋.词话丛编.上海:上海古籍出版社,1986:3722.

④冯煦.蒿庵论词[M]//唐圭璋.词话丛编.上海:上海古籍出版社,1986:3586.

⑤孙克强.唐宋人词话.上[M].天津:南开大学出版社,2012:384.

⑥周济.介存斋论词杂著[M]//唐圭璋.词话丛编.上海:上海古籍出版社,1986:1631.

⑦陈锐.襄碧斋词话[M]//唐圭璋.词话丛编.上海:上海古籍出版社,1986:4197.

揄扬柳永词,欣赏其"曲处能直,密处能疏"的笔法,肯定其名家词的地位。郑文焯将柳永词作为初学之门径,"盖能见耆卿之骨,始可通清真之神"①。况周颐亦肯定《乐章集》为"词家正体之一"②。民国词选如陈匪石《宋词举》继承郑文焯、况周颐之说,评柳永词不可及者,"在骨气不在字面"③。当然,选者、论者对柳词雅、俚之间的判断和取舍,仍较为留意。

2.东坡、稼轩词的离合④。

王兆鹏、刘尊明《历史的选择——宋代词人历史地位的量化分析》一文中对历代词选、词论做了量化分析,辛弃疾、苏轼分列"综合排行榜"的第一、第二名⑤,可见历代选者、论者对苏、辛词之关注。但二人在晚清词选中有复杂的接受状况,大致可分3个阶段。

第一阶段,推重辛词而贬抑苏词。以周济《宋四家词选》为代表,评苏轼词虽有天趣独到处,然"苦不经意,完璧甚少",辛词则"沉着痛快,有辙可循"⑥;谢章铤则认为苏词风格虽高,但"性情颇歉"⑦;陈廷焯虽评苏辛双峰并峙,但更为推重稼轩词,认为苏轼词极名士之雅,而稼轩词极英雄之气,较苏词更胜一筹(《云韶集》)。选者进辛退苏的深层内涵,其实体现出对稼轩词侠胆豪情的钦羡和壮志难酬的叹惋。

第二阶段,苏轼词的地位相对提高。苏词的清逸旷达特色得到阐发,如刘熙载以"神仙出世之姿"⑧譬苏词;谭献称东坡是"衣冠伟人",稼轩则是"弓刀游侠"⑨,将苏辛词的同中之异做了区分,认为苏词更接近文人雅词的标准。

在前两个阶段中,苏辛词并非同进退,选家多注意辨析二者的不同地位。第二阶段的词论中,对苏轼词的评价上升;而在选本中,辛词之

①陈锐.袌碧斋词话[M]//唐圭璋.词话丛编.上海:上海古籍出版社,1986:4199.

②况周颐.蕙风词话[M]//唐圭璋.词话丛编.上海:上海古籍出版社,1986:4459.

③陈匪石,钟振振.宋词举[M].南京:江苏古籍出版社,2002:144.

④关于苏辛词在晚清的接受情况、梁启超对稼轩词研究的意义,可参见:谢桃坊.梁启超的稼轩词研究之词学史意义——兼论近世关于豪放词的评价[M]//谢桃坊.词学辨.上海:上海古籍出版社,2007:311-325.

⑤王兆鹏,刘尊明.历史的选择——宋代词人历史地位的定量分析[J].文学遗产,1995(4):50.

⑥周济.宋四家词选目录序论[M]//唐圭璋.词话丛编.上海:上海古籍出版社,1986:1644.

⑦谢章铤.赌棋山庄词话[M]//唐圭璋.词话丛编.上海:上海古籍出版社,1986:3444.

⑧刘熙载.词概[M]//唐圭璋.词话丛编.上海:上海古籍出版社,1986:3691.

⑨谭献.复堂词话[M]//唐圭璋.词话丛编.上海:上海古籍出版社,1986:3994.

壮怀激烈，显然还是受选者及读者的青睐。

第三阶段，苏辛词派的形成①。这与民国时期豪放词选的盛行密切相关。苏轼词又被列入豪放词的行列，不再作为辛词对立的参照出现，而逐渐还原到宋代苏辛词并称的状态。苏轼词在选本中的地位上升，甚有超越辛词之势。如民国时期编的《中华词选》就以柳派和苏派来代表豪放、婉约二派风格，而以秦观、辛弃疾分列于二派中。苏、辛词的上升表现出鲜明的"应世"的特征，这一点在胡云翼、龙榆生、欧阳渐、夏承焘等编的选本中有所体现。

总体而论，晚清民国选本中的苏辛词，已逐渐摆脱"非雅词"的评价，词学研究者对苏辛词表现出极大的热忱，如朱祖谋的编年本《东坡乐府》、梁启超的《辛稼轩年谱》等。其中梁启超以实证法对辛弃疾进行了全面研究，并肯定稼轩词的社会意义，对民国词坛影响较大，也导致了"近世对豪放词历史地位的重新评价"②。另如民国间沈曾植编有《稼轩长短句小笺》等，都体现出苏辛词在民国时期受重视的程度。

3. 方回、草窗词地位的下降。

方回词在宋代与清真词并称，王灼称方回词得《离骚》之遗③。但晚清民国选本中，对贺铸词的评价经历了扬、抑、扬的复杂变化过程。

陈廷焯将贺铸、周邦彦、姜夔称为宋之"圣于词者"④；在朱祖谋《宋词三百首》中，贺铸词为七家宗主之一。民国初期王国维评方回词虽华赡但少真味，在北宋名家中"最次"⑤；胡适《词选》中不录贺铸词；刘麟生《词絜》中贺铸词仅录3首。对于贺铸词地位的陡降，龙榆生曾在《论贺方回质胡适之先生》予以纠偏，揄扬贺铸词兼有"东坡、美成二派之长"⑥。在龙榆生编的诸种唐宋词选中，都充分肯定贺铸词的名家地

---

①宇文所安指出，苏辛词派的形成与南宋婉约派在晚清民国地位的下降有关："为了填补贬斥南宋婉约传统之后留下的文学史空白，一组向来很少被阅读和重视的词人——诸如朱敦儒、陆游、刘过和刘克庄——被晋升，围绕着辛弃疾构成了一个'家族'，确证了辛氏在这一传统中唯一的突出地位。"见：宇文所安.过去的终结：民国初年对文学史的重写[M]//刘东.中国学术:总第5辑.北京:商务印书馆,2001:197.

②谢桃坊.词学辨[M].上海:上海古籍出版社,2007:320.

③"柳何敢知世间有《离骚》,惟贺方回、周美成时时得之。"见:王灼.碧鸡漫志[M]//唐圭璋.词话丛编.上海:上海古籍出版社,1986:84.

④陈廷焯.词坛丛话[M]//唐圭璋.词话丛编.上海:上海古籍出版社,1986:3720.

⑤王国维.人间词话[M]//唐圭璋.词话丛编.上海:上海古籍出版社,1986:4256.

⑥龙榆生.论贺方回词质胡适之先生[M]//龙榆生.龙榆生词学论文集.上海:上海古籍出版社,1997:315.

位。后如俞平伯《读词偶得·词选》录贺铸词15首，为集中宋代词人之冠；吴梅在两宋词人中推举晏殊、欧阳修、柳永、张先、苏轼、贺铸、秦观、周邦彦8家，称贺铸为"得骚雅之意者"①。但总体而论，贺铸词在晚清民国词选中的地位呈下降趋势。

草窗词地位的变化与方回词相近。草窗词在《词综》中收录较多，颇受推崇，至清末戈载选宋七家词，虽仍以其为宋词名家，但评价草窗用韵逊于梦窗，多有律乖韵杂之作。在清末至民国初期的选本中，草窗词地位下降。《宋词三百首》仅录5首，不再归入名家之列。《宋词举》中以草窗为梦窗之附庸，已删汰弗录。

4. 玉田、白石词地位的起伏。

作为浙西词派的代表选本，朱彝尊《词综》对张炎、姜夔二家词极力推举，形成"家白石而户玉田"的鼎盛之势，但姜夔词的地位在清中叶以后陡转直下。如周济评白石词有俗滥、寒酸、补凑、敷衍、重复处，将其列为稼轩之附庸；王闿运评姜夔词"以作态为妍"②；王国维讥其"有格而无情"③；陈锐从意趣的角度批判姜夔词捏造故实④，失于呆诠。晚清论者、选者对白石词的批评，针对浙西末流的空洞浮腻而发，故对白石、玉田之清空深加贬抑，推崇梦窗、碧山词之脉络清晰、言之有物。在此背景下，张炎、姜夔词"渐为已陈之刍狗"⑤。

当民国学人之词的弊端日趋明显时，姜夔词重新回归论者的视野。郑文焯、龙榆生等揄扬姜夔词的清空峭拔，叶绍钧以"同样有诗人的天才，同样是音律的专家"⑥等特点将姜夔与清真词并列。姜夔词的地位在民国初期逐渐上升，与苏轼词的空灵蕴藉相济，成为救治时弊之药石。与姜夔词相比，张炎词在民国选本中已不再有清初之地位。

5. 岳飞词的得到青睐。

在清代的唐宋词选本中，也有虽非名家，仅因一两首作品的选录就传世者，如岳飞词。孙兆溎将岳飞词与苏轼词并提，称读其词可使人"增长意气"（《片玉山房词话》）；况周颐将岳飞与苏轼词并称为两宋词之清雄者，岳飞词开径直行，更在苏轼之上，"直是先行其言，而后从

---

①吴梅.词学通论[M].上海：上海古籍出版社，2006:47.

②王闿运.湘绮楼评词[M]//唐圭璋.词话丛编.上海：上海古籍出版社，1986:4296.

③王国维.人间词话[M]//唐圭璋.词话丛编.上海：上海古籍出版社，1986:4249.

④陈锐.袌碧斋词话[M]//唐圭璋.词话丛编.上海：上海古籍出版社，1986:4193.

⑤谭献.复堂词话[M]//唐圭璋.词话丛编.上海：上海古籍出版社，1986:3999.

⑥叶绍钧.周姜词[M].上海：商务印书馆，1930(民国十九年):1.

之。盖千古一人而已"①。岳飞词存世仅 3 首,自端木埰在《宋词十九首》中选录《小重山》(昨夜寒蛩不住鸣),就确立了岳飞词在晚清民国选本中的一席之地。陈匪石曾分析岳飞词在晚清备受青睐的原因:"今者蛮夷猾夏,九县飙驰,凡为含生负气之伦,咸抱敌忾同仇之志,无待同甫目穿,后村口苦,其言其行,皆与武穆合符。"②民国时期,《满江红》不仅被编入《宋词三百首》等词选中,还被谱成歌曲,广泛传唱。正如梁启超所评,其词声情激昂,"尤其擅长表现从宋代到清末的中华民族的缠绵怨抑与慷慨悲凉的情感,突出地体现了我们民族在封建制度压抑下与民族灾难来临之际的抗争精神。"③1938 年(民国二十七年),长沙商务印书馆曾印行李宗邺编的《〈满江红〉爱国词百首》,其编选宗旨亦大致相通。

随着唐宋词名家群体的确立及赏析体词选的出现,晚清民国唐宋词选经历了由学词法的极盛到褪去学词色彩的转变,出现了一些基于词选而产生的过渡形态:其一,学词从选本功能中分化出来,单独的学词法图书开始出现。其二,词成为新体乐歌歌词借鉴模仿的对象,词的音乐性引起选者的注意,分调型词谱体词选较为盛行。其三,随着学词法目的的弱化,各执己见的两宋、家数之争,逐渐转变为客观叙述型的词史型选本,并且发展为选本型词史,为现代意义上词史论著的形成奠定了基础。

第三节 分调型词谱体词选的盛行
与新体乐歌的构想

在况周颐、陈匪石、刘麟生等列的学词书目中,除历代词选外,词谱、词韵是其中主要内容,如万树《词律》、戈载《词林正韵》等,都是填词必备的参考书目。

晚清时期,随着西方乐理知识的传入,以梁启超等为代表的启蒙主义者,试图模仿西方音乐教育的形式来号召民众,认为词之长短句最为符合语言的自然节奏,故提出将词还原为唐五代时期歌词的形式,配合

---

① 全国公共图书馆古籍文献编委会. 历代词人考略[G]. 北京:全国图书馆文献缩微复制中心,2003:962.

② 陈匪石,钟振振. 宋词举[M]. 南京:江苏古籍出版社,2002:231.

③ 谢桃坊. 词学辨[M]. 上海:上海古籍出版社,2007:162.

西方音乐来进行歌唱，并尝试在中小学课堂推行这种中西合璧的新体乐歌。新体乐歌歌词的主要形式是长短句，包括词、新体诗、白话词。因为白话词并未真正取得成功，所以新体乐歌的歌词主要是指前两种，即带有词之韵味的新体诗和唐五代两宋之词。在新体乐歌广泛盛行的背景下，选本的功能和编纂目的发生了变化。词的音乐性比其文学性更受选者关注，故晚清民国出现了大量将词谱与词选的功能相结合的分调型词谱体词选①。

一、分调型词谱体词选盛行的原因及主要特征

分调型选本指按宫调或词调来排列收录的选本。清代以宫调区分的分调型词选不多，主要是根据词调来排列收录。如《瑶华集》《御选历代诗余》都是大型的分调型选本，但这些选本并不具备词谱的功能。

嘉庆年间舒梦兰《白香词谱》选词一百阕，录常用之调，是较为典型的词谱体选本，在晚清民国流传甚广。孙佩苣认为要学填词，"至少胸中非先有这一百阕的词谱，决不能下笔"②。随着新体乐歌构想的提出，分调型词选开始向词谱体词选转化。如王官寿《宋词钞》、胡云翼《故事词选》、孙人和《唐宋词选》、吴莽汉《词学初桄》、杨易霖《词范》、林大椿《词式》等。当然，其中也有如《故事词选》仅分调排列并未突出词谱功能者。分调型词谱体词选的盛行反映出学词法的转型。民国词选已不再注重门径和笔法、篇章等的分析，对初学者而言，熟读简易词谱并按谱填词，成为最便捷的作词之法。这种风气的转向，对词学的发展利弊兼有，兹不述及。

在胡适等力主破除韵律束缚的背景下，民国学词者每以就律为累，故选者的重心发生转移，注重于对某一种或某一类风格的提倡或家数的罗列，侧重于提供一种既能作为词谱使用又可作范本来学习名家名篇的选本，故民国时期分调型选本或词谱型选本增多，目的在"既便初学，并保矩律"③。当胡适以破体的方式进行白话词创作的尝试时，古典诗词创作者对于词法、韵律等体式特征的维护就成为重点。换言之，胡适对

①此仅就分调型词谱体词选予以分析。词谱主要是根据唐宋词总结而成，故这种选本的择选对象大都是唐宋词。

②孙佩苣.女作家词选[M].上海：广益书局，1930(民国十九年)：16.

③林大椿.词式[M].上海：商务印书馆，1933(民国二十二年)：4.

词体形式的改良引起了其他论词者和选词者对于形式的关注。如林大椿在《词式》中就试图降低学词者对格律的畏难情绪，"词之境界，自有美感，爱好之者，颇不乏人，特多视按谱为畏途，一场兴趣，为之锐减；以为此道只有宗匠可胜运斤，常人将望而却步，实则间架结构，亦等寻常，按谱谐声，原属易事"①。当词由"一种律化的、长短句的、固定字数的诗"被简化为只剩下长短句的形式，并借用到新体诗、白话词创作中时，按谱谐声已经成为选者对于学词者的基本要求。在这种背景下，分调型词谱体词选逐渐盛行，这些选本主要有以下几个特征：

其一，多选录语浅而情深的小令词。与学人选词时注意其篇章结构的技巧不同，这一时期的词谱体词选更注重的是词在传唱吟诵过程中的感染力，主要选录语浅意深、真切动人的作品，故唐五代北宋小令词受到选者的青睐。

其二，韵脚、平仄的标注方式力求简易，选的词调较为习见，如《浣溪沙》《忆江南》《菩萨蛮》等词调的词作选录较多。晚清学人如朱祖谋、王鹏运等喜用的《莺啼序》《哨遍》等长调选择较少，仅录入备体而已。

其三，作为填词范本，便于初学，仍是词谱体词选的主要目的。选者希望通过将词谱和词选相结合的方式，方便普通学词者模拟学习，以便捷、简易的方式介绍词谱、词韵，突出词之"调有定句，句有定字，字有定声"的矩律性。与单纯词谱不同的是，词谱型选本不仅选录词调，还注重选词，如吴遁生《宋词选注》中言"以全阕之足夸，不以一字阴阳上去入之疏而割爱"②即是如此。与较专门的词谱相比，这种词谱体词选简洁易学。

总体而论，晚清民国的分调型词谱体词选的特色可概括为典雅平易、简明实用。如杨易霖《词范》中对僻涩之调或庸滥之作概不入录，林大椿《词式》中声明其选"专供学生应用，故义取简明及实用，力避高深及繁芜"③。当然，简明、实用的前提仍然是典雅，这是理解晚清民国选者编选词谱体词选宗旨的基础。

---

①林大椿.词式[M].上海:商务印书馆,1933(民国二十二年):3.

②吴遁生.宋词选注[M].上海:商务印书馆,1935(民国二十四年).

③林大椿.词式[M].上海:商务印书馆,1933(民国二十二年):5.

二、分调型词谱体词选的编纂体例

晚清民国时期的分调型词谱体词选继承了清代分调型词选的体例，并有所发展。

其一，排列方式。以字数多寡而不以小令、长调分。

小令、长调的分法在清初就受到朱彝尊等的反对，清初几种大型词选如《瑶华集》《御选历代诗余》等分调型选本均以字数分，不以小令、中调、长调分。晚清民国分调型词谱选本因循此例，主要按字数多寡排列（仅有个别选本如周瘦鹃《情词》依小令、长调排列）。如王官寿《宋词钞》以"调之多寡"为序，林大椿《词式》依"字数长短"为序。需要说明的是，在专门的学词法图书中，由于讲解作法的需要，仍然普遍采用小令、长调的分法。同一调名或字数相同的词调则按时间先后排列，如秦巘《词系》以词调出现的时代先后排列，以见出词调源流、增减变化，体会"风会升降之原"①；杨易霖《词范》中，对字数相同的词调，按作者时代先后排列，都是为了见出递嬗承衍之脉络。

其二，确立谱调的方法。

1. 从旧名。词谱订调的一般办法是："取唐宋旧词，以调名相同者互校，以求其句法字数；取句法字数相同者互校，以求其平仄"②，确定好字数平仄句法后，定为科律。但如是往往后出者反定为标准，不免不辨源流。秦巘批驳道：

> 词本乐府之变体。自唐李白、温、韦诸人创立词格，沿及五季，代启新声。至宋晏、欧、张、柳、周、姜辈出，制腔造谱，被诸管弦。所著皆刻羽引商，均齐节奏，几经研炼而成，足为模楷。与其取法于后人，莫若追踪于作者。③

其说源自王士祯"词选须从旧名"的观点，秦巘进一步详为考注，他编的《词系》也遵循以最早出现的词为正体、定为原调的标准。林大椿等选词皆从其说，每调选用创始作品，从词史而论，确实更能体现词调的原始面目。

---

①秦巘，邓魁英，刘永泰.词系[M].北京：北京师范大学出版社，1994：2.

②永瑢，等.四库全书总目[M].北京：中华书局，1965：1827.

③秦巘，邓魁英，刘永泰.词系[M].北京：北京师范大学出版社，1994：2.

2.规范调之别名。对于词调别名，明代分调型选本收录较为混杂。程明善《啸余谱》就有将一体分录为多体者，如《念奴娇》与《无俗念》《百字谣》《大江乘》，《贺新郎》与《金缕曲》，《金人捧玉盘》与《上西平》，均分录。张綖《诗余图谱》则在诸调后分列各体，如《酒泉子》后列13体，以第一体、第二体的序次标明，但并未区分正体，而以末字分"歌行题"（如《洞仙歌》《水调歌头》《六州歌头》《踏莎行》《望远行》等）、"令字题"（如《如梦令》《调笑令》《三字令》《唐多令》等）、"慢字题"（如《声声慢》《庆清朝慢》《石州慢》《木兰花慢》）、"近字题"（如《好事近》《诉衷情近》）、"犯字题"、"遍字题"、"儿字题"、"子字题"等。不能以题名分者，继以事分；若仍无可归类者，则以题名之字数区分，如"二字题"（《河传》《渔父》）、"三字题"、"四字题"、"五字题"、"七字题"等。从这些混杂的排列方式，可见分调型选本发展初期体例之驳杂。

万树《词律》对明代词谱收录驳杂的现象有所纠正，统一以体分列之。晚清民国分调型选本对调之别名的规范有所注意。其中如王官寿《宋词钞》辑成的时间较早，其编纂体例影响到民国的词谱体选本。该选将调名类似而实无涉者分列各卷，调而有数体者以收录的字数最少者列前，其余汇列于后，旧刻各集载有专题者照录于调名之下，各调别名注于目录之下，其字数用韵分别列各页上端，条理清晰，易于辨识。这些分调收录的词谱型选本对不懂音律的初学者而言，既可为音韵入门之基础，又可作为简单易行的填词范本。在词谱型词选中还记录了晚清选者的研究成果，如《词式》中从源流、宫调、名解、种类、别名5个方面记录了选者对词调的研究，于初学者不无裨益。

三、"以选为谱"：分调型词谱体词选的标注符号

词谱体词选兼备词谱功能，主要表现方式就是采用了词谱的标注符号。

用特定的符号标注出词谱，在南宋杨守斋《圈法美成词》中就已采用："盖取其词中字句融入声谱，一一点定，如《白石歌曲》之旁谱，特于其拍顿加一墨圈，故云圈法耳。"[①]这种圈法就是词谱的雏形，在当时的主要目的是方便歌唱。1536年（嘉靖十五年），张綖撰《诗余图谱》刊

---

①施蛰存.词籍序跋萃编[M].北京：中国社会科学出版社，1994:106.

行。该谱"将引初学之入门，谨按调而填词，随词而叶韵"①，列149种词调，并使用符号标示谱图，用白圈表示平声，黑圈表示仄声，圈中半黑半白者标可平可仄声。《诗余图谱》在每图后录一"古名词"以为式，但该本选谱分调较为粗略，被论者讥刺。万树编《词律》，正是为了"折中乎唐宋诸名词，而尽辟乎谱图之臆说"②。但张綖这种图谱式标法，在以后的词谱体词选中仍然得到承衍，不过符号更丰富多样。如程明善《啸余谱·诗余谱》中平声标"丨"，上声标"卜"，去声标"厶"；清初《词学筌蹄》以圆表示平声，以方框表示仄声，并"读以小圈，以便观览"③。道光年间成书的《碎金词谱》为演奏笛曲之便，标出工尺谱④；道咸年间编的《词系》标注方式为平声标"〇"，上声标"◎"，去声标"◇"，入声标"●"，仄声标"☆"或"★"等。

词谱和词韵所采用的标注符号，在晚清民国的词谱体选本中得到沿用，并有所发展。如王官寿《宋词钞》中，起韵换韵用"◎"，叶韵用"〇"，句用"△"，读用"·"标示。林大椿《词式》中，句为"。"，读为"、"，韵为"。。"，可平为"△"，可仄为"▲"，均注于字旁。民初选者如龙榆生等特别注意于词选中的标注符号，在《唐宋名家词选》中，以"·"表句，以"◎"表韵，以"△"表仄韵；而在其后所编《唐五代宋词选》中，龙榆生又"别创"了一些符号："一"表平声韵，"／"表入声韵，"×"表上、去声韵⑤。由此也可见出选者对在选本中采用的符号标注十分注意。民初大多数的词谱体词选的标注方式简明醒目。如杨易霖《词范》只采用了3种符号，逗用"、"，句用"·"，韵用"。"。吴遁生《宋词选注》中，则仅标示出平仄，用"〇"标平声，用"●"标仄声，可平可仄则在旁加以说明。借用标注的形式，使得词选兼有词谱的功能，民初选者对此都有自觉意识。如龙榆生就说明在选本采用这些符

①张綖.诗余图谱[M]//《续修四库全书》编纂委员会.续修四库全书:第1735册,上海:上海古籍出版社.

②徐本立.词律拾遗[M]//《续修四库全书》编纂委员会.续修四库全书:第1736册,上海:上海古籍出版社.

③周瑛.词学筌蹄[M]//《续修四库全书》编纂委员会.续修四库全书:第1735册,上海:上海古籍出版社.

④谢元淮.碎金词谱·碎金续谱·碎金词韵[M]//《续修四库全书》编纂委员会.续修四库全书:第1737册,上海:上海古籍出版社.

⑤龙榆生在《近三百年名家词选》中,又改回《唐宋名家词选》的符号方式,以"、"表豆,"·"表句,"◎"表韵,"△"表仄韵。见:龙榆生.近三百年名家词选[M].上海:上海古籍出版社,1979:1.

号，就是为了方便学词者，"兼寓词谱"①之意。

词谱型分调选本"以选为谱"的意识，也影响到其他形态的词选。如用符号来标示韵脚、节拍、句读的方式，也在分类词选及笺注体词选中广泛采用。而在民国填词法小册子中，也借鉴了词谱体词选的标注方式。如傅汝楫《最浅学词法》"别选古词若干首"，分为小令、中调、长调三类。"详记其字数用韵及句中可平可仄者，兼附异名，略加解说"②，就与孙人和《唐宋词选》《宋词选注》中标注方式一致。

四、分调型词谱体词选与新体乐歌的构想

分调型词谱体选本在晚清民国盛行，除方便学词之外，另一个主要原因是编选者试图还原词之音乐性，以实现新体乐歌③的构想。梁启超非常重视诗歌与音乐的关系，认为合乐之诗可起到启发和教育民众的作用，达到改造国民素质的目的，梁启超云：

> 凡诗歌之文学，以能入乐为贵。在吾国古代有然，在泰西诸国亦靡不然。以入乐论，则长短句最便，故吾国韵文，由四言而五七言，由五七言而长短句，实进化之轨辙使然也。诗与乐离盖数百年矣，近今西风沾被，乐之一科，渐复占教育界一重要之位置，而国乐独立之一问题，士夫间莫或厝意。后有作者，就词曲而改良之，斯其选也。④

梁启超试图从西方音乐教育中汲取经验，恢复诗词之合乐的特征，并指出长短句入乐最为自然。作为文学改良运动的倡导者，梁氏注意到在小说、戏曲之外，词对于国民教育的重要作用。他认为小说有最具打动人心的情感力量，故可以深刻而广泛地影响到民众；音乐美术的魅力更为直接："是把艺术家自己'个性'的情感，打进别人们的'情阈'里头，在若干期间内占领了'他心'的位置。"⑤为了实现音乐文学的情感力量，将词合乐以强化文学的感染力，是梁启超重视词体的主要目的之一。

---

①龙榆生.唐宋名家词选[M].上海：开明书店，1941（民国三十年）：1.

②傅汝楫.最浅学词法[M].上海：大东书局，1934（民国二十三年）：76.

③关于晚清民国时期新体乐歌的发展方向及其对于国民教育的积极意义，参见：彭玉平.民国时期的词体观念[M].文学遗产，2007（5）：111-121.

④梁令娴，刘逸生.艺蘅馆词选[M].广州：广东人民出版社，198:2.

⑤梁启超.中国韵文里头所表现的情感[M]//梁启超.饮冰室合集4.文集37.北京：中华书局，1989:72.

　　龙榆生对恢复词之能歌抱有较大的热忱，但遗憾的是，"终清之世，穷词之变，竟不能恢复歌词之法"[①]，仍只能停留为读本形式的"长短不葺之诗"。龙榆生认为，词可以作为新体乐歌的形式和基础。他在《唐五代宋词选·导言》中写道："利用这种组织，加以损益变化，去创造新体乐歌"[②]，这与胡适利用词的长短不葺的"组织"形式来创作新体诗的初衷是一致的。龙榆生认为，词更接近于语言之自然，又最富于音乐性的特征，应对词体之声调组织、句法，加以模仿，以之为参考，创造出一种适宜于现代的新体歌词形式。这也是编写分调型选本的主要目的之一。龙榆生对此寄予厚望，并表示"极愿和读者们共同努力"[③]。

　　为了适应乐歌创作[④]的需要，民国词谱体词选往往有意将乐（歌）谱和词谱进行转换，试图还原词之能唱的面貌；或为了配合西式音乐在新式教育中的传播，在词谱或词谱型选本中将宫商调与西谱相对比。如余毅恒《词筌》云："其唱之先，必有谱为其根据，如西乐之歌谱然，名之曰词谱。……至于歌唱之际，于古乐府言之，有散声、和曲、送声三种。宋词代兴，已将散声改为实字入乐。"[⑤]具体而言，散声无实义，用以助尾声而定拍子；一人唱后，其他人就末句叠唱以和之，为和曲；歌者取其辞与和声相叠成者，则为送声。余毅恒还列举了唐人乐府的具体例子，回溯了古乐府以来的歌唱法。但古人唱词之法已茫如坠绪，今人填词，自应按谱填词，注意声之平仄阴阳和韵之谐畅。声韵相协后再施之管弦，才能流畅无阻[⑥]。《词筌》又将八十四宫调表与西乐进行比较，并标出不同的词谱，表现出开放、通达的眼光。梁启超进一步主张在中西乐对比的基础上加以融会贯通："今日欲为中国制乐，似不必全用西谱。若能参酌吾国雅、剧、俚三者而调和取裁之，以成祖国一种固有之乐声，亦快事也。"[⑦]致力于在中西乐结合的基础上建立"国乐"，但在文

　　①龙榆生.龙榆生词学论文集[M].上海：上海古籍出版社，1997:378.

　　②龙沐勋.唐五代宋词选[M].北京：商务印书馆，1937（民国二十六年）:17.

　　③龙沐勋.唐五代宋词选[M].北京：商务印书馆，1937（民国二十六年）:20.

　　④夏晓虹《晚清女报中的乐歌》一文中指出，随着女子社会化教育的兴起以及女学堂音乐课的开设，乐歌成为女子教育的一项重要内容，可分为仪式歌、励志歌、助学歌、易俗歌、时事歌5类。由此也可见乐歌在民国时期的盛行情况。见：夏晓虹.晚清女报中的乐歌[J].中山大学学报（社会科学版），2008，48（2）:1-33.

　　⑤余毅恒.词筌[M].南京：正中书局，1944（民国三十三年）:36.

　　⑥余毅恒.词筌[M].南京：正中书局，1944（民国三十三年）:40.

　　⑦梁启超，郭绍虞，罗根泽.饮冰室诗话[M].北京：人民文学出版社，1959:62.

学形式上，如何把握"国乐"歌词的雅俗界限，亦是一个难题，"文太雅则不适，太俗则无味。斟酌两者之间，使合儿童讽诵之程度，而又不失祖国文学之精粹，真非易也"①。

梁启超将词乐运用于国民教育，试图在词的基础上创立新乐歌歌词的构想和尝试，在当时得到詹安泰、夏承焘、龙榆生等的积极响应，龙榆生在他编的3种唐宋词选中，都表现出对这种发展方向的憧憬。

第四节　晚清唐宋词选本对现代词史专著形成的影响

晚清民国时期，文学史著作纷纷应运而生。在民国初年各分体文学史的编纂中，小说、戏曲史专著的诞生要早于诗词文。1912年（民国元年），王国维《宋元戏曲史》编成；1920年（民国九年），张静庐《中国小说史大纲》印行。相对而言，诗史、词史专著的编纂就显得相对滞后。如果将诗史与词史专著对比，不难发现，从编写时间而言，中国第一部现代词史专著的诞生，要早于第一部诗歌史专著。最早的词史专著是1922年（民国十一年）刘毓盘编的《词史》②，但最早的诗歌通史专著，即李维的《诗史》，直到1926年（民国十五年）才编成③。

为什么词史研究比诗史研究更早形成体系化的专著呢？除了词与小说、戏曲等通俗文学形式在晚清民国颇受欢迎之外，与这一时期唐宋词选的繁盛密切相关。词选遴选出名家名作，通过序跋、注释、评析、词人评传等各种形式，体现出选者的评价，这种形式极易过渡为词史的框架。以重要作家作品联接史的脉络，并阐释文学现象和流派风尚的文学史架构方式，对于现代词史专著的叙述方式产生了深远的影响。

①梁启超,郭绍虞,罗根泽.饮冰室诗话[M].北京:人民文学出版社,1959:97.
②从刊行时间而言,中国第一部断代词史是胡云翼的《宋词研究》,编于1926年(民国十五年);刘毓盘的《词史》直至1931年(民国二十年)方才刊行出版.
③李维的《诗史》于1928年(民国十七年)在北平石棱精舍印行.虽然在印行时间上,李维的《诗史》早于1931年(民国二十年)刊行的刘毓盘的《词史》,但晚于胡云翼的《宋词研究》.从编写时间而言,刘毓盘的《词史》要早于李维的《诗史》.李维是刘毓盘的学生,李维是在其师的鼓励和启发下才开始撰写诗史的.关于中国诗史和中国词史专著的比照以及李维《诗史》的价值,可参见:蒋寅.现代学术背景下的中国诗史尝试——重读李维《诗史》札记[M]//蒋寅.学术的年轮.南京:凤凰出版社,2010:123-127.

一、由词选到词史专著的过渡形态

本部分所论侧重于词选在词史专著编纂及形成过程中的意义。笔者认为，选本形式为词史的撰写，提供了较好的架构基础，在由词选到词史专著的过渡中，产生了词史型选本和选本型词史两种形态。

选者在选本中整理大小词家作品，网罗散佚，存录文献，"乃为文士之所图，而类乎词史之选本出，即所谓因词以传人者是也"①。在选本中传人的目的有二：一是以词证史；二是呈现词体自身的发展史。清末学人选词，对建构词史及以词证史都有自觉意识，大抵在词选中两种功能兼而有之，此处重点讨论后者。

通过选词和评词勾勒词史的书写方式，在南宋黄昇《花庵词选》中就已初露端倪。明代毛晋评该选云："每一家缀数语记其始末，铨次微寓轩轾，盖可作词史云。"②但宋、明时期分调分类型选本较为流行，分人选编的选本不多，通过评词方式来贯联词史的选本更不多见。词选兼词史的编纂方式，在晚清民国才得到迅速发展。这一时期的唐宋词选大都以年代为序，或以选词多寡、或以主次体例区分词人的词史地位，加有例言、眉批、旁注，连贯而读，即是一部简单的唐宋词发展史。

在晚清词选本中，较早通过词选来建构词史的是冯煦《宋六十一家词选》，主要体现在例言与选本主体的关联中。不过冯煦依托的仍然是词话，直至胡适《词选》才开始在词选中以"小论文"的形式评词论词，并得到广泛的推广，使得选本中的词史观念更为鲜明。如陈匪石《宋词举》既可作词选读，亦可视作"逆溯"的词史③。反之，有些词史专著是通过选词、选人的方式进行架构的。如胡云翼《宋词研究》、吴梅《词学通论》等。在晚清民国的唐宋词选和唐宋词史专著之间，缺乏明显的界限。特别是讲义型选本，如刘永济、陈匪石的唐宋词选，其实很难区分其究竟是词选本还是词史专著。这一时期出现了兼备二者特征的过渡形态，根据偏倚的程度，可分为词史型选本和选本型词史。在由选本向词史的发展过程中，经历了"词选→词史型选本→选本型词史→词史专著"转变的几个阶段。词史型选本、选本型词史介于选本和词史专著之

---

①龙榆生.龙榆生词学论文集[J].上海：上海古籍出版社，1997:69..
②毛晋.花庵词选跋[M]//施蛰存.词籍序跋萃编.北京：中国社会科学出版社，1994:662.
③汪辟疆.宋词选本[M]//汪辟疆.汪辟疆文集.上海：上海古籍出版社，1988:871.

间，是清末至民国初期学词与词学由混沌一体渐至分离的表现形态。

词选由分类编排向分人编排转换时，就已呈现出以时间为序的词史发展过程，具有词学史的意义①。但是，分人收录并按时间序列编排的选本，并不能称为词史或词史型选本，只可以称做是"以词作为本位构筑词学史"②的基础材料。

词史型选本的基本形式仍然是选本。除了按时间序次的分人排列外，这种选本虽然依托选词、论词的方式，但不再注重体现词选作为学词范本的功能，而侧重对词体发展做一定的总结，并根据词人风格进行归类，勾勒出词人群体、流派的形成和演变，凸显出不同阶段的重要词人词作。词史型选本的编纂体例较完备，如词人小传、注释、赏析等形式都被采用。选者还会通过词人小传、赏析等，记录相关的研究成果和心得。这种选本往往附有较为详细的总论（或前言、序跋等），对词体的形成、发展等进行了整体论述，大都可视为一篇词学史概论，如刘永济的《唐五代两宋词简析》。有的选本在词人小传部分对每一位词人的作品、地位等做了详细分析，并在整体框架上加以贯联，如胡适《词选》，即是如此。其分析和概述，都采用论文体形式，叙述方式与词话体形式已有明显的区别，在由词话体向论著形式转变过程中，早期的词学研究者以词选为依托，词选成为论者架构词史的支撑。

选本型词史的基本形式已不再是选本，而主要是论著体的行文方式。与词史型选本仅对词人流派、群体及词体演变进行大体架构的形式不同，在选本型词史中，这些内容都得到较为翔实的阐发。而选本中对词人的生平介绍、对代表作品的讲解，仍然是选本型词史的构成内容。这种类型的词史中选录了大量词人词作，并且在每一首词作之后都有详细的赏析，保留着赏析体词选的痕迹。正如民国初年"学词"与"词学"混沌不分的状况一样，词史专著与词选在这一时期也并未有泾渭分明的区别。

民国初期的词史型选本和选本型词史主要呈现为讲义形式，在民国初期中、高等学府的课堂上使用，通过释词来勾勒词史，或在对词史的勾勒中，佐以对唐宋词声情并茂的讲解。虽然词史型选本和选本型词史形成的主要原因是现代词学萌芽期相关的词学理论尚未系统化造成的，但也体现出授课者为了适应听者对唐宋词的爱好（这种爱好胜过对唐宋

①杨柏岭.晚清民初词学思想建构[M].合肥:安徽大学出版社,2004:11.
②杨柏岭.晚清民初词学思想建构[M].合肥:安徽大学出版社,2004:11.

词史的关注）而有所偏倚和变通的取舍。从这一意义上说，唐宋词在中学、大学课堂中受到欢迎，与早期词学研究者将词史与词选形式相结合而做的有声传播不无关系。

二、词史型选本：以胡适《词选》、刘永济《唐五代两宋词简析》为个案

当词选由评点体向注释、赏析体转变时，选本成为民国初年词学家借以架构唐宋词史的主要方式。以时间先后为序，选录代表作家作品为主干，在赏析词作的同时，辅以词史意义和地位的评价，形成词史型选本。

（一）胡适《词选》

胡适在《词选·序》中申明，"我的词选就代表我对于词的历史的见解"①。《词选》将词人的生卒年在目录中标识出来，并作为编排词选本序次的主要依据，体现出自觉建构词史的意识，是较早的词史型选本。

除了在序中对词史做简单分期外，《词选》的词人小传部分也体现出胡适的词史观念。与以往词选的词人小传只是简单介绍词人的生平或者集评不同，胡适将文本分析法、实证法和历史的美学的批评方法②，运用于词学研究中。融论于叙，对词人创作特色、词史地位予以总结，并采用了小论文体的形式来进行论述。其论述方式和切入问题的角度，对现代词学研究有重要影响。胡适对其"以选为史"的编选方式颇为自得，他在给赵万里《校辑宋金元人词》做的序中，还惋惜赵万里未能给每位词人各撰一篇短传，如果能使词人的生平、交游、著述等展现出来，"那就更可以增加这部书在文学史上的价值了"③。

在词人小传部分，除了对词人生卒、词作风格进行概述外，胡适注意围绕词学研究中的焦点问题予以阐发。如欧阳修艳词考、张炎生卒考、李清照改嫁辩、苏轼"以诗为词"、辛弃疾"掉书袋"之得失，等等。篇幅短小，以浅近白话行文，时有新解，均可视作早期的词学小论文。在措辞和观点上，这些"小论文"多采用较为客观的笔触，体现出"大胆假设，小心求证"的学术态度。如对韦庄诗集和生卒年的考证，对张泌其人的考订和存疑等。又如由李璟、冯延巳君臣关于"吹皱一池春

①胡适.词选[M].上海：商务印书馆,1927(民国十六年):2.

②谢桃坊.宋词辨[M].上海：上海古籍出版社,2007:123.

③胡适.校辑宋金元人词.序[M]//赵万里.校辑宋金元人词.1931(民国二十年):2.

水"的对话，分析云："可以使人想见当日南唐君臣提倡文艺的状况"①，遣词谨慎，并未由此对冯延巳的人品、境况及君臣关系等做过深的阐发。总体而观，《词选》的词人小传部分的论述方式，已脱离了词话体形式，体现出小论文的整体性和逻辑性，其写作体例和语体风格，为民国词选所采纳和模仿。《词选》词人小传中的相关考订，受到民国词学家的普遍关注。如夏承焘在《天风阁学词日记》中褒扬胡适对长短句的起源考订颇为确凿②，也指出《词选》中诸多可待商榷之处③。

胡适认为："凡是文学的选本都应该表现选家个人的见解。"④《词选》就体现了胡适对词学史的见解。胡适把"归纳的理论""历史的眼光""进化的观念"⑤等，运用于对古典词学的归纳，表现出自觉的词史意识和词体演进观念，将词史分为自然演变时期、曲子时期及模仿填词等3个时期。《词选》中选为第一时期的词，可细分为歌者的词、诗人的词、词匠的词3个阶段。当然，这种词史分期不免过于简单，如将晚唐至东坡以前词定位为娼妓歌人之词，有意淡化了晚唐北宋初年的词体雅化和演进的过程⑥。但《词选》中也不乏真知灼见，如胡适以李煜词为唐五代集大成之作，"深厚的悲哀遂抬高了词的意味……替后代的词人开一个新的境界"⑦，与王国维所言"词至李后主而眼界始大，感慨遂深，遂变伶工之词而为士大夫之词"⑧相近。又以苏轼为词体转变的关捩，认为苏轼的词极大拓展了词之表情达意的范围。其观点不乏新见之处。

俞平伯对词调的分期与胡适的词史分期较为相似。《读词偶得》中将词调的演变分为4个阶段：晚唐五代的小令、北宋初年的慢词、北宋晚年的犯调、南宋时兴起的自度曲⑨。将前3种归属为"自然的演变"，而将词人自度曲单列，认为南宋时"词风已衰，社会上喜欢词的人已渐渐少起

---

① 胡适.词选[M].上海：商务印书馆，1927(民国十六年)：34.

② 夏承焘.天风阁学词日记[M].杭州：浙江古籍出版社，1984：18.

③ 详见：夏承焘.天风阁学词日记[M].杭州：浙江古籍出版社，1984：18-24.又，胡适假定吴文英卒于1260年，夏承焘也予以辨正，详见：夏承焘.天风阁学词日记[M].杭州：浙江古籍出版社，1984：31.

④ 胡适.词选[M].上海：商务印书馆，1927(民国十六年).

⑤ 胡适.胡适留学日记[M].长沙：岳麓书社，2000：89.

⑥ 夏承焘.天风阁学词日记[M].杭州：浙江古籍出版社，1984：23.

⑦ 胡适.词选[M].上海：商务印书馆，1927(民国十六年)：43-44.

⑧ 王国维.人间词话[M]//唐圭璋.词话丛编.上海：上海古籍出版社，1986：4 242.

⑨ 俞平伯.诗余闲评[M]//俞平伯.读词偶得.上海：开明书店，1947(民国三十六年)：3-4.

来了"①。俞平伯从词调的演变见出词体的演变，也是着眼于音乐的角度。又将词分为"写的"与"作的"两种："写的"词，大抵率尔写就，"只取乎音乐，无重于文章"；"作的"词，则多为"精心结构"②之作。以苏东坡、辛稼轩词为"写的"词，周邦彦、吴文英词为"作的"词。这种分法及语词与胡适非常接近。

胡适的词史分期并未得到民国词学家的一致认可。1934年（民国二十三年），龙榆生《两宋词风转变论》中的词史分法，就已淡化了胡适三分法中强烈的"主观意见"。龙榆生将宋词分为6期：南唐词风在北宋之滋长、教坊新曲促进慢词之发展、曲子律之解放与词体之日尊、大晟府之建立与典型词派之构成、南宋国势之衰微与豪放词派之发展、文士制曲与典雅词派之昌盛③。并重词体、词派、词风的发展演变的脉络，无疑更为贴近词史的真实面貌。

（二）刘永济《唐五代两宋词简析》

刘永济选本中的"以选为史"的角度，与胡适《词选》并不相同。胡适呈现的是词由"活文学"到"死文学"的过程④，《唐五代两宋词简析》则体现出对词学史上不同流派的关注。从目录中，可看出选者是如何借选本的形式介绍唐宋词主要流派的：

一、唐五代各家闺情词：温庭筠﹒、皇甫松、韦庄、和凝、牛峤、魏承班、顾夐、欧阳炯、张泌、孙光宪（附敦煌石室所出唐时民间词曲）。

二、变新词风作家李煜及开宋风气作家冯延巳：李煜、冯延巳（附隐逸词及风土词：李珣、欧阳炯）

三、宋初各家小令：晏殊、范仲淹、欧阳修、晏几道、贺铸

四、发展词体作家苏轼及柳永：苏轼、柳永

五、女词人李清照

六、柔丽派词人周邦彦及其同派各家：周邦彦、姜夔、史达祖

七、豪放派爱国词人辛弃疾及其同派各家：辛弃疾、岳飞、张元干、张孝祥、陆游、陈亮、杜斿、陈人杰、李好古、褚生、文天祥。（附：宋遗民词：张炎、

---

①俞平伯.诗余闲评[M]//俞平伯.读词偶得.上海：开明书店，1947（民国三十六年）：4.
②俞平伯.诗余闲评[M]//俞平伯.读词偶得.上海：开明书店，1947（民国三十六年）：7-8.
③龙榆生.两宋词风转变论[M]//龙榆生.龙榆生词学论文集.上海：上海古籍出版社，1997：231-253.
④胡适将其词史的3期总结为：第一个时期是词的"本身"的历史。第二个时期是词的"替身"的历史，也可说是"投胎再世"的历史。第三个时期是词的"鬼"的历史，称"词到了宋末，早已死了"。参见：胡适.词选[M].上海：商务印书馆，1927（民国十六年）：3.

刘辰翁、邓剡、徐君宝妻）

八、两宋通俗词及滑稽词：刘焘、无名氏、蔡伸、康与之、辛弃疾、刘克庄、石孝友、蜀妓。

九、南宋咏物词：王沂孙、周密。①

该目录已基本具备唐宋词史的雏形。编者在总论中对各部分做了贯联式的论说，整体观之，可视作词史或词派发展史的写作大纲。但在选本中将词人词作归入某一种风格流派的编排方式，往往只是突出词人某一方面的特色，或者人为地强化了这一特征。如将陆游归为豪放派爱国词人，就未能体现出陆游词的丰富性。另如欧阳炯词，也难仅以隐逸或风土词来囊括。将张炎归入宋遗民词，将史达祖、周邦彦、姜夔三家归为柔丽派，在标准的统一上，有可商榷之处。当然，刘永济做的分类，是为了体现词人词作最突出的特点，呈现群体、流派的形成和发展过程。编者显然对这种分类的片面性有一定认识，选中就将稼轩词归入"豪放派爱国词"与"通俗词及滑稽词"两类，而且也不难发现，编者在词人个性与词派之间追求均衡，如将苏轼和柳永归为"发展词体作家"而不归入豪放派或柔丽派，将女词人李清照单列而不冠以任何词派名目等的编排，都体现出编者细致而全面的词史观。

除了胡适《词选》、刘永济《唐五代两宋词简析》外，曲滢生《唐宋词选笺》等词选也可归为词史型选本。曲滢生自序云："……以时代之次序，经纬于其间，于每一作家之后，详列其事迹，及他人之评语，以期毕宣其在词坛之地位及影响，故此书实合词选词笺词史为一体者也。"②大致介绍了由编撰词选到撰写词史的构想，也是当时词选中普遍采用的编纂体例。即以时代次序排列的选本为基础，以笺注的方式为补充，并详述词人生平事迹，对其词坛地位及影响进行分析，由词选、词笺到词史，在3种形式之间自然过渡。

与赏析体词选侧重品鉴作品不同，词史型选本更注重于通过对代表作家、作品的比较来把握唐宋词发展的规律和特征③。

在民国词史型选本中，选者多注意于收录不同时期、不同风格的作品。这种兼容并蓄的选本特色，与晚清选本中有意"缅宗派"有所不

---

①刘永济.唐五代两宋词简析[M].上海：上海古籍出版社，1981：1-13.

②曲滢生.唐宋词选笺[M].北京：清华园我辈语社，1935(民国二十四年)：2.

③刘扬忠.本世纪前半期词学观念的变革和词史的编撰[J].江海学刊，1998(3)：157-163.

同，带有学术研究的色彩。选者关注的重心不同，有时为了说明词体发展史中呈现的不同倾向和风气，会较多地收录某一种类型或某一位词人的词，而这种数量的多寡，并不代表选者对该类型词或对该词人词作的褒贬。

在词史型选本中，求全求备、取尚雅洁不再成为选者、论者关注的焦点，反映词史之原貌才是选者的目的。选者对于选本之外的名家名篇并不否认，也不要求读者从其选本中求得入门之径。因此，读者可以在词史型选本中，见到被晚清选家删汰的唐五代艳情词、宋初俳谐俚俗词等。这是词史型选本的特别之处。

三、选本型词史：以胡云翼《宋词研究》、吴梅《词学通论》为个案

在词史型选本的基础上，论者逐步摆脱词选、词话的束缚，以论著的形式构建词史，将词史型选本中对词人群体及流派风尚转变的关注点凸显出来，对不同时期的词体演变、词坛背景及创作倾向做深入探析，但在选人、论词时，仍体现出较为鲜明的选本痕迹，可称之为选本型词史。

（一）胡云翼《宋词研究》

1926 年（民国十五年），胡云翼编的《宋词研究》刊行。上篇为"宋词通论"，介绍宋词的发展过程，分析"宋词的先驱"、宋词发达的"因缘"，并概述宋词流派。下篇为"宋词人评传"，列举了柳永、晏殊、晏几道、张先、欧阳修、苏轼、秦观、周邦彦、李清照、辛弃疾、姜白石等 11 位宋词名家，并对"苏门的词人""北宋中世纪的五词人""辛派的词人""南渡十二词人""姜派的词人"等较有特色的词人流派和词人群体做了归类和选注。

胡云翼在自序中，介绍其编撰目的：其一，概述词的"内包外延"；其二，帮助读者了解"宋词发展和变迁的状态"；其三，介绍宋词作家的生平，赏鉴宋词作品①。这 3 个方面是胡云翼认为词史著作应该解决的主要问题。第二、第三点都是以代表作家作品的分析来呈现的，并主要采取选词评词来展开，集中体现在下篇"宋词人评传"中。这一部分的撰写方式，与胡云翼的诸种词选相近，以选词与集评相结合，在结构编排

---

①胡云翼.宋词研究[M].上海：中华书局，1926（民国十五年）：1.

上还带有选本的痕迹，但论述和分析方式已是词史专著的风格了。

（二）吴梅《词学通论》

吴梅《词学通论》编于1934年（民国二十三年），也体现出由词选、学词法小册子向词史过渡的特点。前5章论平仄四声、韵、音律、作法，其体例与当时盛行的填词门径、词学指南极为相近。第6—9章概述历代词史，其中的历代词人"词略"部分，明显有赏析体词选的痕迹。节录李璟《山花子》（菡萏香销翠叶残）的评语如下：

中宗诸作，自以《山花子》二首为最，盖赐乐部王感化者也。此词之佳，在于沉郁。夫菡萏销翠，愁起西风，与韶光无涉也，而在伤心人见之，则夏景繁盛，亦易摧残，与春光同此憔悴耳。故一则曰不堪看，一则曰何限恨。其顿挫空灵处，全在情景融洽，不事雕琢，凄然欲绝。①

其叙述方式与赏析体词选并无不同，着意于分析词之声情、句法。《词学通论》在论述词人群体时，也采取周济《宋四家词选》的附列方式。如将西蜀词人12家论列于韦庄之下，并各举1首作品为例。这些都体现出词史编纂初期的过渡特色。

选本型词史的过渡特色，在刘毓盘《词史》中已较为淡薄。刘毓盘《词史·自序》申明其编词史的目的是"综其得失，以识盛衰"，评清代各派之争"虽曰各有可取，亦无谓之争矣"②，体现出客观中立的特色。除了对宋词主要作家作品予以介绍并举例外，刘毓盘对词学史上的重要词论著作如李清照《词论》等，也做了评述。《词史》在内容和形式上都表现为较成熟的现代词史形态，是中国第一部通代词史专著。

本 章 小 结

晚清时期唐宋词选的主要目的是学词，故择选苛严，注重门径词法，以矫治词创作中俚俗、油滑、纤巧等弊端。这一时期的选本较为精审，适合初学者入门，多采用名家词选体例，凸显唐宋词名家名篇的地位。唐宋词人名家群体在清末至民国初期的唐宋词选中逐步形成。

为学词而选词的目的在民国发生变化。随着近代启蒙者以词作为新

①吴梅.词学通论[M].上海：商务印书馆，1932（民国二十一年）：57.
②刘毓盘.词史[M].上海：上海书店，1985：2.

体乐歌歌词构想的提出，为方便填词者依谱填词，合乐而歌，大量简易的分调型词谱体词选开始盛行。另外，随着现代词学的萌芽，词选成为词史专著形成的基础，出现了词史型选本和选本型词史等过渡形态。词史型选本在词选的框架上体现出对词人群体和词坛风气变化的关注；选本型词史虽然以论著体形式出现，但是其叙述方式和对词的详释体例都保留着选本的痕迹。这些过渡形态的选本多为讲义型选本，体现出近代"学词""词学"不甚分明的混沌状态。词史型选本和选本型词史为现代意义上词史论著的诞生奠定了基础。

第三章 词评型选本的发展与演变

"选本所显示的,往往并非作者的特色,倒是选者的眼光。"①鲁迅此言论选本的不足之处,也犀利地指出选者对于作品重塑的决定性作用②。"选择即批评",选本中采用的词人小传、圈点、眉批、夹批、尾注、笺、集评、论词等,也丰富了选本批评的形式和内容。晚清词选中,评词之风盛行。选者在选词的基础上,通过各种词评形式来解释和彰显其选旨。如陈廷焯《云韶集》和《词则》、杨希闵《词轨》、王闿运《湘绮楼词选》、谭献《箧中词》、樊增祥《微云榭词选》③等,皆是朱黄满纸,开卷粲然。编选者不仅在选词、选人上"各矜手眼",在批评方式上亦是各擅其长。任二北颇为赞赏这种将选词与评词相结合的选本形态:"以词评而兼词选,选之前各自具说,标明选旨,学者自觉其便利。"④

本章借用任二北所言的"词评而兼词选"为带有词评形式(包括各种形态的评点及赏析体、注释体、集评体等)的词选命名,称之为词评型选本,以与仅选词而不评词的"白文本"相对应。试图分析词评型词选的不同形态及其在晚清民国的发展演变过程。

第一节 词评型词选的不同形态

一、词评型选本的5种形态

词评型选本主要有随文批点和独立成文评析两类,其中随文批点型可细分为集评纪事体、评点体、校勘体、笺注体4种。这5种词评形态的形成虽有先后之分,但在演变过程中,并非是绝对此消彼长的关系,有

①鲁迅."题未定"草(六)[M]//鲁迅.且介亭杂文二集.北京:人民文学出版社,1973:171.

②宇文所安指出:"一个作家的面目可以完全被入选作品的取舍改变。"见:宇文所安.过去的终结:民国初年对文学史的重写[M]//刘东.中国学术:总第5辑.北京:商务印书馆,2001:197.

③余诚恪印行《微云榭词选》时,将樊增祥的批点全部删除。

④任二北.词学研究法[M].上海:商务印书馆,1935(民国二十四年):75.

时一种选本中往往采用多种形态的批评方式。

其一，集评纪事体。即简单搜集罗列前人的词话附于词后，如清初朱彝尊编的《词综》。

其二，评点体。以《词选》《蓼园词选》《宋四家词选》《词则》等为代表。这是清代词选中最普遍采用的形式，即将诗文评点的形式运用于词选中。内容与诗文评点相近，主要是欣赏品鉴与作法分析，注重于对文本的理解及意义的诠释。

其三，校勘体。在道、咸、同时期盛行。在内容上，注重从词学研究的角度做"词内"的分析，如对相关音律知识的介绍、对校勘过程的记录等等，戈载《宋七家词选》就属于此类。这一形态的选本缺乏精彩、富有个性色彩的点抹批注，但具有细密、严缜的特点，多注意于纠正前贤或时人在音律或字句上的讹误，促进了词谱、词律之学的发展。

其四，笺注体。随着大型词总集的不断整理出版，对于词之本事、逸闻的收集渐趋丰富，笺注体词选逐渐盛行，可以帮助读者准确地理解词意和相关的背景知识。笺注体词选的发展，可分为前后两期：前期与评点体形态相结合，成为评点的补充；后期与成文赏析体形态相结合，形成现代词选常用的选词、词人小传、笺注、评析等选本体例。

以上4种都属于随文批点型选本。晚清是批点型词选最为繁盛的时期。

其五，独立成文评析型。民国初期，评点形式逐渐退出，以陈匪石《宋词举》为标志，词选的批评形态由随文批点型转为成文赏析型。不再注重宗派思想的传达，而注重对词之艺术审美特质的分析。

比较这5种词评形态，纪事体由于重搜集而不重提炼，采摭易落入"猥滥"。评点体注重阐发宗派观念，个性色彩鲜明，易染"我见"层深之弊，但就体现选者的词学思想而言，这种选本无疑最有特色。校勘体带有专门之学的色彩，不便初学者入门。成文评析型词选中的词评部分，多采用可独立成篇的白话散文或浅近文言文形式，优美畅达，最易为读者接受，其评词方式为现代词选所普遍采用。

晚清民国的词评型选本以唐宋词选本居多。比较而言，褒贬当代词很难完全秉持公心、尽笔直抒，而对唐宋词的评点就要自如许多，这也是评唐宋词者众的原因之一。民国时期唐宋词选向简约、浅易化的方向发展。校勘体中对音律的细致分析，转为仅对韵脚、平仄略做介绍；集评体中求全求备的特色，转为精约简明的评语，无关的逸事逸闻则被删除；评点体中对作词技法的关注，转为对词境的分析，形成短小精美的赏析体文章。为适应不同人群阅读需要而编选的各种类型词选开始盛行。

从表3-1中，可大致观察清代词评型选本的发展和演变过程①。

表3-1　清代词评型选本及其形态比较

选本	序跋	小传	眉批	尾批	夹注	圈点	笺	注释	集评	评	标点
《倚声初集》	○	×	×	○	×	○	×	×	×	×	×
《林下词选》	○	○	×	×	×	×	×	×	×	×	×
《历代诗余》	○	×	×	×	×	×	×	×	×	×	×
《词综》	○	×	×	×	×	×	×	×	×	×	×
《词综补遗》	○	○	×	×	×	×	×	×	×	×	×
《词选》	○	×	×	×	×	×	×	×	×	×	×
《蓼园词选》	○	×	×	×	×	×	×	×	○	×	×
《词辨》	○	×	×	×	×	×	×	×	×	×	×
《宋四家》	○	×	○	×	×	×	×	×	×	×	×
《宋七家》	○	×	×	×	×	×	×	×	○	×	×
《箧中词》	○	×	×	○	×	×	×	×	×	×	○句
《宋六十一家》	○	×	×	×	×	×	×	×	×	×	×
《唐五代词选》	○	×	×	×	×	×	×	×	×	×	×
《词则》	○	○	×	×	×	×	×	×	×	×	×
《湘绮楼词选》	○	×	○	×	×	×	×	×	×	×	×
《艺蘅馆词选》	○	×	×	×	×	○	×	×	×	×	×
《唐五代词》	○	○	×	×	×	○	×	×	×	×	×
《宋词钞》	○	×	×	×	×	×	×	×	×	×	○
《历代白话词》	○	×	×	×	×	×	×	×	×	×	○句
《宋词三百首》	○	×	×	×	×	×	×	×	×	×	×
《词选》	○	×	×	×	×	×	×	×	×	×	×
《离别词选》	○	○	×	×	×	×	×	×	×	×	×
《词絜》	○	×	○	×	×	×	×	×	×	×	×
《唐五代词》	○	×	×	×	×	×	×	×	×	×	×
《唐宋名家词》	○	○	×	×	×	×	×	×	×	×	×
《名家词选》	○	×	×	×	×	×	○	×	×	×	×
《唐宋词选笺》	○	○	×	×	×	×	×	×	×	×	○

①表3-1排序主要依据选本的编成时间。若无编成时间，则按序跋时间，或依其标明的印行时间。亦有不著撰年者，则依作者生卒先后排列。词选名如《宋四家》《宋七家》等，为简称。

选本	序跋	小传	眉批	尾批	夹注	圈点	笺	注释	集评	评	标点
《故事词选》	○	×	×	×	×	×	×	○	○	×	○
《女子词选》	○	×	×	×	×	×	×	○	×	×	○
《唐宋词选》	○	×	×	×	×	×	×	×	×	×	○
《唐五代宋词》	○	×	×	×	×	×	×	○	×	○	×
《宋词面目》	○	○	×	×	×	×	×	○	×	×	×
《宋词举》	○	○	×	×	×	×	×	○	×	×	×
《词选》	○	○	×	×	×	×	×	○	×	×	×
《唐宋词选》	×	○	×	×	×	×	×	○	×	×	×
《宋名家词选》	×	○	×	×	×	×	×	○	×	×	×
《唐词选释》	○	○	×	×	×	×	×	○	×	○	×
《五代词选释》	○	○	×	×	×	×	×	○	×	○	×
《宋词选注》	×	○	×	×	×	×	×	○	○	×	○

从表3-1可大致看出，明代词选中采用的夹注方式，在清代选本中基本不用，尾批、眉批是清代词选常用的批点形式。总体而论，词评形态最丰富的是光宣年间的数种选本。

民国时期，新式标点符号在选本中广泛采用，现代词选的基本模式也逐步形成。一般由词人小传、注释、评析3个部分组成，内容上包括简单的词谱、音律的讲解，背景分析，意境及用词遣句的分析，等等。现代词选体例集合了集评、笺注、赏析等诸种评词方法，逐步舍弃了虽有个性但其义不彰的传统评点形式。

二、评点体词选的式微和笺注体词选的兴盛

在随文批点型的4种形态中，校勘体、纪事体的批评色彩较弱，在民国时期逐渐从选本中分离出来，向"研究型"转变，如唐圭璋《宋词纪事》等一般不视为词选。兹仅论述晚清民国时期评点体词选和笺注体词选的发展。

（一）"寄托说"和常州词派的评点体选本

在词选的评点形式中，很少有像诗文评点有诸多丰富的圈注批点等形式，一般仅采用圈、点。

南宋黄昇的《唐宋诸贤绝妙词选》为词选评点之滥觞，该选使用眉

批的方式，并在词人小传中附有简短的评语。在诗文、小说评点盛行的明代，词选评点蔚成风气，如杨慎批点《草堂诗余》、沈际飞评点《草堂诗余》等。清初金圣叹、先著等都批点过词选。崇祯年间卓人月、徐士俊辑的《古今词统》中还采用了眉批、尾批、夹注等多种形式。明代词选的评点及笺注在清初并没有继续发展，清初选者对于评点形态普遍持反对态度，如蒋景祁就反对词选中密加圈点："近选词家仿时义格，浓加圈点，开卷烂然，太素全失。"①清初选清词的选本中较少有评点，如《瑶华集》《今词初集》等，仅有极少的选本用了圈点、评注，如《倚声初集》。

评点盛行于明代，属于"后起的流行文化的组成部分"②，在清初受到批判。这种批判兼有对明末士风、文风的反思，是建立正统雅文学和雅文化的需要。如《四库全书》收录清人曹贞吉《珂雪词》时，就将集中原附的他人评语悉数删除，认为这些评语有涉标榜，是明季文社的陋习，"传与不传，在所自为。名流之序跋批点，不过木兰之楔。日久论定，其妍丑不由于此。庶假借声誉者晓然知标榜之无庸焉"③。与此类似，《四库全书》收录孙默《十五家词》时，也将原集中每篇末所附评语悉数芟除，讥此风"殊为恶道"，可见四库馆臣对于词选评点的态度。

张惠言《词选》以尊词体为号召，以寄托说解词。词之要眇宜修、婉曲隐微的特征，为这种解读方式提供了较大的阐释空间。"义有幽隐，并为指发"（《词选·序》），契合当时士大夫对词之意格的要求，颇能反映出清末学人的心态，故而寄托说在清末选本中绵延，有其发展的必然原因④，也促进了晚清词选评点之风的盛行。舍之评论云："自《花间集》以来，词之选本多矣，然未有以思想内容为选取标准，更未有以比兴之有无为取舍者，此张氏《词选》之所以为独异也。其书既出，词家耳目，为之一新。"⑤在比兴之义的基础上，张惠言对词体的特殊性以及创作心态的把握较为到位，但张惠言预设成心的评词角度，试图为唐五

①蒋景祁.瑶华集[M]//《续修四库全书》编纂委员会.续修四库全书:第1730册,上海:上海古籍出版社:9.

②吴承学.《四库全书》与评点之学[J].文学评论,2007(1):11.

③永瑢,等.四库全书总目[M].北京:中华书局,1965:1823.

④方智范.评张惠言的论词主张[M]//华东师范大学中文系中国古典文学研究室.词学论稿.上海:华东师范大学出版社,1986:357-374.

⑤舍之.历代词选集叙录(六)[M]//唐圭璋,施蛰存,马兴荣.词学:第六辑.上海:华东师范大学出版社,1988:216.

代艳词找到合理存在的"正统理由",就不免胶柱鼓瑟。

张惠言《词选》以寄托来解读唐五代艳词的释词方式,对晚清民国词选产生了较大的影响。他倡导的"思想内容"成为晚清词学"以诗教为词教"①的开端,在选本中得到体现。其偏颇之处不断得到补充和修正,晚清临桂词派的发展离张惠言之论有较大差异,但"确有所指"的分析方法,为清代学人论词选词,找到了一种合适的方式。如陈廷焯评冯延巳词"意余于词,体用兼备,不当作艳词读"②,王鹏运对唐五代"敢于直书"之词作"重、拙、大"的阐释,都是如此。

清代评点体词选多注重探求词意的隐衷,寻绎词中之寄托。以《蓼园词选》为例:黄苏评《鹧鸪天》(捡尽历头冬又残)抒"生当晚季之忧",评末二句"道人还了鸳鸯债,纸帐梅花醉梦间"云:"只写自己身世,即与'梅花'同梦矣,非好逸也,自有难于言者在,正妙在含蓄。"③评晏几道《玉楼春》(秋千院落重帘幕)末二句似有游冶念旧之意:"或亦有所寄托言之也。"④评晏殊《踏莎行》(小径红稀)云:"臣心与闺意双关写去,细思自得之耳。"⑤评辛弃疾《祝英台近》(宝钗分)云:"此必有所托,而借闺怨而抒其志乎?"⑥评价角度与张惠言所论并无不同,将寄托比兴之说在词作鉴赏中做了细致阐发。圈点、眉批、尾注等,既可直抒性情又可隐晦其辞。与感悟式的词话相比,选本因为有具体的词作为依托,其观点集中而且有系统。选本中的批评话语,多被近人逐录而成词话,如《蒿庵论词》《湘绮楼评词》《饮冰室词话》等,构成词话与词选相互依托的现象。

评点体词选自嘉庆以后迅速发展,在光宣时期达到鼎盛。陈廷焯《词则》⑦就是评点体词选的集大成之作。《词则》中几乎无词不评,采用了圈、点、眉批、注等多种评点形式。又有意区分了"自评"和"他评"的不同。眉批为选者自评,尾注为集评,即录他人所评。"先辈诸名

---

①陈铭.晚清词论转变的核心:以诗衡词[J].浙江学刊,1993(3):75.

②陈廷焯,屈兴国.白雨斋词话足本校注(上)[M].济南:齐鲁书社,1983:44.

③黄苏.蓼园词选[M]//黄苏,周济,谭献,等.清人选评词集三种.济南:齐鲁书社,1988:36-37.

④黄苏.蓼园词选[M]//黄苏,周济,谭献,等.清人选评词集三种.济南:齐鲁书社,1988:41.

⑤黄苏.蓼园词选[M]//黄苏,周济,谭献,等.清人选评词集三种.济南:齐鲁书社,1988:48.

⑥黄苏.蓼园词选[M]//黄苏,周济,谭献,等.清人选评词集三种.济南:齐鲁书社,1988:68.

⑦本节仅讨论清代选本特别是晚清选本中选唐宋词的评点方式的演变。其中如《词综》《词则》均为通代词选,主要只论及其评选唐宋词的部分,其如评金元明清词之体例大同小异,不作评析。

公所论，则必注某人云云，不敢掠古人之美也。"①因《词则》为通代词选本，限于体例，兹仅略为述及。

　　以圈点来标示等级是《词则》评点中最特别之处。《词则》所采用的圈点符号仅圆圈、点顿两种，但陈廷焯将这两种圈点形式变化组合，构成许多不同的排列，来表达他对词的评价。有"。"、"、"，"。。"、"、。，"、、。""。。。"②等6种形式。这些符号分别有不同的含义。以收入《大雅集》的30首庄棫词为例，其中加"。。。"有13首，加"、。。"有8首，加"。。"8首，仅有1首标为"、、。"。标"。。。"为最佳之作，以下依等次标为"、。。""。。""、、。"等，即以圈的多少来标示出选者对这首词的评价。如标注"、、。"符号的《水龙吟》（小窗月影东风破）"此篇用笔稍疏，但总未只字说破，意境仍自深厚"，较标为"、。。"符号的《垂杨》（东风几日）"郁之至，厚之至"的评语，在下笔措辞的细微之处显然有所区分，并由此可揣测出"、"比"。"的等次要低。这种词牌前的圈点是一种饶有趣味的批评形式，类似于以星级定等次。《词则》分《大雅》《放歌》《闲情》《别调》4集，高下之别昭然。在"本诸风雅，归于忠厚"的《大雅集》中，有大量"。。。"的圈点符号，而在其后的3集，特别是《别调》《闲情》集中，"。。。"的符号就不多见，主要标为"。。""、。。""、。"等。

　　陈廷焯对符号的标注贯穿整个选本，读者借助每一首词的词眉之圈点符号，就可大致窥见选者的偏尚。圈点表示的评论者的评价往往较为隐晦，陈廷焯试图将这种圈点之意公开化，将圈点能传达的评价功能发挥到"顶点"。陈廷焯把圈点之意明晰化，将圈点与优劣评价直接关联，既体现批点形态在晚清的发展，又昭示圈点将在词选中淡出的趋势。直白、明晰的赏析体短文，将很快取代"欲彰弥盖"的圈点符号。

（二）笺注体词选的发展

1.词选中笺、注的区分及其消长。

　　以陈廷焯《词则》为标志，评点型词选开始走向衰微，圈点等形式逐渐从选本中退出。民国初期徐珂《历代词选集评》序云："不加圈点

---

①陈廷焯.词坛丛话[M]//唐圭璋.词话丛编.上海：上海古籍出版社,1986:3743.

②关于这种词牌前的圈点,可参考:曹明升.清人评点宋词探微[J].郑州大学学报,2005(5):120-123.该文中列举的《词则》中的8种圈点形式,"、、""、"并未出现在词前的圈点中,"、"的符号仅用于文中圈点,不用于词牌前的圈点。

者，亦以使仁者见仁知者见知而已。"①圈点、标识等"富有个性的阅读符号"②，逐渐被个性色彩较弱的笺注取代。

"笺"为笺义理，以显明作者之意；"注"为注音义，以帮助读者了解词意。姜亮夫在《词选笺注》中明确提出其选笺、注之区别：注者，"指其故实之出处，辩其字句之异同"；笺者，"明其词旨之微意，评骘张氏之得失"③。大抵是遵守笺义理、注音义的标准。在具体选本中，"笺"并不仅仅是阐发词旨微意而已。如《绝妙好词笺》之"笺"，为"各详其里居出处。或因词而考证其本事，或因人而附载其佚闻，以及诸家评论之语，与其人之名篇秀句不见于此集者，咸附录之"④。其"笺"，指集评、纪事。这种对"笺"的广义理解，在晚清词选得到广泛接受。从史料、诗话、笔记中搜集与词相关的评语、考证、本事等，作为"笺"的主要构成部分，直至民国詹安泰《花外集笺注》中仍保留此义例。"注"在民国词选中多独立出来，指其故实，解释字句。詹安泰言其笺注体例云："即专言寄托，间疏名物；其诸彩藻之注释，文艺之批评，有关旨要者，亦为屡入。"⑤体现出有主有次但不避广博的特点。

大体而言，词选中的"笺"，是以集评的形式，补充词的外延内容；"注"，则通过对字义、词义、句义的诠释，达到文义的贯通，揭示词的丰富内涵。但在词选中，笺、注的区分其实较为模糊，正如姜亮夫所言："分言笺注，则义各有别；合而言之，则笺注不分。"⑥这种"笺注不分"，主要表现为两种形式：其一是将本应列入"笺"的本事、考证或集评等直接作为"注"。如唐圭璋《宋词三百首笺》《宋词三百首笺注》，既体现出编者有意区分"笺"和"注"的过程，又可从由"笺"到"笺注"的补充修订过程中，发现"笺"与"注"的浑融。其二是将笺注融入词评中，如邵祖平《词心笺评》中"笺"与"评"就不加区分。

笺注体词选与评点体词选一样，皆自南宋而肇端。宋代曾慥编的《乐府雅词》在《鹧鸪天》（西塞山前白鹭飞）后，有一段对东湖老人所作《浣溪沙》《鹧鸪天》二阕的解释，这可能算是选本中较早的笺注了。

①徐珂.历代词选集评[M].上海：商务印书馆,1928(民国十七年):1.

②吴承学.中国古代文体形态研究[M].北京：北京大学出版社,2013:219.

③张惠言,姜亮夫.词选笺注[M].上海：北新书局,1933(民国二十二年):17.

④永瑢,等.四库全书总目[M].北京：中华书局,1965:1824.

⑤序末署"一九三六年"。见：王沂孙,詹安泰,蔡起贤.花外集笺注[M].广州：广东人民出版社,1995.

⑥张惠言,姜亮夫.词选笺注[M].上海：北新书局,1933(民国二十二年):17.

黄昇《花庵词选》中词评形态就已较为丰富，于作者姓氏下各缀数语，略具始末，以资考证，亦有笺注之意。另如傅干注《东坡词》，曹鸿注《叶石林词》，曹杓注《清真词》①，陈元龙注《片玉集》，等等，都是较早的词集注本。明代笺注体词选较多，多采用诗文笺注的形式，在每句间夹笺释语，并用大小字体加以区分正文和笺注。

　　不难发现，与评点体词选在清初不受重视相似，清初词选中也较少采用笺注体。乾隆年间厉鹗、查为仁编《绝妙好词笺》后，笺注体才间或在词选中采用。四库馆臣讥《绝妙好词笺》"所笺多泛滥旁涉，不尽切于本词，未免有嗜博之弊"②。晚清民国笺注体词选中，对《绝妙好词笺》"抄撮遗闻、支言漫衍"的弊端做了修正。但在选本中真正实现笺注体例由博而约的转换，大约在民国二十年才得以完成。故1913年（民国二年）成书的《唐五代词钞小笺》中，还有广收博览的倾向。1929年（民国十八年）编成的《唐五代词》，可见出笺注体例已完成由博而约的转变，林大椿在《唐五代词》中就强调其选注不以繁博为贵。刘永济也指出，笺注所引不可泛滥，"于前人词话有可资以说明词学上某一问题，或可使读者对某一作家的了解得到明确的观念者，方始采用"③。笺注不滥引的告诫，对其后的词选笺注体例产生了较大的影响。如龙榆生《唐五代词选注》、俞陛云《唐词选释》和《五代词选释》所引都较为简约。

　　清代的唐五代词选较少，笺注本就更为少见，直到1894年（光绪二十年），才有刘继增编的《南唐二主词笺》。1913年（民国二年），刘瑞潞编成《唐五代词钞小笺》，惜该选当时并未刊行。故1958年，龙榆生在《唐五代词选注·序》中认为自己是第一个对唐五代词进行注释的选者④。就注释体例而言，并非从《唐五代词选注》才开始，但龙榆生此语，确也道出注释体例在唐五代词选中出现较晚的真实情况。

　　笺注形态的晚出与选者对词选笺注的态度有关，反映出选者试图避免明代词选笺注之弊端的努力。郑文焯曾言："词之有注，转为赘疣，且有因注而误者"⑤，表现出对词选笺注"不为"的选者心态。

①张德瀛.词征[M]//唐圭璋.词话丛编.上海：上海古籍出版社,1986:4097.

②永瑢,等.四库全书总目[M].北京：中华书局,1965:1824.

③刘永济.唐五代两宋词简析[M].上海：上海古籍出版社,1981:9.

④龙榆生云："唐、五代词的注释工作，过去不曾有人作过。"见：龙榆生.唐五代词选注[M].上海：上海古籍出版社,2006:10.

⑤郑文焯.清真词校后录要[M]//施蛰存.词籍序跋萃编.北京：中国社会科学出版社,1994:106.

2.注释在词选中的广泛运用。

随着民国时期笺注体例基本成熟，并完成由博返约的转变，这种选者"不为"笺注的状况，发生了根本变化。陈声聪曾概述云：

……坊间的选注本，如雨后春笋，这条路子，以后将愈加宽广。对于勘校字句、考订异同、纠正讹脱，都有所贡献，而题旨词意以及用典用事，亦有解释，并加以新式标点符号，甚便读者。①

民国年间，有数十种唐宋词别集的笺注本行世。如1927年（民国十六年），叶绍钧选注《苏辛词》；1929年（民国十八年），叶绍钧选注《周姜词》；1932年（民国二十一年），杨铁夫《清真词选笺释》《梦窗词选笺释》印行；1933年（民国二十二年），陈秋帆编《阳春集笺》；1934年（民国二十三年），王辉增编《淮海词笺注》；1936年（民国二十五年），詹安泰编《花外集笺注》，龙榆生编《东坡乐府笺》，杨铁夫编《梦窗词全集笺释》；1947年（民国三十六年），王焕猷编《小山词笺》；等等。

除了对唐宋词别集的关注外，《花间集》等唐宋词选及清人选唐宋词也颇受笺注者重视。如1935年（民国二十四年）华钟彦著《花间集注》，同年李冰若《花间集评注》刊行。另如姜亮夫《词选笺注》、唐圭璋《宋词三百首笺注》等，都是唐宋词选的笺注本。

晚清民国的词选笺注本如"雨后春笋"般涌现，甚或将张宗橚《词林纪事》中"有事则录之"②的标准，运用到词选笺注体例中。如徐珂《历代词选集评》、陈登元《词林佳话》、曲滢生《唐宋词选笺》等，就以有无前人评语、有无可笺之处为选录标准。徐珂序《历代词选集评》云："无评者不与焉。"③虽然也注重选录佳作，但主要是以有无前人评语作为衡量标准的。曲滢生释曰：

此虽不免有听人颐指气使之嫌，然实有客观之价值在。何则？其词既为先哲所解释及批评，则必有其特异之点，（大率优多劣少）既有其特异之点，又乌可不选录之而任其湮灭哉？④

以有无可笺来作为选词标准，并非单纯为择优汰劣，而是为了保存

---

①陈声聪.填词要略及词评四篇[M].广州:广东人民出版社,1986:54-55.

②陆以谦.词林纪事·序[M]//张宗橚.词林纪事.成都:成都古籍书店,1982.

③徐珂.历代词选集评[M].上海:商务印书馆,1928(民国十七年):1.

④曲滢生.唐宋词选笺[M].北京:北平清华园我辈语社,1935(民国二十四年):1.

有特色的词，"诸词之短长周疏，虽不尽同，然皆卓然有以自见"①。对于集评的热情和以有无前人评语的标准来选词，其实是以"他评本"的形式，来限制和放弃编选者之"我见"。但是，以有集评或纪事为主体，以有无可笺作为选词标准，并未得到选者的普遍认同。

民国初期词选笺注的盛行并非是明代笺注之风的回归，在一定程度上反映了近代科学主义思潮的影响，体现出选者对文本认识的深入。笺注体词选由博而约的转换，使得逸闻、本事逐渐从词选中淡出，促进了"笺"之纪事功能在选本中的弱化。"注"字句、释词意的目的逐渐凸显，"笺"逐渐与注、评、释融合，突出了释词，形成词选的注释体例。

在众多唐宋词选注本中，1930年（民国十九年）刘麟生编《词絜》，第一次在词选中全面采用注释体例，对所选的每一首词都有注解②。注解主要包括：以反切法注音，继而或对字词加以解释；注地名、人名；对较为生僻的字词释义。与诗文选注本体例相比，并无特别之处，但刘麟生将其娴熟地运用于词选中，并加以新式标点，与《绝妙好词笺》比较，已有较大的改进。该选确立的注释方式，在民国时期的选本中被广泛采用。

刘麟生将晚清民国词选沿用《绝妙好词笺》"笺"之意的本事、背景列入"纪事"一栏，所录较为简明。取"其简要不空洞者，其余概从割爱"，注释则"择要注解，不拘成法，以求明显"③，间或插入自己的见解，以阐发词旨。如以"孤负"注"红烛背"（《更漏子》），就颇能解释词中之深情隐意。除加注外，刘麟生还根据选词的具体情况，补充纪事、评语、按语、考证等，广收晚清民初词论如谭献、王国维、胡适等人之评。

笺注之逐字逐句的释词方式，促进了赏析体词选中细读法的发展。在民国词选中，笺注往往是评词的前提和基础。陈匪石、朱孝臧等释词，就是采用逐字逐句的注解方式。词选笺注体例对现代词学的发展起到一定推动作用。宛敏灏《词学概论》在龙榆生建构的词学体系④基础上

①徐珂.历代词选集评[M].上海:商务印书馆,1928(民国十七年).

②胡适《词选》中有少量加注者，但胡适并非有意于此，胡适在《词选序》中声明《词选》中所选之词都不需加注。

③刘麟生.词絜[M].上海:世界书局,1930(民国十九年).

④龙榆生在《研究词学之商榷》一文中，将词学分为词乐之学、图谱之学、词韵之学、词史之学、校勘之学、声调之学、批评之学、目录之学等。见:龙榆生.龙榆生词学论文集[M].上海:上海古籍出版社,1997:87-103.

增加了"辑佚之学"和"注疏之学",而词的"注疏之学"无疑是在笺注体词选中发生、发展起来的。当然,对注释体例在词选中的泛滥,也有选者提出了不同意见。丁寿田、丁亦飞指出:"诗词之好处,往往必须反复吟讽始能领会,万不可以读故事小说之态度读词。初学读词固可借助于注解,但总需自己细心体会,不可过于依赖注释也。"①唐圭璋编《唐宋词简释》就未采用笺注,而改为赏析体形式。

晚清民国的词评型词选,无论是在评词角度还是在评词形态上,都产生了诸多新变的因素。从评词角度而言,以王闿运的《湘绮楼词选》为代表,晚清常州词派的寄托说逐渐与词趣说相融汇;从评词形态而言,以陈匪石《宋词举》为代表,随文批点型词选逐渐被成文赏析型词选(或附有注释)取代。这两种趋势都得到民国词学家唐圭璋、俞平伯、俞陛云等积极支持。在他们编的选本中,发展了词趣说,阐释词境、词心,促进了唐宋词的雅文学化。

第二节　词评角度的转变:由寄托说到词趣说
——以王闿运《湘绮楼词选》为转折

王闿运是晚清汉魏六朝诗派的代表诗人,中年渐涉填词,曾与邓辅纶、邓绎结兰陵词社,号称"湘中五子"。王闿运的词学思想主要体现在《湘绮楼词选》中②。《湘绮楼词选》又名《湘绮楼选绝妙好词》③,编选于1897年(光绪二十三年)④。该选以"词趣说"的观点评词,与冯煦及龙榆生倡导的选词"本色"不同,王闿运不注重于保留诸家之真面貌,而是借选词、评词抒发个人性情,其评语往往涉笔成趣,肆意而发,有

---

①丁寿田,丁亦飞.唐五代四大名家词[M].上海:商务印书馆,1937(民国二十六年):2.

②该选中的评点被辑录成《湘绮楼评词》,收入唐圭璋编的《词话丛编》。见:唐圭璋.词话丛编[M].上海:上海古籍出版社,2005:4281-4300.

③笔者所见版本为壬子孟夏(1912年)零陵刻本,名《湘绮楼选绝妙好词》,由其弟子许铭常刻印。

④《湘绮楼词选序》中署"光绪丁酉立冬后八日王闿运序于船山书院",本书采用版本为《王闿运手批唐诗选》所附录"湘绮楼词选",署"丁巳季秋月湘绮楼藏版"。见:王闿运.王闿运手批唐诗选附湘绮楼词选[M].上海:上海古籍出版社,1989.舍之《历代词选集叙录》所云亦指此本,丁巳为1917年(民国六年),"是成书后二十年始雕本"。见:舍之.历代词选集叙录(六)[M]//唐圭璋,施蛰存,马兴荣.词学:第六辑.上海:华东师范大学出版社,1988:227.

意凸显"我"之存在,"取舍不同于人"①。注重妙手偶得,以常语写常景,自然天成,肯定绮丽之词的生动情韵,体现出对明代杨慎、金圣叹等评词观念的认同。

一、孙麟趾"畅词趣"对王闿运评词的影响

孙麟趾,号月坡,江苏长州人,以词名道、咸间②。编有《清七家词选》《绝妙近词》《词迳》等。《绝妙近词》多录"幽澹怨断"③之词。《词迳》虽仅残存千余字,但该书提出了具体的作词要诀,为"讲词学家不可少之书"④,是晚清民国学词法图书之滥觞。

王闿运中年学词,与孙麟趾、陈景雍等唱和较多,其词学思想多受孙麟趾的影响。但王闿运晚年时在词学观念上发生转变,不再遵循孙麟趾尊南宋之说,而肯定北宋词之地位。施蛰存分析王闿运的编选宗旨云:"盖颇厌朱竹垞、孙月坡力宗南宋之说。以《绝妙好词》《词综》为无足观,遂有此选,鼓吹晚唐、北宋。"⑤但除了南北宋不同的取尚之外,《湘绮楼词选》中论词评词,时可见孙论之痕迹。试以孙麟趾《词迳》为参照,对比王闿运的评词观念,可明晰王闿运词趣说之来源。

孙麟趾的词学观念与浙西词派相近,宗尚南宋,但不满浙西末流空枵之弊⑥。他在《词迳》中提出词体自有界限,既不必端庄如诗,又不可流利似曲,并总结了作词的16字要诀:"清、轻、新、雅、灵、脆、婉、转、留、托、澹、空、皱、韵、超、浑。"⑦他提出以清补腻,以涩济浮,均针对浙西末流之弊而发。《词迳》开篇提出梦窗词可以矫治浙西末流的滑易之病,揄扬梦窗词法,以"皱"字评梦窗词自然宛转之佳处;以"纵送之法"释"托";以"路已尽而复开出之"细绎转笔之妙等,启

①王闿运.湘绮楼词[M]//陈乃乾.清名家词.第10册.上海:上海书店,1982.

②孙麟趾.词迳[M]//唐圭璋.词话丛编.上海:上海古籍出版社,1986:2558.

③谭献.复堂词话[M]//周济,顾学颉.介存斋论词杂著复堂词话蒿庵论词.北京:人民文学出版社,1998:39.

④孙麟趾.词迳[M]//唐圭璋.词话丛编.上海:上海古籍出版社,1986:2558.

⑤舍之.历代词选集叙录(六)[M]//唐圭璋,施蛰存,马兴荣.词学:第六辑.上海:华东师范大学出版社,1988:226.

⑥闵定庆指出,孙麟趾对浙派的反拨,"不完全是'常州派'影响所致,在更大程度上乃是'浙派'内部反思的结果,是时代风气转变使然"。见:闵定庆.浙常而外,欲张楚军——论王闿运的词学追求[J].中国韵文学刊,1998(2):25.

⑦孙麟趾.词迳[M]//唐圭璋.词话丛编.上海:上海古籍出版社,1986:2555.

清末尊崇梦窗笔法之先声。同时指出梦窗词不易入手，不善学之，不免流于晦涩，故仍提倡浅明之作。主张学词者应合声律与才气于一体。既可从白石入手，求"清"；又可由梦窗起步，求"艳"。"清"则如野云孤飞，高澹不俗；"艳"则名贵自丽，不落寒乞之相。孙麟趾提出的清艳标准，折中于浙常二派所论，为词体指出了向上一路。

孙麟趾提出的词"贵新""贵灵"，词体"自有界限"等观点，在《湘绮楼词选》评点中均一一得到阐发。

其一，贵新。孙麟趾认为填词应求奇求异，力辟新境，切忌重复模拟，陈陈相因。王闿运论词亦力倡出新，如评易安词叠句新巧，但若无其情而效之于笔，则令人反感。其强调以常语而出新，力戒模拟之风，所论与孙莫不契合。

其二，用意须奇，用辞须浅。孙月坡提出填词不必深而晦，用意可奇，而遣词应浅，如在人口，方称佳作。王闿运论云："常语常景，自然丰采。"孙孙月坡言运用典故须活泼，王闿运评点姜夔《暗香》"贪用典故"而不免失滞。二人所论如出一辙。

其三，贵"趣"，贵"灵"。孙麟趾认为词之佳者须灵气贯注，情趣盎然，"惟灵能变，惟灵能通。反是则笨、则木，故贵灵"[1]，此言即可视作王闿运所说"学者患不灵"之注解。另如孙论词品说将人品与词品相提，人品高者必气清笔清，这是王闿运以品论词的主要内容之一。

王闿运后期论词，表现出对于浙西词派尽尚南渡的不满，其论渐由南宋之矩度入北宋之浑成。王评己作《南乡子·春恨压屏山》颇有北宋人意致，实不无自得之意。王闿运学词初期受孙之影响，故所论与孙相近，但后期王闿运以词趣说论词，发展孙麟趾倡词趣说，二人词学观念契合，更多的是性格相近使然。孙麟趾为人落落不拘，"不欲为筝琶俗响"[2]，与王闿运傲然自异的性格颇为相契。王闿运后期的转变，也仍然保留了孙麟趾论词趣的核心内容。

二、王闿运"词趣说"的评点观念

《湘绮楼词选》共分3编。该选以本编为核心，前编为导引，续编为前编之增补。前编从《词综》选出，自后唐庄宗至南宋人词，计32家41

①孙麟趾.词迳[M]//唐圭璋.词话丛编.上海：上海古籍出版社,1986:2556.

②谭献.复堂词话[M]//唐圭璋.词话丛编.上海：上海古籍出版社,1986:4018.

首。本编共选18家24首，从《绝妙好词》选出。首录张孝祥《念奴娇·洞庭青草》，末为仇远《八犯玉交枝·沧岛云连》，与《绝妙好词》首尾所录词一致。续编自《乐府雅词》《花庵词选》《草堂诗余》等集中选录而成，起南唐冯延巳，迄南宋蒋捷，计11家11首。3编共选61家，除去续编中重复录入的6家，实选55家76首。

就编选次序推测，应是先编成本编，再以《词综》为选源，"就其本更加点定"选前编。其中，宋祁、张先、苏轼、周邦彦、辛弃疾、蒋捷等6家为重复选录。从对这6家词的补录中，可见续编对前编的补充，但续编若仅为续补，大可将重复之6家并入前2编，只补后面诸家。前编选录清真词《少年游》（并刀如水）、《拜星月慢》（夜色催更），却未录《兰陵王》（柳阴直），而在续编录入；前编录蒋捷《柳梢青》（学唱新腔），却留下广为流传的《虞美人》（少年听雨歌楼上），在续编中录入。揣测其意，似有将3编架构为3个递进的层次。从选词数量上形成一个类似金字塔的结构，3编所录数量递减，而品级递增，续编部分为塔尖，是完全契合王闿运论词旨趣的佳篇，即其在序中所言"自辑录"的精华名篇。

在续编"塔尖"的11首词为冯延巳《谒金门》（风乍起）、宋祁《玉楼春》（东城渐觉风光好）、张先《天仙子》（水调数声持酒听）、苏轼《蝶恋花》（花褪残红青杏小）、周邦彦《兰陵王》（柳阴直）、陈璀《蓦山溪》（扁舟东去）、晁冲之《传言玉女》（一夜东风）、毛滂《惜分飞》（泪湿栏杆花著露）、胡翼龙《宴清都》（梦雨随春去）、柳永《望江潮》（东南形胜）、蒋捷《虞美人》（少年听雨歌楼上）。这11首词大多在《词综》中收录，但王闿运没有将其选录入前编，而是有意将其独立出来，作为"自辑录"的一部分，显示出对这11首词的重视，突出这些词与前编、本编的不同之处。

王闿运自辑名篇中除冯延巳为五代词人，蒋捷为南宋词人外，其余9位均为北宋词人，姜夔、史达祖、周密等南宋词名家均未入选。其中所录大多确为脍炙人口的精华名篇，但所选陈璀、胡翼龙词就显得有些特别。这两首词流丽显豁，甚至有些小曲的影子，可见王闿运选词并非有意于"重、拙、大"深有寄托的作品，反而侧重于"其来无端"而自有一段感人情韵之词。

通览王闿运所选之词，表现出偏尚北宋风格的倾向。有意轻忽南宋大家，而选录唐宋时期一些不知名或不甚知名的词人。如吴文英词仅录《风入松》（听风听雨过清明）1首。所录如徐伸《二郎神》（闷来弹鹊），黄公绍《青玉案》（年年社日停针线），徐君宝妻《满庭芳》（海上繁华），文及翁《贺新凉》（一勺西湖水），余桂英《小桃红》（芳草连天暮等词），均非名家之作。这些词人的作品较少，整体成就不高，流传亦有限，远远逊于玉田等落选词人之作。

王闿运学道而好作绮语①。"道"和"绮语"的矛盾，反映了其论词的两面性。一方面，不否认词为绮语。另一方面，又试图在绮语与道之间找到契合之处，而词趣恰好成为二者的链接。其论云：

> 靡靡之音，自能开发心思，为学者所不废也。《周官》教礼，不屏野舞缦乐。人心既正，要必有闲情逸致，游思别趣。如徒端坐正襟，茅塞其心，以为诚正，此迂儒枯禅之所为，岂知道哉？学者患不灵，不患不蠢，荡佚之衷，又不待学。②

"雅正"是文人评词最主要的标准。绮靡之词往往受到论者、读者的贬抑，故后人删除欧阳修集中艳词，"曲子相公"和凝自悔少作，皆因此。而晏殊讥柳永词"针线闲拈伴伊坐"，苏轼笑秦观"学柳七作词"，也可见出词坛尚雅之主流。清初以降，柳永、蒋捷、黄庭坚等俚俗之词，为选家摈弃弗录。王闿运却开宗明义地承认词之绮靡，说出"靡靡之音，亦学者所不废"这种从来经师儒士不敢言的惊世骇俗之语，有意弱化清代以来对词之意格的重视，而回归词体自娱娱宾的特征。对词之别趣的认可，是王闿运词学思想的核心部分，表现出他对词体特性的理解。词体之微，不登大雅，故能直接表达不能忘哀乐的常人之心；也正因此常人之心，其作不能无偏激感宕之情。在"绮语"与"合道"之间，更倾向于还原词缘情而绮靡的特质，抒发作者真实的性情。王闿运论云：

> 人各有性情，自得所近而已。但取前人名家之作，反复吟之，自有拍凑会心之处。吟成自审，有不安者斟酌易之，此则辞章之所同也。不言理，不事流，连风月，俯仰身世，此词之所独也。无理而有韵，无事而有情，怡然自乐，快然自足，亦复上接千古，下笼百族，岂小道哉！但不可雕镂字句，强作摇曳，使致纤俗耳。③

①王闿运，马积高.湘绮楼诗文集[M].长沙：岳麓书社，1996:2143.

②王闿运.王闿运手批唐诗选附湘绮楼词选[M].上海：上海古籍出版社，1989.

③张璋，职承让，张骅，等.历代词话续编[M].郑州：大象出版社，2005:1-2.

　　与清人论词多附诗体以提高词之地位的方式不同，王闿运关注词之特性，且注意区分诗词之异。从词体柔美的审美特质出发，论其作为抒情文体之所长。与王国维评词"能言诗之所不能言"[1]相近，对词体的认识有许多相通之处。词之"趣"有助于"合道"，有助于学，王闿运将"词趣"作为"绮语"存在的合理解释，解决了"绮语"与"合道"的矛盾，并在《湘绮楼词选》的评点中对词趣说做了进一步的阐发。

　　其一，以"品"论词趣之高下。历代以"品"论词者众，如刘熙载论词首先将人品放在首位，主张道艺合一。周济将以人品论词品运用到选本批评中，以九品论人之法论词，开词选之新例。孙麟趾在《词迳》中说"人之品格高者，出笔必清"。王闿运论词品承孙麟趾、刘熙载之说，将词品与人品相提并论，认为人品高者胸无俗尘，意致深远，其词方能臻于上品，由善方能致美，并自诩《湘绮楼词选》中所选之词皆符合美善之标准。又进一步将词品论推演于词趣说，认为词品高者意趣亦高，为不假藻饰、天然浑成之作。若刻意求工，则不仅无趣，也难称有品之作。王闿运在《湘绮楼词选》中举出两首"上上"品之作：一首为范成大的《眼儿媚》（酣酣日脚紫烟浮），"自然言情，不可言说，绮语中仙语也"；另一首为周密《醉落魄》（余寒正怯），评其"偶然得句，而清艳天然，几于化工"，盛赞其为妙手偶得的佳作。品高之词在字句上多于常见处见不常见意，并不一味在字句上求清空、典雅，主张以常语、眼前语出新。王闿运对自然天成的李煜词、李清照词极为欣赏，但又告诫后之学词者不可肆意模仿。如评李煜《虞美人》（春花秋月何时了）"问君能有几多愁，恰似一江春水向东流"为"常语耳，以初见故佳，再学便滥矣"。指出雅俗之界恒微，稍有失分寸，则俗雅易位。以俗为雅之词，正因其发人所未发。如姜白石《暗香》（旧时月色）、《疏影》（苔枝缀玉）虽语言清丽，但因"贪用典故"而被王评为"语高品下"。故词之品高者需恰到好处，出之以自然，不露有意琢句刻工之痕迹。如卢祖皋《清平乐》（锦屏开晓）虽为佳作，但"残梦不成重理，一双蝴蝶飞来"句"未免有意"，故其词品不列上上。"常语"而出新者，愈浅愈佳。如《女冠子》（四月十七）"不知得妙，梦随乃知耳，若先知那得有梦，惟有月知则常语矣"，赞其以对面写照，无理而妙，皆为此类。

　　王闿运的评点体现出与作者情感的投合和共鸣。所运用的"仙品""逸品"亦是对词人品格的评价，注重词之意趣情调，推崇雅趣兼擅的

---

①王国维.人间词话[M]//唐圭璋.词话丛编.上海:上海古籍出版社,1986:4258.

作品。

其二，以"妙""灵"评词之生趣。王闿运评词以"妙"为佳，如眼前语妙，不著一字妙，其妙在偶然天成、轻重得宜。在此基础上，无论是女郎语如李清照《声声慢》(寻寻觅觅)，还是大开大阖之笔如苏轼《水调歌头》(明月几时有)，皆可得宜。王闿运的词趣说倡导真性情，带有不同流俗、不拘一格的意趣，其论词趣也有释放才情、自抒襟袍之意。认为此"趣"正可为"道"之助。王氏曾不无兴致地论作诗"竟不若填词有趣"[1]，将填词作为一种闲情逸致的遣兴，呈现富有生趣和天趣的一面，反对毫无生气、味如嚼蜡的迂腐之词。王闿运编《湘绮楼词选》之初衷也正是因为杨氏兄妹"学诗之功甚笃，然未秀发"，故转授词以启发心思之故。词中可放言"公事且匆匆，好安排"(《蓦山溪》(旧时游处))，可体现更为真实的自我。但王闿运试图将词趣限制在"合道"的范围内，在评点中指出蒋捷《虞美人》(少年听雨歌楼上)为"小曲"，柳永词"非文人声目"，苏轼《蝶恋花》(花褪残红青杏小)"非文人所宜"。不过，王闿运又评苏轼词为"逸思"，言柳永词"宜于红氍上扮演"，正是持红牙拍板唱晓风残月之致，流露出对这虽"非文人所宜"的逸思闲致的倾羡。《湘绮楼词选》以"非文人所宜"的"小曲"《虞美人》(少年听雨歌楼上)作为曲终奏雅之收束，不能不说是选者的有意安排。

晚清尊词体的表现方式多是依附诗教、道统的外衣，使词的地位与诗相齐。《湘绮楼词选》选词与评点未能摆脱此影响，且有意识地强化了词之合道的因素，为尊词体奠定基础。在此基础上，也为"词为艳科"找到了合理的解读方式，肯定词体柔美的特性。虽然《湘绮楼词选》未能形成系统的词学理论，未能在当时产生较大的影响，但王闿运区分诗词体性的差异，倡导词趣说，对晚清民国词评型选本从词之本体来评词，起到了导夫先路的作用。

第三节　词评形态的转变:由随文批点到成文评析
——以陈匪石《宋词举》为标志

晚清民国词评型选本的转型，不仅体现在评词角度的转变上，在词评形态上，也逐渐由随文批点（纪事体、评点体、校勘体）向成文赏析

①王闿运,马积高.湘绮楼诗文集[M].长沙:岳麓书社,1996:2256.

型转变。

民国时期笺注体词选盛行，但笺注主要是叙述作者生平，检校版本异同，解释典故出处，辑录前人评语，等等，对词之内涵的阐发就显得不够，对初学者而言，"对于词的意旨仍然是不能了解的"①。如何在选本中透彻详细地解释词之意旨，成为民国选者、论者关注的内容，特别在新式教育的课堂教学上，为了培养听者学习唐宋词的兴趣，一般不侧重于对集评纪事的详细列举，而注重对词的审美赏析。《宋词举》就产生在这样的词坛背景下。

陈匪石初受业于张仲炘，后问学于朱祖谋，是近代著名的词学家。徐森玉曾盛赞其词："朱彊村、况蕙风以下，殆罕其俦。"②虽然《宋词举》刊行已是1947年（民国三十六年），但其成书早在1927年（民国十六年），与朱祖谋《宋词三百首》的编成时间极为接近。该选是作为北京中国大学中文系的词学讲义而编③，在当时高等学校中流传广泛，正中书局出版该选的时候，就将其列入大学丛书之一。

与清代选者一样，陈匪石对探求学词法也有浓厚的兴趣，但他对以往词选、词论中或不屑书之笔墨、或不肯泄密的隐约其辞极为不满。陈匪石认为自南宋张炎、沈义父始，至晚清周济、陈廷焯、谭献、冯煦、况周颐等，论词都较为含浑，致初学者难以体会，故他试图在选本中明晰透彻地讲解读词、学词之法。徐珂赞云："初学诵之，岂惟易于入门，升堂入室，抑亦较其它选本为易；曾学词者读之，亦可以救其歧趋之失。"④

一、"举"名家词

《宋词举》分南宋、北宋2卷，共选录两宋词人12家53首词。南宋卷列南宋6家：张炎、王沂孙、吴文英、姜夔、史达祖、辛弃疾；北宋卷列

①朱孝臧.词释[M].保定：协生印书局，1937(民国二十六年).

②陈匪石，钟振振.宋词举[M].南京：江苏古籍出版社，2002:246.

③钟振振在《宋词举·前言》中对该书的编纂及刊行时间作了说明："是书为大学教科书，1927年始作于北京，1941年改定于重庆，1947年由正中书局出版印行。"见：陈匪石，钟振振.宋词举[M].南京：江苏古籍出版社，2002:2.该书原名《宋词引》，为1927年(民国十六年)陈匪石在北京中国大学中文系讲授词学课程的讲义。6年后，在南京兼任中央大学中文系教授的陈匪石，将《宋词举》作为教科书交付出版。见：陈匪石，钟振振.宋词举[M].南京：江苏古籍出版社，2002:240.

④陈匪石，钟振振.宋词举[M].南京：江苏古籍出版社，2002:240.

北宋6家：周邦彦、秦观、苏轼、贺铸、柳永、晏几道。选中所录南北宋词数量相近，似有意平衡南北宋之词，如选南宋姜夔与北宋周邦彦词各8首，南宋吴文英和北宋晏几道各5首，南宋王沂孙、辛弃疾与北宋柳永、贺铸各4首，南宋史达祖3首，北宋苏轼2首。

　　陈匪石推崇独树一帜、自成风格的词作，所论所评别有见地。如评柳永词高浑、清劲、沉雄、有骨气；苏轼词寓意高远，词笔空灵，非粗豪之作。盛推秦观词，允称其并非步趋苏子，妍雅婉约，卓然正宗。又以戈载、周稚圭、周济所选南宋诸家为参照，删除未能自树立者。如周密为吴文英之"附庸"，蒋捷词身世之感同于王沂孙、张炎，雕琢之工又导源于梦窗，风格未张，也未能自立，故陈匪石舍蒋（捷）、周（密），录张、王、吴、姜、辛，褒许5家词"各有千古，不能相掩"[①]。另如评史达祖虽非独开生面者，但其追步清真，亦为南渡词人中不多见，"不敢过而废之"，录其词3首。在讲授词由南宋而入北宋之门径上，对南宋6家略做了等次高下之分，以张、王为入门之阶，主张多诵梦窗词以炼气意，以白石词拓展胸襟怀抱，以稼轩词锤炼笔力，旁参梅溪词，历此南宋6家之阶，可望入北宋之堂室。

　　陈匪石选的南宋6家之王、辛、吴，与周济所选一致，所重者，为学词门径，又补录张炎"妥溜"、姜夔"语淡意远"之词等。《宋词举》以清真词为宋词极则，但指出苏轼、秦观、贺铸、柳永4家是清真词取则的先路之导，并注意到晏几道在小令词发展中的重要作用，故补录此5家。认为学词者亦可由此数家致力，或专学一家，或兼采数家，互相补益，取精用宏，则能运用于无穷也。其论纠正周济取径过狭的偏失，虽仍不出周济以家数学词的窠臼，但已为学词者指出了向上一路。陈匪石对周济鄙薄姜夔、退苏进辛深不以为然。周济评白石词有"俗滥""寒酸""补凑""敷衍""重复"者，陈匪石认为周济所论，不过延续南宋末年之评，难称公允，"未必即白石之败笔，且或合于北宋之拙朴"[②]，指出白石的冲淡飘逸与稼轩的苍凉悲壮并不相同，不认可周济评白石为稼轩附庸之说，又评周济论东坡词"韶秀"，也并非真知东坡者[③]。

　　陈匪石打破周济、戈载在北宋词人中仅录周邦彦1家的局限，补录北宋5家，表现出由南宋向北宋的转移。10余年后，陈匪石在《声执》中延

---

　　①陈匪石,钟振振.宋词举[M].南京:江苏古籍出版社,2002:8.

　　②陈匪石,钟振振.宋词举[M].南京:江苏古籍出版社,2002:202.

　　③陈匪石,钟振振.宋词举[M].南京:江苏古籍出版社,2002:202-203.

续和发展了这一倾向，拟删史达祖、增欧阳修：

> 此选限于两宋，然唐五代所取则为温、韦、李、冯四家，论小晏时已述及矣。至十二家之甄选，乃二十余年前之见解，近来研讨所获，略有变更。以史达祖附庸清真，有因无创；而北宋初期，关于令曲已开宋人之风气、略变五代之面目者，则为欧阳修，且《欧阳公近体乐府》慢词不少，其时慢词虽未成熟，而其端亦由欧阳发之：爰拟南宋删史、北宋增欧阳。南宋五，北宋七，仍为十二。虽因于前贤之陈迹，略事增删，然一得之愚，似有讨论之余地。①

惜此修订最终并未体现在选本中。

《宋词举》"仿近人编史之法，逆溯而上"②。先列南宋词，后列北宋词，由近及远，有别于宋12家词选的传统形式，编排方式较为特别。徐珂对此体例颇为赞许，称为"创作"。陈匪石将晏几道作为北宋小令之砥柱中流，上稽李煜、冯延巳，认为学词当先南宋，后北宋，而终以五代与唐。此种逆溯词史之法，意在帮助读者由博返约，溯流知源，体现了选者的用心。

二、细读式词评：由句到篇的赏析

《宋词举》体例较完备，所选诸家前列词人小传及集评，并考证词集版本源流，在每首词后列有校记、考律、讲论等。从用字遣词至句、片、段，分析离合、色泽、音节等，介绍篇章结构之法如开阖、详略、虚实、顺逆、断续、贯穿、对照、呼应、隐显、追补等，以期学词者由能读、能解，至于能作，并由此提高鉴赏水平。每一首词后的讲论部分翔实明晰，开词"鉴赏之先河"③。使读者不仅知其然，而且能知其所以然，兼有词选与词话之长④。徐珂评云："解释清晰（几于逐句皆解），为自来选本所未有。"⑤

陈匪石针对随文评点"知句而不知遍，知遍而不知篇"的弊端，开创由句到遍、由遍到篇的评词方式，促进了民国时期鉴赏词选的盛行。

---

①陈匪石，钟振振.宋词举[M].南京：江苏古籍出版社，2002:206.

②汪辟疆.汪辟疆文集[M].上海：上海古籍出版社，1988:871.

③陈匪石，钟振振.宋词举[M].南京：江苏古籍出版社，2002:2.

④唐超.评宋词举[N].中央日报，1947-6-23(8).

⑤陈匪石，钟振振.宋词举[M].南京：江苏古籍出版社，2002:240.

如俞平伯、夏承焘、沈祖棻等的唐宋词鉴赏选本，都是使用由字词、片断观照整体，或由整体渐至细读字词的阐释方式，受到学词者的普遍欢迎。霍松林曾回忆陈匪石讲解《宋词举》，详述了其在课堂教学中的良好效果①。

（一）"读者何必不然"

谭献所言"作者未必然，读者何必不然"②，道出读者在鉴赏过程中的重要作用。陈匪石析词亦重视读者之意，并由此阐发词隐而难见、微而难知、曲而难状之处，并不着意探求和深掘词之微言大义，也并不否认文辞之隐托。

《宋词举》的详评法，推动了词鉴赏中对词意的探求与对笔法运用的分析。与常州词派"以实论词""以思想内涵论词"不同，陈匪石致力于分析脉络篇章浑融之妙，于思想内涵仅以"觉其必有所感而发"③概之，不凿实以寄托，而带领读者步步领会词的沉郁之旨。分析词之感慨，多于虚处落笔。如评姜夔《暗香》（旧时月色）运用梅花故实，说出看梅者心事时，亦言其旨隐微，其词浑脱。这种不凿实的留白之法，对现代词选的评析起到一定楷范作用。后如俞平伯释词之隐秀云："古人诗词往往包孕弘深，又托之故实，触类引申，读者宜自得之。"④与陈匪石之说一致。

（二）赏析的重点：叙事线索及笔法脉络

陈匪石将以往词选中片断、零碎的随文评点，转变为可独立成篇的赏析体文章。总结了明清以来如杨慎、先著、张惠言、杨希闵、黄苏、周济、陈廷焯等的评词话语体系。注意分析篇章的顺逆布置，解释其曲直、虚实、疏密，以展开词中的叙事线索及笔法脉络。陈匪石拈出的词笔之法有提笔、直笔、劲笔、转笔、衬笔等，结构篇章之法有以纵为擒法、对面设想法、垂缩法、省字妙法、蓄势说、加倍法、透过一层立论法、潜气内转之法⑤等。其中诸多评词话语是从周济《宋四家词选》、陈廷焯《词则》等清人选本中借鉴而来。但清人评词保留较多的感悟色彩，如陈廷焯论"沉郁顿挫"，周济谓"潜气内转"，均如是。陈匪石将

①陈匪石,钟振振.宋词举[M].南京:江苏古籍出版社,2002:247.

②谭献.复堂词话[M]//唐圭璋.词话丛编.上海:上海古籍出版社,1986:3993.

③陈匪石,钟振振.宋词举[M].南京:江苏古籍出版社,2002:35.

④俞平伯.读词偶得[M].上海:开明书店,1947(民国三十六年):30.

⑤以上8法分别见《宋词举》第67页、第146页、第81页、第98页、第104页、第109页、第118页、第130页。见:陈匪石,钟振振.宋词举[M].南京:江苏古籍出版社,2002.

抽象概念与具体词作结合，给读者以生动形象的感受。如史达祖《湘江静》：

> 暮草堆青云浸浦。记匆匆、倦篙曾驻。渔榔四起，沙鸥未落，怕愁沾诗句。碧袖一声歌，《石城》怨、西风随去。沧波荡晚，菰蒲弄秋，还重到、断魂处。　　酒易醒，思正苦。想空山、桂香悬树。三年梦冷，孤吟意短，屡烟钟津鼓。屐齿厌登临，移橙后、几番凉雨。潘郎渐老，风流顿减，《闲居》未赋。[①]

戈载评此词为"杰构"，陈廷焯《词则》评"碧袖"后六句云："沉郁之至"，皆语焉不详，初学者难得其旨。陈匪石的评析就较为细致：首先从视觉、听觉分析词中之愁，"是愁境，是诗境，是诗中愁境"。将"碧袖"突转、"诗句"不成，如絮之愁连绵不绝，不欲到而今又重到的吞吐曲折娓娓道来，"其转折皆在空际，为潜气内转之法，愈转愈深，愈转愈郁"。逆笔写入，追溯前游，复归到现实心事，歇拍"还重到、断魂处"与下遍"酒亦醒，思正苦"为"岭断云连之势"[②]，后遍过变之顿笔、宕开一笔、竖说、横说，层次叠复又脉络井然。

陈匪石的赏析文章流畅生动，读者可从中感知读词、作词门径，领悟沉郁顿挫之法。在陈匪石逐字逐句解释中，清代词选和词评中让初学者莫测其渊的话语，如"空际转身""潜气内转"等，得到了生动入微的具象呈现。

周济言学词需"有寄托入、无寄托出"，而其以碧山为门径，究未能践履此说，不免流于恍忽玄妙。陈匪石通过选词传授读词之法，进而引领读者体会创作之法，使出入之说有径可循。如评张炎《解连环》（楚江空晚）之"写不成书，只寄得、相思一点"，开词坛纤巧之端，学词者宜"审此中分寸"[③]。评吴文英《莺啼序》（残寒正欺病酒）篇章架构大开大阖，词意层深，指出长调创作需意极多，否则意浅而竭，或坠复沓之弊；气须极盛，否则不免文气断续，或率尔篇章而已。建议学词者可于此词举一反三，体会长调的绵密之情、醇厚之味。

在评词时，陈匪石注意梳理词作中内在的叙事脉络，或从首句入手，或寻求全篇之重旨以作领起之语，然后渐次分析过片、结拍，文末或加以前贤评语，或融会己评，完成全篇。如析辛弃疾"古今绝唱"之

①陈匪石,钟振振.宋词举[M].南京:江苏古籍出版社,2002:68.

②陈匪石,钟振振.宋词举[M].南京:江苏古籍出版社,2002:69.

③陈匪石,钟振振.宋词举[M].南京:江苏古籍出版社,2002:15.

作《贺新郎》（绿树听鹈鸠）前起后收，中间所列离别四典，"前二者属女子，后二者属男子"[①]，各指昭君辞汉、庄姜送戴妫、李陵别苏武、易水送荆轲，详叙稼轩词隶事之繁，用笔之振迅跳跃。陈匪石对词中情节的寻绎和图像化的呈现，有助于读者理解稼轩词中的苍郁悲凉之意。

节录陈匪石评吴文英《霜叶飞》（断烟离绪）为例：

> "霜树"红殷，"斜阳"似隐，昔人怕看"斜阳"，我欲见"斜阳"而不得，但见"秋水""半壶"，嗟"黄花"作雨，"西风"凄苦，我何以堪？当此之时，纵有金鞍"玉勒"，骤马荒郊，而凄凉气味中吊古登高，实有四顾茫茫之感。回忆前时，南屏山下，乘醉闻歌，哀蝉之曲，"彩扇"之影，而游情既倦，都如梦幻中事，不复知有小蛮之腰、樊素之口矣。[②]

陈匪石的评析将词中藏蕴的叙事线索铺衍出来，点出"隐""荐""迅""咽"等字词对于结构篇章细针密缝的作用，凸显词中主人公茕茕独立的形象。文中以第一人称的方式，将词中隐含的意蕴展现出来，借用小说的叙事方式进行渲染，拉近了词与读者的距离，在留白处予以合理的想象，笔法细腻真切，富有层次性和感染力。词之恻隐盱愉，词人心绪的细微变化，以优美流畅的浅白文言表述出来，成为一篇与原词相映衬的美文。

（三）就词论词——"原非预设成心"

与清人评词注重阐发词外之意不同，陈匪石紧扣词之本体来论词，就词论词，"原非预设成心"，为读者解释和呈现开阖转折、下字遣词的精微妥帖之处。如其评苏轼《卜算子》："通首空中传恨，一气呵成，亦具有'缥缈孤鸿'之象"[③]，将该词之幽静气象、纤细无尘的空灵之境表达出来。

陈匪石评词不广列众家之评，仅适当地择取前贤之言，并作出自己的判断。如评姜夔《暗香》（旧时月色），对张炎、宋翔凤、陈廷焯、张惠言所评，皆不认可，而以周济《宋四家词选》"想其盛世，感其衰时"之评为基础展开。周济的点评留下许多空白，陈匪石则将其言补足："盖此章立言，以赏梅之人为主，而言其经历，述其感想，就梅花之盛时、

---

①陈匪石,钟振振.宋词举[M].南京:江苏古籍出版社,2002:77.

②陈匪石,钟振振.宋词举[M].南京:江苏古籍出版社,2002:39.

③陈匪石,钟振振.宋词举[M].南京:江苏古籍出版社,2002:125.

衰时、开时、落时，反复论叙，无限情事，即寓其中。"①围绕词中意象而论，点出脉络枢纽，将片段之句贯联一体，笼束出全篇的题中之意，对初学者而言，体悟词意无疑要容易得多。

（四）现代形态选本体例的初步形成

《宋词举》之前的词选，或为词话形式的摘句评析，如冯煦《宋六十一家词选》）；或依托词选的随文评点，如周济《宋四家词选》，都难免有零散破碎之弊。陈匪石第一次以成文赏析的形式评词，适应了民国初期词坛风会之转变。由词人小传、简单集评、词、校记、考律、赏析等构成的词选本结构，其体例成为民国初期词选采用的基本模式。从词选批评形态的发展而言，陈匪石《宋词举》在词选史上有着重要地位。若将陈匪石《宋词举》与刘麟生《词絜》、唐圭璋《〈宋词三百首〉笺注》的笺注体例三者相结合，就基本具备了现代词选的体例。

第四节 赏析体选本的盛行

赏析体选本在民国盛行，陈匪石《宋词举》实为肇始。后如俞平伯、刘永济、吴梅、汪东、孙人和、夏承焘、唐圭璋等都编有赏析体词选，品鉴赏读，一时蔚然成风。唐圭璋在《唐宋词简释》的"后记"中就词评型选本的发展史做回顾云：

> 清人周济、刘熙载、陈廷焯、谭献、冯煦、况周颐、王国维、陈洵等论唐宋人词，语多精当。惟所论概属总评，非对一词作具体之阐述。近人选词，既先陈作者之经历，复考证词中用典之出处，并注明词中字句之音义，诚有益于读者。至对一词之组织结构，尚多未涉及。各家词之风格不同，一词之起结、过片、层次、转折、脉络井井，足资借鉴。词中描绘自然景色之细切，体会人物形象之生动，表达内心情谊之深厚，以及语言凝练，声韵响亮，气魄雄伟，一经释明，亦可见词之高度艺术技巧。②

唐圭璋指出前贤论词多为总评式、感悟式，较少在字、词、句、篇

---

①陈匪石,钟振振.宋词举[M].南京:江苏古籍出版社,2002:49.

②唐圭璋.唐宋词简释[M].上海:上海古籍出版社,1981:241.

章上作精微细致的全面分析。自《宋词举》详析体例出，选者开始致力于深入掘发词情词意。

赏析词选的析词之法，主要有"会其感情""通其理趣""证其本事"[1]3种。其中"证其本事"并非重点，主要在"会其感情""通其理趣"上。如何"会其感情"，如何掘发和还原词作中的情感和意绪，受到民国论词者的关注。如余毅恒将夏目漱石的情感四分法，简约为"人事上之感情"与"感觉上之感情"[2]。从词境、意境、相境、情境等方面，来论作者创作与读者阅读时的情感活动及心理状态，较谭献"作者未必然，读者何必不然"更为系统。现代美学、心理学等理论的介入，推动与改变了选者的论词观念和论词方法。民国初期的选本在古典词学的基础上，开始出现了一些现代色彩。俞氏父子的词选是这一时期选本中的代表。

一、以诗境释词境：俞陛云《唐五代两宋词选释》

俞陛云《唐五代两宋词选释》曾先后题为《唐词选释》《五代词选释》《南唐二主词辑述》《宋词选释》等刊行。收唐词23家60首，五代词（含李璟、李煜）25家183首，宋词72家666首，共120家909首。就选词数量和规模而言，较朱祖谋《宋词三百首》、胡适《词选》丰富，该选评语精约优美，其淡而弥永、不落言筌的评词风格，颇值得称道。

俞陛云释词虽然隐约带有常州词派寄托说的痕迹，如对温庭筠《菩萨蛮》、司空图《酒泉子》、晏殊《浣溪沙》、王沂孙《齐天乐》的解读，皆是如此，但对词心、词境的阐发，才是俞陛云释词的重点。在胡适所倡"白话"、朱祖谋所倡"质实"之外，为晚清民初人的唐宋词选带来一股清新的气息。

冯煦以"得之于内，不可言传"，形容词心之惝恍倏忽。词境亦难以言传，有览江山、历人情之"身外之境"，有感而动于心不得不发的"身内之境"，皆不免有象罔之叹。真正开始将词境、词心变得可知可感并形诸文字的，是陈匪石、俞平伯、俞陛云、缪钺等民国词学家。

民国词学家余毅恒在《词筌》中将"词境"解释为"词之内容"，并分为"人""物""景""事"4种[3]。俞陛云从人情、物象、文辞等方面，

---

①余毅恒.词筌[M].南京:正中书局,1944(民国三十三年):47-48.

②余毅恒.词筌[M].南京:正中书局,1944(民国三十三年):48.

③余毅恒.词筌[M].南京:正中书局,1944(民国三十三年):44-45.

释词境之虚实二端，引导读者感受唐宋词怅触无端的词境词心。以其评韦应物《调笑令》（胡马）、（河汉）为例，评第一首中的胡马形象"犹世人营扰一生，其归宿究在何处？"[①]，第二首"河汉，河汉，晓挂秋城漫漫。愁人起望相思"，评其将人之共看明月与天之河汉在空并提，人情千里皆同，但双星俯视尘寰，无非痴男騃女，并不值得一哂。俞陛云以阅尽繁华的长者之心，体悟词境的苍凉和悲喜；以推己及人的读者之心，传达词境深杳的哲思意味。唐宋词之绮艳、高澹，尽现于世人面前。在俞陛云的词选中，极少用陈廷焯"沉郁顿挫"的标准衡词，也不采用王鹏运、朱祖谋的"重拙大"的话语体系。俞陛云推崇的词境有两种：其一为"晴空冰柱"，即虚明通彻；其二为"一片迷离"，不著迹象。前指词境之灵透真切，后指词境之浑灏惝恍。此两种词境又有相近之处。冰柱在晴空之下，璀璨纯净，远之可观其七彩光华，近则炫目而不可及，在日照之下必化而为水、为气，烟水迷离，连形迹都无从寻觅。较香象渡河、羚羊挂角之喻更为灵动。

《唐五代两宋词选释》中多借诗境来阐释词境，让读者体会出词境之静雅更胜于诗。

释刘禹锡《潇湘神》（湘水流）"潇湘深夜月明时"句：

李白诗"白云明月吊湘娥"与此词之"深夜月明"，同其幽怨。[②]

释薛昭蕴《女冠子》（求仙去也）"静夜松风下，礼天坛"句：

偶忆近人诗："花雨封瑶砌，香云护石坛。春风吹佛面，龙女礼襐寒。"同此静境。[③]

释李元膺《洞仙歌》（雪云散尽）：

赏春须早，有"好花看到半开时"意。较"花开堪折直须折，莫待无花空折枝"诗尤为警动。[④]

幽怨之境、深静之境、惊动之境，"有非诗之所能至者，体限之

①俞陛云.唐五代两宋词选释[M].上海：上海古籍出版社，1985：12.
②俞陛云.唐五代两宋词选释[M].上海：上海古籍出版社，1985：17.
③俞陛云.唐五代两宋词选释[M].上海：上海古籍出版社，1985：55.
④俞陛云.唐五代两宋词选释[M].上海：上海古籍出版社，1985：230.

也"①。词境的深曲要眇，在与诗境的对比中，显得细微入妙，给赏鉴注入一种清丽雅致的气息，渐渐摆脱为学词而选词而解词的窠臼。在陈匪石的《宋词举》的赏析文字中，仍未能摆脱词选学词的功用性目的，但在俞陛云的赏析中，词美的鉴赏已成为主要目的。从俞释中，可感知唐宋词人对于生命中喧嚣与悲凉的体悟，寻求到感同身受的契合点。俞陛云评陆游词《朝中措》"任是春风不管，也曾先识东皇"，自述书生际遇，磊落之气，"胜于槁项牖下多矣"②；评周密词《甘州》"词人老去，生平积感重重，更谁知我，赖有一二故交，尚可依依话旧，故草窗寄以此词"③，虽是描述宋人之词心词境，却隐然夫子自道，道出了宋词中的人生况味，知人论世，但不过深索求，这种沉静而灵动、回归本心的审美品鉴方式，对现代词选的叙述方式和品析角度颇有影响。

年过古稀的俞陛云彻悟世事沉浮，以闲淡之笔释唐宋词。涵咏雅致情思，虽不标设高格，而自然馨逸，正如其评段成式《闲中好》云："清昼久坐，看日影之移尽，乃目见之静趣，皆写出静者之妙心。"④俞陛云评词亦是如此，为读者描绘出词中之光影画景，引领读者体会传神空际的词心隐意、开阖顿挫的健笔豪情。抗心于千秋之间，感悟尘世的悲喜，却不露痕迹，娓娓道来。其所选之词，颇能见出选者的处世态度，读其选本者，不可不知矣。

二、"不解之解"的读词法：俞平伯《读词偶得》

1927年（民国十六年），陈匪石在北京中国大学中文系讲授词学，编《宋词举》。3年后（1930年）⑤，俞平伯在清华大学讲授词学，编《读词偶得》。俞平伯是否曾受到陈匪石的影响，不可得知⑥，因《宋词举》未

---

① 刘体仁.七颂堂词绎[M]//唐圭璋.词话丛编.上海：上海古籍出版社，1986:619.

② 俞陛云.唐五代两宋词选释[M].上海：上海古籍出版社，1985:349.

③ 俞陛云.唐五代两宋词选释[M].上海：上海古籍出版社，1985:548.

④ 俞陛云.唐五代两宋词选释[M].上海：上海古籍出版社，1985:20.

⑤ 俞平伯《读词偶得》1934年（民国二十三年）初版，1947年（民国三十六年）再版时删去论清真词部分，析出另编为《清真词释》，补入《释史邦卿词四首》以及《诗馀闲评》等。

⑥ 曾大兴指出"词的鉴赏之学"的开创者是俞平伯而非陈匪石。见：曾大兴.俞平伯先生与词的鉴赏之学[J].长江学术，2007(2):49-54.本节主要从编成时间来论词评体词选的发展：1927年（民国十六年），陈匪石在北京中国大学中文系讲《宋词举》；3年后（1930年）俞平伯在清华大学讲《读词偶得》。二选都是讲义型选本。陈选的时间要早于俞选。俞平伯《略谈诗词的欣赏》等编成于新中国成立后，故赏析体词选的开端仍采用唐圭璋的说法。

及时刊行，就影响面而言，《读词偶得》更为广泛①。1962年，俞平伯在该选基础上编写《唐宋词选》（后易名为《唐宋词选释》），实为对赏析体词选的发展。

（一）释词体例的独立

《读词偶得》中词论（释词）与词选两部分各自独立。俞平伯将《宋词举》中的"论词"单列，另成释词部分。这种体例较为灵活，即便在释词部分作增删，也不会影响到选本的主体框架。

1947年（民国三十六年），《读词偶得》修订版刊行。正文为释词五例，附录部分为词选。俞平伯解释其选词标准云：其一，不与释词重复；其二，不求备；其三，无标准。"标准，本无之物也。'偶得'无标准者也。"②入选者并非求技巧"粒粒精圆"，认为若只求精、圆，终不过"粒粒"而已，"遇上海上生明月，辄有望洋兴叹之叹也"，所以不从词法、词格来选词。选录序次的排列，也是"偶然而已"。这与周济、戈载等编选本中严词法、分正变的意识截然不同。俞平伯的"无标准之标准"，与陈匪石的"原非预设成心"一脉相承，表现出淡化宗派观念、弱化门径意识、通达自如的选词立场。

《读词偶得》释词部分初版选录的唐五代4家为温庭筠、韦庄、李璟、李煜，北宋选录周邦彦一家，未收南宋词（修订版将周邦彦词移出，加入史达祖词，故修订版中未收北宋词），附录词选录20家，13家为晚唐五代词，7家为北宋词，词选中录词最多的为冯延巳、贺铸、秦观、周邦彦4家，所录都为小令。从这些特点，不难判断出该选的倾向，即录"淡语""浅语"，却出之自然、挹之不尽的"小词"。

俞平伯在词选部分不著评语，而在释词部分详加评析，将评词和词选的独立性彰显出来，可见出词选与赏析分化的趋势。

（二）"直探词心"

俞平伯《读词偶得·缘起》自嘲云："昔贤往矣，心事幽微，强作解人，毋乃好事"③，但俞平伯释词并非"强作解人"。如释温庭筠《菩萨蛮》（水精帘里颇黎枕）：

①俞平伯《读词偶得》初版印行后，次年3月再版；修订后，1947年（民国三十六年）8月由开明书店出版，同年12月再版。

②俞平伯.读词偶得[M].上海：开明书店，1947年（民国三十六年）：55.

③俞平伯.读词偶得[M].上海：开明书店，1947年（民国三十六年）：3.

旧说"江上以下略叙梦境",本拟依之立说。以友人言,觉直指梦境似尚可商,子细评量,始悟昔说之殆误。飞卿之词,每截取可以调和的诸印象而杂置一处,听其自然融合,在读者心眼中仁者见仁,知者见知,不必问其间脉络神理如何如何,而脉络神理按之则俨然自在。①

俞平伯认为读词重在直求,不必迹相寻之。对张惠言深文罗织的释词法深致不满,评云:"既曰篇章,则固宜就原词上探作者之意,斯可耳。今则不然,先割裂之而后言篇法章法,则此等篇法章法即使成立,是作者的呢,还是选家的呢?"②不仅指出了张氏论词削足适履之弊,也指出了清末词选词话中论学词法往往破碎支离而多以己之意来强为解词的现象。

俞平伯评词虽主张"直探词心",但并不求具实背景和缘由,也不强为梳理脉络章法。如评李璟《浣溪沙》"细雨梦回鸡塞远"是"偶然凑泊,自成文理"③的佳句;评温庭筠《菩萨蛮》"水精帘里颇黎枕,暖香惹梦鸳鸯锦"之清秾,"江上柳如烟,雁飞残月天"之芊眠,语隽思深,"千载之下,无论识与不识,解与不解,都知是好言语矣"④。俞平伯提出"不解之解"的解词法,以意会心会的传达,来感悟词的不可言传之美,不对字、词、章法做凿实的串讲和具体化分析,主张读者自会其心,自得其妙。

在现代大量的鉴赏词选中,对词格、词律的分析并不为重点,而注重赏析、品味词中的千古之情。俞陛云、俞平伯等民国选者以直求之法读词,以诗境譬词境,解读词对内心情感世界的细腻抒写,并不深究作者的原意和本事,与晚清知人论世的评词角度已有较大的差异,实为现代鉴赏体词选之发端。

本 章 小 结

清代至民国,词选的批评形态大致可分为随文批点和成文赏析两类。随文批点型又可以分为集评体、评点体、校勘体、笺注体4种。清初选本主要为集评体词选,清中叶则以评点型选本为主。陈廷焯《词则》

①俞平伯. 读词偶得[M]. 上海:开明书店,1947年(民国三十六年):14-15.

②俞平伯. 读词偶得[M]. 上海:开明书店,1947年(民国三十六年):22.

③俞平伯. 读词偶得[M]. 上海:开明书店,1947年(民国三十六年):35.

④俞平伯. 读词偶得[M]. 上海:开明书店,1947年(民国三十六年):15.

是清代评点型词选的巅峰之作，也为评点型选本由盛而衰的转折点。光宣时期的词学家以治经史之法治词，词学校勘学、注疏学逐渐形成，影响到词选批评形态由评点体向校勘体、笺注体转变。选本的评词角度开始发生变化，王闿运《湘绮楼词选》以妙、趣、灵评词，成为由寄托说向词趣说转变的标志之一。陈匪石《宋词举》融合寄托说与词趣说，形成较为通达的评词观念。该选开创了赏析体论文的评词形式，将词人小传、集评、校律、赏析等融为一体，成为近现代词选普遍采用的选本体例。赏析体词选在民国盛行，促进了对词之艺术审美特质的关注。民国时期，俞陛云观照诗境与词境的同构，充分阐发"吟咏情性，莫工于词"的婉曲特质。俞平伯以无标准为标准，以不解之解为释词之法。其后如刘永济、孙人和、吴梅、汪东、夏承焘、唐圭璋等，都注重于阐释词心、词境的精美幽微。

第四章　晚清民国的唐五代词选

第一节　唐五代词"不必学"

有清一代，选词蔚然成风。但在诸多选本中，宋词选本和以宋词为主的历代词选占了绝大多数。已知清代刊行的唐五代词选本只有寥寥数种①，其中《唐词蓉城汇选》（顾璟芳）、《花间词选》（曹贞芳）皆湮没不闻，仅成肇麟《唐五代词选》影响较大。与晚清宋词选百家争鸣的繁盛热闹相比，唐五代词选不免显得寥落冷寂。除了宋词为"一代之文学"外，也与唐五代词学文献在民国以前缺乏系统整理有关，更与唐五代词在晚清民国复杂的接受样态有关。有些唐五代词选即使编成，也未能及时刊行面世，如刘瑞潞、龙榆生的唐五代词选都是如此。那么，为什么会出现唐五代词"问津者寡"②的局面呢？

一、"不易学"故"不必学"

况周颐在《蕙风词话》中主张学词者不必学唐五代词：

唐五代词并不易学，五代词尤不必学，何也。五代词人丁运会，迁流至极，燕酣成风，藻丽相尚。其所为词，即能沉至，只在词中。艳而有骨，只是艳骨。学之能造其域，未为斯道增重。矧徒得其似乎。其铮铮佼佼者，如李重光之性灵，韦端己之风度，冯正中之堂庑，岂操觚之士能方其万一。自余风云月露之作，本自华而不实。吾复皮相求之，则赢秦氏所云甚无谓

---

①有《唐词蓉城汇选》《花间词选》《唐五代词选》等数种。前二者笔者未见。此处参考：李睿.清代词选研究[M].合肥：安徽大学出版社,2011.另有刘继增的《南唐二主词笺》属于别集之选。

②夏承焘.全唐五代词序[M]//张璋，黄畬.全唐五代词.上海：上海古籍出版社,1986:1.

矣。①

《历代词人考略》就此做解释曰："蕙风词隐尝云：'五代词不必学'，为不善学者发也。"②况周颐指出五代词利弊之所在。即有骨但只是艳骨，虽沉至但不能意余言外，故所长在有情致，所短在藻丽相尚。其中卓出者，如李煜、韦庄、冯延巳词之浑然天成，又非初学者能遂得门径。若天资拙、性情少者学之，恐不免流于涂饰，"曷如不为之为愈也"③。为免贻误后学，况周颐提出了不必学的劝戒。况周颐在评论《花间集》时，又进一步对不易学和不必学进行解释："《花间》至不易学。其蔽也，袭其貌似，其中空空如也。所谓麒麟楦也。"④学词者若不得其内心，仅袭其皮相，失却真意，一味雕琢、勾勒，反不如以各自本色为词，或能进于沉著、浓厚之境。况周颐鲜明地反对以《花间集》或唐五代词为入门之阶，却以五代词为悬格最高者，称花间词古穆高绝，清艳兼擅。其间之矛盾，与况氏对唐五代词的复杂态度是一致的。

关于可学与不可学的态度，除了表现在论唐五代词上，况周颐论宋词亦然。其评苏辛词"极厚"，但并不易学，学者不得其法，反沦为粗率肤浅，故言"余至今未敢学苏、辛也"⑤。从况周颐对苏、辛词的态度，可知其所谓不必学、不易学，是与不敢学、不知如何学相连的。况周颐从普通学者的角度，考虑的是可行性，故较多忌讳。担忧学唐五代词不慎，或误为轻倩，或沦为藻饰。以唐五代词为标格，而不以唐五代词为范本，由此可窥知宋词选本与唐五代词选本在晚清地位迥异的原因。

况周颐从3个层次来论唐五代词：第一层次言唐五代词不易学，此时将唐五代词统一而论之；第二层次言五代词犹不必学，似抑实扬，突出五代词在唐五代词中的地位；第三层次则为不必学且不易知，此为唐五代词最高者，以李煜、冯延巳词等为代表。况周颐赞冯词琳琅满目，美不胜收，"词之境诣至此，不易学并不易知，……与后主词实异曲同工

---

①况周颐.蕙风词话[M]//唐圭璋.词话丛编.上海：上海古籍出版社,1986:4418.

②全国公共图书馆古籍文献编委会.历代词人考略[G].北京：全国图书馆文献缩微复制中心,2003:267.

③况周颐.蕙风词话[M]//唐圭璋.词话丛编.上海：上海古籍出版社,1986:4418.

④况周颐.蕙风词话[M]//唐圭璋.词话丛编.上海：上海古籍出版社,1986:4423.

⑤况周颐.蕙风词话[M]//唐圭璋.词话丛编.上海：上海古籍出版社,1986:4420.

也"①，称李、冯词堂庑气度阔大，不仅不易学，其词境之自然浑融亦非初学者可知。评花间词浓而稳，李、冯、韦词则更在浓而稳之上。由"不易学""不必学"到"不易知"，况周颐的说法虽显得有些玄妙，但实际是对唐五代词之地位和成就的不同评价。

与况周颐以"不必学"和"不易学"论唐五代词相比，陈廷焯从选者的角度所言更有说服力。陈廷焯评五代词云："高者升飞卿之堂，俚者直近于曲矣"②，认为五代词良莠不齐，雅俗并存，告诫唐五代词选者应慎为取舍。民国丁寿田、丁亦飞针对况周颐为初学者所顾忌的不易学之虑，从学词兴趣出发，认为唐五代词修辞浅近自然，情感真挚浓厚，"初学读之，最易感觉兴趣"③，从读者而非学词者的角度来选词，更关注唐五代词"生香真色"的纯粹审美意味，这正是晚清学人为学词而选词，囿于门径，未能充分认识到的。

二、唐五代词的不同阶段及论争

晚清词选本中，对盛唐、晚唐、五代、北宋、南宋五个时期的词作，界限区分清晰，其中，唐五代词就有盛唐、晚唐、五代的详细划分，如况周颐拈出唐五代词的三种层次。但诸家所论并非一致，而是各有所取，在高低抑扬上，也各有偏倚。

其一，以唐词为正，以五代为变，即褒唐词而贬抑五代词。以张惠言、周济、陈廷焯为代表。张惠言《词选》以温庭筠词为"深美闳约"典范之作，以李白为首，称其后韦应物、王建、韩翃、白居易、刘禹锡、皇甫松、司空图、韩偓等并有述造；对五代词评价则不然，虽褒扬其工者，往往绝伦，但总体上仍加以贬抑："词之杂流，由此起矣。"④其后周济在《词辨》中以温庭筠为正，以南唐后主为变，由此而来。陈廷焯也是此说的支持者，认为唐五代之词良莠不齐，不足为后人范。陈廷焯虽推崇唐词如汉魏之诗，但对五代词持保留态度："声色渐开，瑕瑜互见，去取不当，误人匪浅矣"⑤，亦有五代词不必学之意，但与况论并不

---

①全国公共图书馆古籍文献编委会.历代词人考略[G].北京:全国图书馆文献缩微复制中心,2003:205.

②陈廷焯.白雨斋词话[M]//唐圭璋.词话丛编.上海:上海古籍出版社,1986:3975.

③丁寿田,丁亦飞.唐五代四大名家词[M].上海:商务印书馆,1940(民国二十九年):1.

④张惠言.词选(附续词选)[M].北京:中华书局,1957:8.

⑤陈廷焯.白雨斋词话[M]//唐圭璋.词话丛编.上海:上海古籍出版社,1986:3903.

相同。况之本意在五代词奇艳，后人学之不得法反误入歧途；陈氏则认为五代词有绮靡之风，气格不纯，不适合作为学词范本。其实，自浙西、常州起对唐五代词的贬抑，与矫正明末词坛之弊密切相关。陈匪石指出明词衰微，在于其学五代而不得其法，"竞尚侧艳，流为淫哇"①。为校正明末词坛之弊，清代词坛对五代声色互见之词的汰选颇为自觉，多采取回避的态度，只论不选。

其二，尊盛唐、中唐词，将晚唐五代统一视作变调者，以刘熙载为代表。《艺概·词概》曰："太白忆秦娥声情悲壮，晚唐、五代惟趋婉丽，至东坡始能复古。后世论词者，或转以东坡为变调，不知晚唐、五代乃变调也。"②刘熙载此虽论词之正变，但明显流露出对晚唐五代词的贬抑。其评温庭筠词"不出绮怨"，评韦庄、冯延巳词"留恋光景，惆怅自怜"，等等，皆是此类。

其三，尚晚唐五代词者。晚清民国尚晚唐五代词者，以王闿运、成肇麟、俞陛云、卢冀野、丁寿田、丁亦飞等为代表。又有将晚唐五代词分为《花间》与冯、李词两部分，以李、冯词为最上者。如王国维在五代词中"喜李后主、冯正中，而不喜《花间》"③，王国维在南唐、西蜀词人间的不同取舍，正是陈廷焯的"声色渐开，瑕瑜互见"的有意区分。也有对唐五代词不加区别而并举者，以成肇麟《唐五代词选》、俞陛云《唐词选释》《五代词选释》为代表。

三、"亡国之音"辨

况周颐言不必学五代词，是对不善学者而言。在词论中，认为晚唐五代词不必学者，实不乏其人，也并非完全从学词的角度而言，而主要集中在对晚唐五代君臣嘲风弄月而贻误社稷的批判上，尤将南唐后主君臣作为评价的焦点，从社会政治及道德礼仪等角度来评论。如李煜身为国主而喜作小词，生活奢靡，偏听谗言，终于亡国，后世论者多评其词为衰世之征、亡国之音，又在内容和艺术成就上表现出两种不同的态度。

其一，从产生"亡国之音"的原因出发，评价李煜作为一国之君，在亡国亡家的悲剧中的主要责任。苏轼曾评李煜"最是仓皇辞庙日，教

①陈匪石,钟振振.宋词举[M].南京:江苏古籍出版社,2002:207.

②刘熙载.艺概·词概[M]//唐圭璋.词话丛编.上海:上海古籍出版社,1986:3690.

③王国维.人间词话[M]//唐圭璋.词话丛编.上海:上海古籍出版社,1986:4274.

坊犹奏别离曲"有失人主之道，"当恸哭于九庙之外，谢其民而后行。顾乃挥泪宫娥，听教坊离曲哉"①。杨慎评李煜词《玉楼春》（晚妆初了明肌雪）"富丽奢靡，哪得不失江山"。黄苏《蓼园词选》评曰："后主词自多佳制，第意兴凄凉惨憔，实为亡国之音，故少选之。"②

其二，从其词悲婉动人的角度，来评价亡国之音"哀以思"的艺术感染力。后主词真切地表达出个人情感，为词境之一大开拓，亡国后的哀思又凄婉悲怆，奔赴笔端，实足以动人。如黄昇《花庵词选》在《乌夜啼》（无言独上西楼）题下加评语云："此词最凄惋。"苏辙曾题李煜《临江仙》（樱桃落尽春归去）云："凄凉怨慕，真亡国之音也。"③肯定其词沉痛悲婉的艺术魅力。《词苑丛谈》评《乌夜啼》（无言独上西楼）"最为凄婉"。杨希闵《词轨》则评云："读之使人悄怆失志，亡国之音也。然真意流露，音节凄婉。"④俞陛云《五代词选释》评后主词"亡国失家，语最沉痛"⑤。以上皆为肯定后主词"哀以思"的真挚情感。亦有从两面皆论者，如《西清诗话》评李煜《浪淘沙》（帘外雨潺潺）"甚凄婉，脍炙人口"，但又曰："亡国之音，气象太猥亵，一望而知也。"⑥五代词和南宋词抒发的都是国破家亡的心灵感受，为什么南宋词备受推举，而对五代词却有贬褒不同的评价呢？这其中的区别在于评判者从社会责任的角度评价得出了不同的结果：得出了"有忧"与"无忧"即"不能"与"不为"的差别。如俞陛云评李煜词《乌夜啼》（昨夜风兼雨）："此词若出于清谈之名流，善怀之秋士，便是妙词。"⑦但李煜以国主负兆民之重，轻言"梦里浮生"，则不免被讥为自甘颓废。贬五代词者多认为其时国微民困，一国之主，却无所作为，心无苍生，是误国之由。清代评南渡词人则不同，如张惠言评王沂孙有君国之忧，"有为"且"有忧"天下之意，故与李煜相比，二者有担当与不担当之别。南渡词人如姜夔、张炎、王沂孙的汴洛之思、周原之感，在清季得到身世经历、艺术生活方式上的认同。郑文焯《瘦碧词》自序云："余生平慕尧章之为

①胡仔.苕溪渔隐丛话[M]//唐圭璋.词话丛编.上海:上海古籍出版社,1986:162.

②黄苏.蓼园词选[M]//黄苏,周济,谭献,尹志腾.清人选评词集三种.济南:齐鲁书社,1988:16.

③冯金伯.词苑萃编[M]//唐圭璋.词话丛编.上海:上海古籍出版社,1986:1816.

④杨希闵.词轨[M].钞本.1863(同治二年).

⑤俞陛云.唐五代两宋词选释[M].上海:上海古籍出版社,1985:80.

⑥黄苏.蓼园词选[M]//黄苏,周济,谭献,等.清人选评词集三种.济南:齐鲁书社,1988:28.

⑦俞陛云.唐五代两宋词选释[M].上海:上海古籍出版社,1985:118.

人疏古和澹，有晋宋间风。"①南渡词人在流寓生涯中保持孤傲清高、力求不浊于世的品格和生活方式，成为寓居吴中的朱祖谋、况周颐等模仿的主要对象。郑文焯就引姜夔为知己："白石一布衣，才不为时求，心不与物竞，独以歌曲声江湖，幸免于庆元伪学之党籍，可不谓之知己者乎？"②白石流寓吴兴数十载为幕僚，其家国身世之感与郑颇为相似；郑氏对姜氏词去留无迹的清空，有更多惺惺相惜的认同感。端木埰对王沂孙、朱祖谋对吴文英的认同感都类同于此。

四、唐五代北宋词与南宋词

两宋之争，是清代词学论争的主要内容，也是区分浙西词派与常州词派之"枢纽"③。浙西词派朱彝尊力主南宋词，《词综·发凡》云："词至南宋，始极其工，至宋季而始极其变。"④常州词派主晚唐北宋者如张惠言、周济等，都推崇晚唐北宋词的意格宏深曲挚。矛盾的是，浙西派宗南宋却不尚寄托，而力倡姜、张的清空醇雅；常州派高扬比兴之义，却推崇语淡情真的唐五代北宋词。故詹安泰指出浙、常二派的理论和实际情况并不相符，"实则就具体作品看，有寄托之词，南宋多而北宋少"⑤。以寄托说来解释唐五代北宋的一些秾丽艳词，其实是存在一定困难的，故不免被讥为强作解语。王鹏运释艳词有重大之骨，亦不被选者认可。最适合以寄托说来阐释的，是南宋词，故常州词派在后期表现出明显的偏倚南宋的倾向。晚清选家如陈廷焯、朱祖谋均以南宋词为和雅浑融的典范之作。

两宋之争中，唐五代词或并入北宋与南宋词对垒，或单独与宋词相提并论。晚清如况周颐等虽揄扬唐五代词，但并不以之为学词范本，故在选源上，宋词无疑更受选家青睐。宋词作为一代文学之盛，其流播人口的佳作佳篇之数量，远逾唐五代词。综合前文所叙唐五代之不易学、不必学、不易知等不同观点，在以选本为学词法"教程"的晚清至民国初期，唐五代词并不易广泛流播。

①郑文焯.瘦碧词自叙[M]//孙克强,杨传庆,裴喆.清人词话.天津：南开大学出版社,2012:1935.

②郑文焯.瘦碧词自叙[M]//孙克强,杨传庆,裴喆.清人词话.天津：南开大学出版社,2012:1935.

③钱基博.现代中国文学史[M].上海：上海书店,2007:193.

④朱彝尊,汪森.词综[M].上海：上海古籍出版社,1978:10.

⑤詹安泰.宋词散论[M].广州：广东人民出版社,1980:99.

在以宋词为纲的选词风气中，仍有一些选家肯定了晚唐五代词的重要性，以冯煦、成肇麟、俞陛云为代表。冯煦云："词有唐五代，犹文之先秦诸子、诗之汉魏乐府也。近世学者，祖尚南渡，天水而上，罕或及之。殆文祢唐宋八家而桃东西京；诗学黄涪翁而不知有苏李十九首，可谓善学乎？"[1]认为近人尚南渡而不知唐五代，未能辨其源流。冯煦、成肇麟对唐五代词的推崇，主要表现在对南唐词人的重视上，这也是二选在词史上能别具特色的主要原因之一。俞陛云、俞平伯皆承衍冯煦、成肇麟之说，认为唐词实为两宋之"基始"[2]，以节短格高为五代词之本色，褒许五代词高浑拙朴、不事雕琢。这些论说，推动了民国间唐五代词地位的提高。

第二节　宋以后第一部广泛流传的唐五代词选
——《唐五代词选》

成肇麟编的《唐五代词选》在晚清民国评价甚高。陈匪石评《唐五代词选》"最精"[3]，徐珂称其"至精审"[4]。晚清词曲类丛书《词准》[5]《宋词元曲研究》等，都将其收录，成为宋以后第一部广泛流传的唐五代词选。

成肇麟，字淑泉，宝应人。有《漱泉词》一卷。1887年（光绪十三年），成肇麟《唐五代词选》与冯煦《宋六十一家词选》刊行。二选所选持中，颇为论者所重。《唐五代词选》因有"宋后，唐、五代选本止此一种"[6]的特殊地位，成为近现代唐五代词选本的主要选词来源。

冯煦幼年从成肇麟[7]之父求学，与成肇麟交游近50年，二人性格迥

---

①成肇麐.唐五代词选[M].上海:商务印书馆,1936(民国二十五年):1.

②俞陛云.唐五代两宋词选释[M].上海:上海古籍出版社,1985:1.

③陈匪石,钟振振.宋词举[M].南京:江苏古籍出版社,2002:194.

④徐珂.清代词学概论[M].上海:大东书局,1926(民国十五年):17.

⑤夏承焘曾提及此书:"接世界书局寄词准二本,以予之作词法与成氏唐五代词选,朱氏宋词三百首,词荄,舒氏白香词谱,戈氏词林正韵合为一编,胡山源编。"见:夏承焘.天风阁学词日记[M].杭州:浙江古籍出版社,1984:520.

⑥陈匪石,钟振振.宋词举[M].南京:江苏古籍出版社,2002:194.

⑦成肇麟为冯煦从母之子,生于1847年(道光二十七年),比冯煦小4岁,卒于1901年(光绪二十七年)。

异，冯刚直，成和易。冯煦与潘伯琴、孔力堂等常评弹时事，讥呵侯卿，被时人目为"狂生"；成肇麟性格和易，不善言谈。一庄一谐，恰为互补，被世人并称为"冯成"。光绪丁丑、戊寅年间（1877—1878），二人居冶城飞霞阁，相与研析，商榷同异，为共同编写词选及形成旨趣相近的词学思想打下了基础。二选虽各署其名，都是二人共同审定的结果。《宋六十一家词选》的编选，首先由冯煦拟定初稿，待成肇麟修订后才写定付梓。冯煦也参与了《唐五代词选》的审定工作，"日夕三复，雅共商榷，损益百一，授之劂氏"①。

一、唐五代词的雅化过滤

成肇麟《唐五代词选》的版本较多，如商务印书馆本、万有文库本等，另有多种丛书本。1933年（民国二十二年），商务印书馆的影印本上，标为第12版，可见其流播广泛。

清代的唐五代词选本并不多见。论者从学词法的角度，担心学唐五代词不慎，会误入歧途，故普遍反对在选本中选录唐五代词。成肇麟编《唐五代词选》正是为了矫正词坛独重宋词的风气。成肇麟选词注意呈现各家之本色，但亦能做到"本意内言外之旨、缘情托兴之义，因身世之遭逢，以风雅为归宿"②，摈弃意浅旨荡之词，得到了并不尚唐五代词论者的认同。如陈廷焯评云：

> 成肇麟唐五代词选，删削俚亵之词，归于雅正，最为善本。唐五代为词之源，而俚俗浅陋之词，杂入其中，亦较后世为更甚。至使后人陋花间、草堂之恶习，而并忘缘情托兴之旨归，岂非操选政者加之厉乎。得此一编，较顾梧芳所辑尊前集，雅俗判若天渊矣。③

成选共3卷，以《花间集》《花庵词选》《全唐诗》等为选词来源。上卷录25人，词118首，温庭筠、李后主词最多；中卷录12人，词117首，选韦庄、李珣词最多；下卷录13人，词112首，冯延巳、孙光宪词最多.共选50人，词作347首。与冯选一样，该选无圈点、眉批、注解等，对词人身世也未加小传说明。规模大体与《唐诗三百首》相当。取

①冯煦.唐五代词选·叙[M]//成肇麟.唐五代词选.上海:商务印书馆,1936(民国二十五年):1.

②陈匪石,钟振振.宋词举[M].南京:江苏古籍出版社,2002:194.

③陈廷焯.白雨斋词话[M]//唐圭璋.词话丛编.上海:上海古籍出版社,1986:3889.

舍颇精，"体尊而例严"①。正如《续修四库总目提要》所云："肇麟与冯煦相往还，亦非不知词者，观其所选温、韦、冯、李为最多，可以明矣。"②

在晚唐五代词不易学、不必学、不易知的种种顾虑中，如何择选出精雅的选本，以避开诸多不易学、不必学的弊端？《唐五代词选》做出了回答。

其一，不录"浓而穆"的花间词。如"大且重"的《浣溪沙》（相见休言有泪珠），"狎昵已极"③的《菩萨蛮》（玉楼冰簟鸳鸯锦），"香奁佳句"④的《河满子》（正是破瓜年纪），"世所传咏"⑤的《河满子》（写得鱼笺无限），等等，都被摈弃弗录。成肇麟有意汰除这些对初学者而言不易遂得端倪、难得其心的重拙大之词，其截断流弊的方式，对后世唐五代词选本的影响深远。刘瑞潞、谢秋萍、龙榆生、丁寿田、丁亦飞等选唐五代词，均将这些"敢于直书"的艳词删除殆尽。

其二，在词选中体现唐人诗词尚未分界的状态。大量收录唐声诗，寻绎词体形态演变的过程，显示出词体产生初期，声诗与长短句并存的状态，也将声诗的朴拙、健朗带入唐五代词选中。

唐声诗录入词选，自唐宋以来相沿成习。如《纥那曲》《长相思》为五言绝句，均载《尊前集》中；《柳枝》《竹枝》《清平调引》《小秦王》《阳关曲》《八拍蛮》《浪淘沙》《阿那曲》等为七言绝句，均录入《花间集》；《瑞鹧鸪》为七言律诗，亦被选入《草堂诗余》。

清代论者对这种将声诗与词统一收录、不加区分的情况，提出了质疑。清初《远志斋词衷》中就指出"体裁易混，征选实繁"⑥之弊。清初《林下词选》中，就将声诗与词严格区别开来，将《柳枝》《竹枝》《清平调》《小秦王》等"无别于诗"者，"概从削去，虽戾于古，弗恤也"⑦。周铭将声诗摈弃弗录，正是出于严诗词之辨的目的。《全唐诗》也将《竹

---

①陈匪石,钟振振.宋词举[M].南京:江苏古籍出版社,2002:194.

②中国科学院图书馆.续修四库全书总目提要(稿本):第16册[M].济南:齐鲁书社,1996:486.

③王士祯.花草蒙拾[M]//唐圭璋.词话丛编.上海:上海古籍出版社,1986:674.

④彭孙遹.词藻[M]//张璋,职承让,张骅,等.历代词话.郑州:大象出版社,2002:970.

⑤全国公共图书馆古籍文献编委会.历代词人考略[G].北京:全国图书馆文献缩微复制中心,2003:174.

⑥田同之.西圃词说[M]//唐圭璋.词话丛编.上海:上海古籍出版社,1986:1466.

⑦周铭.林下词选[M]//《续修四库全书》编纂委员会.续修四库全书:第1729册,上海:上海古籍出版社.

枝》《柳枝》《浪淘沙》《调笑》《三台》《忆江南》等列入诗集，而不录为词。但声诗与词之界限，在清中叶后逐渐模糊。如万树《词律》中就将唐声诗收录以备体。清末声诗大多被收录入词集，如成肇麟《唐五代词选》为了呈现词体产生初期的面貌，就大量选录《渔父》《杨柳枝》等声诗，"诗与词之转变在此数调故也"[①]。

晚清民国的论词者也颇为关注声诗与词之关系。如梁启超在《中国之美文及其历史》中列举郭茂倩《乐府诗集》"近代曲词"中收的《水调》《凉州》《伊州》等80余调盛唐以后之新声，梳理与词调发展的关系，"凡此皆声诗即词之鼻祖自初盛唐之间已发生者"[②]，声诗即词之鼻祖，陈匪石、龙榆生等均支持此说。陈匪石《声执》进一步从文体的角度分析诗、词的递嬗："唐、五代小令或即五、七言绝，或以五、七言加减字数而成。如《苕溪渔隐丛话》所举之《瑞鹧鸪》《小秦王》，可为明证。又所谓《小秦王》必须杂以缠声者，即加入和声之说。盖始则加字以成歌，继乃加字以足意。诗由四言而五言，而七言，不足则加和声而为词。"[③]龙榆生在《唐五代词选》中，以选本的形式，清晰勾勒出词体由齐言向长短句的演变过程。

在词选中收录声诗，不仅更完整地显示出词体产生初期的文体形态，还将唐五代词的选择范围大大拓宽，声诗的清丽、自然、健朗，呈现出花间绣阁闺帷而外的另一种风貌，颇受晚清民国选者认可。

二、从《花间集》到《唐五代词选》

宋以后最早的唐五代词选是明代的《唐词纪》。《唐词纪》共16卷，录词作948首。该选的排序方式较为特别，不以词人之生卒先后排序，也不以词调来归类排序，而基本按词的内容分为景色、吊古、感慨、宫掖、行乐、别离、征旅、边戍、佳丽、悲愁、忆念、怨思、女冠、渔父、仙逸、登第等16门，在16门中，以"怨思""景色""行乐"收录最多。又有不依16门分类者，故论者多讥其割裂无绪，漫无体例。就选词而论，该选名实不符，词曲不分，也颇为读者诟病[④]。

①永瑢,等.四库全书总目[M].北京:中华书局,1965:1823.

②梁启超.中国之美文及其历史[M].北京:东方出版社,1996:202.

③陈匪石,钟振振.宋词举[M].南京:江苏古籍出版社,2002:126.

④沈雄《古今词话》云:"唐词纪为郭茂倩所辑,杨璠、董御,多收伪词以广之,有以其名同而滥收之者。"见:沈雄.古今词话[M]//唐圭璋.词话丛编.上海:上海古籍出版社,1986:744.

《唐词纪》的分类和排序，显然可见"便歌"的目的，所分行乐、怨思、景色，都是为了方便歌者根据情境、情感的需求来选择。成肇麟在《唐五代词选》中，摈弃了这种便歌的分类方式，按人编排，选择精审，突出了唐五代词名家的地位。《续修四库全书总目提要》虽然对成肇麟删汰重拙大之词颇不认同，但是承认成选博而不滥，雅而不俗，有其独特地位，"《花间》无冯李之作，《尊前》又杂厕不伦，手此一编，可以兼览"[①]。表4-1列出《花间集》《尊前集》《花庵词选》《词综》《词选》《唐五代词选》中收唐五代词人词作数量最多的前10名，略做对比。

表4-1　成肇麟《唐五代词选》与历代人选唐宋词比较[②]

《花间集》	录	《尊前集》	录	《花庵词选》	录	《词综》	录	《词选》	录	《唐五代词选》	录
温庭筠	66	刘禹锡	38	温庭筠	10	温庭筠	33	温庭筠	18	冯延巳	54
孙光宪	61	欧阳炯	31	李珣	8	韦庄	20	李煜	7	温庭筠	40
顾敻	55	白居易	26	李白	7	冯延巳	20	冯延巳	5	李珣	31
李珣	37	孙光宪	23	韦庄	7	李珣	15	李璟	4	李煜	27
毛熙震	29	薛能	18	王建	6	孙光宪	13	韦庄	4	孙光宪	25
牛峤	27	李珣	18	孙光宪	6	欧阳炯	11	牛峤	3	韦庄	24
张泌	27	李白	12	李煜	6	李煜	10	李白	1	顾敻	12
韦庄	26	尹鹗	11	张志和	5	顾敻	9	牛希济	1	欧阳炯	11
和凝	20	王建	10	薛昭蕴	5	毛文锡	8	欧阳炯	1	张泌	11
薛昭蕴	19	成文干	10	张泌	5	牛峤	7	鹿虔扆	1	薛昭蕴	10

从表4-1可以看出《唐五代词选》的独特之处：

其一，确立了冯延巳词的地位。在《唐五代词选》之前的唐宋词选本中，温庭筠一直是唐五代词人中入选词目最多的词人（除《尊前集》风格特异外。因其编者年代尚未有定说，兹存而不论），冯延巳词并不为论者、选者所重。《花庵词选》仅收2首，在清代张惠言《词选·序》所论唐词诸家中[③]，亟推温庭筠词"深美闳约"，未直接提及冯延巳。成肇麟虽未能得见《阳春集》全本，却已将冯延巳选为集中第一，突出了冯延巳在词史上的地位。

成肇麟集中选冯词54首，为录词最多的一家，与《花庵词选》等仅

---

①中国科学院图书馆.续修四库全书总目提要(稿本):第16册[M].济南:齐鲁书社,1996:485-486.

②表4-1仅录选词数量(首)最多的前10名词人。

③"自唐之词人,李白为首,其后韦应物、王建、韩翃、白居易、刘禹锡、皇甫松、司空图、韩偓,并有述造,而温庭筠最高,其言深美闳约。"见:张惠言.词选(附续词选)[M].北京:中华书局,1957:7.

录数首冯词相比，显见对冯延巳的推崇。冯煦与成肇麟相与研析，共定此稿，在《宋六十一家词选》的例言中云："词至南唐，二主作于上，正中和于下，诣微造极，得未曾有。宋初诸家，靡不祖述二主，宪章正中。"①认为冯李词为唐宋词承转之枢纽。成肇麟、冯煦对冯延巳词的推崇，在晚清民国词坛影响较大。况周颐、王国维、龙榆生等都盛推正中词，如王国维称冯延巳词开北宋一代风气，将张惠言评温庭筠"深美闳约"语置于冯延巳，"余谓此四字，唯冯正中足以当之"②。俞陛云则评冯延巳《阳春集》为"五代词中之圣"③。民国间的五种唐五代词选本多循成选例，以冯延巳词所收为最多。

其二，推举李煜词。就收词的实际数量而言，《唐五代词选》收录李煜词27首，在所列6种选本中收录最多。成肇麟之进冯、李，退温庭筠，代表着晚清尚唐五代词派的主要思想。历代论者对李煜词有褒贬不同的评价。在张惠言《词选》中，李煜词的地位有所上升，但相比选中其他宋代词人的地位，李煜词并不显得突出。《唐五代词选》录后主词27首，旗帜鲜明地表现出揄扬李词的态度。

其三，以《花间集》《花庵词选》为选词来源。对比表4-1中之选本，会发现《唐五代词选》与《花庵词选》选录情况非常相近。除了将冯延巳词独尊的地位确定外，其余如韦庄、李珣、张泌词的序次，也与《花庵词选》大致相似，可知成肇麟《唐五代词选》主要是以《花间集》和《花庵词选》为选词底本。《花间集》作为第一部文人词总集，其作为唐五代词最主要选词来源的地位自不必待言；《花庵词选》因精于选择，"去取亦特为谨严"④，也颇受选者认同。如龙榆生在诸多唐五代词选中，褒扬《花间集》和《花庵词选》所收较可靠⑤。成肇麟不以清代选本《词综》《词选》为参考，而直接以唐宋时期的选本为选源，可窥其试图弃绝清代词坛流弊的努力。黄昇《花庵词选》所录之词多典雅清俊，极为契合成肇麟的编选宗旨，故大多因循。相比而言，成肇麟对《花间集》的态度就显得较为矛盾，他虽然肯定花间诸名家的地位，但对"敢于重笔直书"之作并不认可，故在集中仅选择各家清丽脱俗之词。以毛熙震、顾夐、皇甫松为例：

①冯煦.宋六十一家词选[M].扫叶山房石印本.1910(宣统二年).

②王国维.人间词话[M]//唐圭璋.词话丛编.上海：上海古籍出版社,1986:4241.

③俞陛云.唐五代两宋词选释[M].上海：上海古籍出版社,1985:111.

④永瑢,等.四库全书总目[M].北京：中华书局,1965:1824.

⑤龙榆生.唐五代词选注[M].上海：上海古籍出版社,2006:9.

毛熙震词思深语丽，雍容典雅，在五代词人中卓然名家，但《尊前集》《词综》《词选》均未录其词。《唐五代词选》中录6首，所录如《后庭花》词意胜境超，"有隽上清越之致"①，显示出成肇麟的择词倾向。成虽未录毛熙震"敢于直书"的作品如《浣溪沙》(晚起红房醉欲销)等，但并因此否定其清超雅致之作，可见其存花间词家，重塑花间词家之风格，"要非漫无抉择"的雅化之意。

顾夐词在《花间集》中存55首，列第3位。《尊前集》《词综》《词选》中未录顾词，《花庵词选》录4首。成肇麟汰除为柳永一派"滥觞"的《诉衷情》（永夜抛人何处去）等"透骨情语"，录顾夐的《醉公子》（漠漠秋云淡）（岸柳垂金线）等语质情拙之词。《醉公子》二阕皆语淡而思深，有拙朴之致。取舍之间，可见成肇麟的选录标准。

皇甫松词在选本中历来不受关注，而《唐五代词选》收录其词9首，数量列该选第11位。成肇麟选录其《摘得新》（酌一卮）一阕，而将《忆江南》二阕全部收录。王国维评《摘得新》二阕不若《忆江南》二阕"情味深长"②，成肇麟录《忆江南》之意大致从王国维的评语中窥见端倪。

成肇麟对疏朗淡雅的李珣、韦庄词青眼有加。李珣词风格清丽，尤其是风土词，本色悠然，开北宋之体格。成肇麟将李珣所作17阕《南乡子》悉数录入，推崇备至。录《渔父》《定风波》（雁过秋空夜未央）等，皆襟情高澹，出之以浅语而情致袅袅，体现出成肇麟的选词倾向。对韦庄词的遴选也是如此，成肇麟删除韦庄"作决绝语而妙"的《思帝乡》（春日游），选录情感真挚、非寻常艳语的《荷叶杯》（记得那年花下）等。韦庄《菩萨蛮》5首，成肇麟录4首，删《菩萨蛮》（劝君今夜须沉醉）。虽不置一字之评，但此中取舍，实可窥见成肇麟以婉约清雅为正鹄的编选宗旨。

成肇麟对所录唐五代词做了较为细致的甄别和校订。如《唐五代词选》中《南乡子》8阕，并未沿南宋之说，署温庭筠之作，而改署欧阳炯③，体现出成肇麟对词学研究成果的吸纳。当然，其选词及辨识真伪也有值得商榷处，如选中录《清平乐》（烟深水阔）1首，恐非为李白之

---

①王国维.唐五代二十一家词辑·毛祕监词辑本跋[M]//施蛰存.词籍序跋萃编.北京:中国社会科学出版社,1994:27.

②王国维.人间词话[M]//唐圭璋.词话丛编.上海:上海古籍出版社,1986:4269.

③朱祖谋考辨曰:"《南乡子》本欧阳炯作。"见:朱祖谋.书金奁集鲍跋后[M]//施蛰存.词籍序跋萃编.北京:中国社会科学出版社,1994:5.

作，俞陛云认为该词类似宫怨词，"与前二首不类，或他稿误入"①。总体而论，成肇麟《唐五代词选》堪称精审和雅洁之选。该选推动了民国时期唐五代词的广泛传播，王国维、俞陛云、陈洵等选、评唐五代词，都可见该选之影响。

第三节　王国维《唐五代二十一家词辑》

清末的唐五代词选还停留在总集或丛编的状态，选者把全面辑录唐五代词文献作为主要目的。王国维《唐五代二十一家词辑》就是在这种背景下面世的。《唐五代二十一家词辑》虽然成书仓促，对互见的作品疏于考证②，但作为第一部唐五代词丛编，在选人及汇辑方式上仍有开创之功。

一、对《花间集》的补充和完善

《唐五代二十一家词辑》编于1908年（光绪戊申）夏，1928年（民国十七年）收入《海宁王忠悫公遗书》，署"戊辰春日校印"。1932年（民国二十一年）六艺书局将该本与《人间词话增补本》合刊印行。从《唐五代二十一家词辑》附的跋语而言，除第1卷"南唐二主词"署"宣统改元春三月"，后19卷皆署为"光绪戊申季夏"，即该稿的编写和改定时间约在这2年，是王国维词学研究系列的主要成果之一。

《唐五代二十一家词辑》收录21家20卷词。其中李璟、李煜合为南唐二主词1卷，另收录的19家词为：金荃词1卷（唐温庭筠）；檀栾子词1卷（唐皇甫松）；香奁词1卷（唐韩偓）；红叶稿1卷（晋和凝）；浣花词1卷（晋韦庄）；薛侍郎词1卷（晋薛昭蕴）；牛给事词1卷（蜀牛峤）；牛中丞词1卷（蜀牛希济）；毛司徒词（蜀毛文锡）魏太尉词1卷（蜀魏承班）；尹参卿词1卷（蜀尹鹗）琼瑶集1卷（蜀李珣）；顾太尉词1卷（后蜀顾夐）；鹿太保词1卷（后蜀鹿虔扆）；欧阳平章词1卷（后蜀欧阳炯）；毛祕监词1卷（蜀毛熙震）；阎处士词1卷（后蜀阎选）；张舍人词1

①俞陛云.唐五代两宋词选释[M].上海:上海古籍出版社,1985:5.

②谢桃坊.试评王国维关于唐五代词的研究[J].东南大学学报(哲学社会科学版),2007(4):86-91.

卷（南唐张泌）；张中丞词1卷（贵平孙光宪）。其中王国维自辑录本共18种，只有金荃词、南唐二主词3家2种参考了他辑本。

《唐五代二十一家词辑》的主要选词来源是《花间集》，又参考《全唐诗》《历代诗余》等，"不欲使《花间》十八人中有遗珠也"①。如鹿虔扆词仅存6首，亦单独厘为1卷。又在花间18家基础上，补录韩偓、李璟、李煜3家，共21家②。

表4-2　《唐五代二十一家词辑》的选词情况

词人	花间	王选	选源
李璟、李煜		38	《汲古阁本》《侯文灿十名家词本》
温庭筠	66	70	《尊前集》补1首，《草堂诗余》补1首，《诗集》补2首
皇甫松	11	22	《花间集》《尊前集》《全唐诗》共22首
韩偓		13	《尊前集》录2首，《香奁集》录11首
和凝	20	29	《全唐诗》补7首，《历代诗余》补2首。
韦庄	47	54	录《全唐诗》中54首，其中见于《花间集》48首，《尊前集》5首，《草堂诗余》1首。
薛昭蕴	19	19	《全唐诗》所录同《花间集》
牛峤	32	32	《花间集》
牛希济	11	14	《词林万选》补3首
毛文锡	31	32	《尊前集》补1首
魏承班	15	20	《全唐诗》补5首
尹鹗	6	17	《尊前集》补17首
李珣	37	54	《尊前集》补17首
顾敻	55	55	《花间集》
鹿虔扆	6	6	《花间集》
欧阳炯	17	48	《尊前集》补31首
毛熙震	29	29	《花间集》
阎选	8	10	《尊前集》补2首
张泌	27	28	《全唐诗》补1首
孙光宪	60	84	《全唐诗》补24首

从表4-2中可看出，《唐五代二十一家词辑》以《尊前集》《草堂诗余》《全唐诗》等为《花间集》的补充，尽可能全备地收集唐五代二十一家的词人词作。

其一，在《花间集》的基础上，作了一些补充和修正。

先为诸家词集命名。改变《花间集》列官职于姓氏前的范式，以旧

①王国维,徐德明.词录[M].北京:学苑出版社,2003:8.
②王国维《词录》中又补入冯延巳《阳春集》,成22家。

所传专集命名。唐五代词人有专集传世的并不多，故晚唐五代词人的作品主要赖《花间集》以存。王国维针对唐五代词的这种零散的流播情况，以整理各家专集的目的辑词，故将各家词均直接标为旧传词集名，如《花间集》收韦庄词以官职标"韦相"，而《唐五代二十一家词辑》径改为《浣花》；若无专集名，则或以诗集名，如《金荃集》①；或依前例，如《红叶稿》依《历代诗余》而名《和凝词》；无法确知以其集名者，方依花间范式，列官职于姓氏前命名词集。

再以调排列，王国维在收录时并未按《花间集》的序次排列。以鹿虔扆词为例：《花间集》所收依次为《临江仙》《女冠子》《思越人》《虞美人》。王国维按照词牌字数的多少重新排列，录为《女冠子》《思越人》《虞美人》《临江仙》等。

其二，诗中选词，补录韩偓。《唐五代二十一家词辑》中除补入李煜、李璟南唐二主词外，另补入韩偓，成为集中最为特别的词人。

《唐五代二十一家词辑》录韩偓词13首，除《浣溪沙》（枕鬓新收玉步摇）（宿醉离愁慢髻鬟）2阕外，皆从《香奁集》中录出，共收7种词调。王国维对《忆眠时》《春楼处子》等5种词调，均一一予以说明：

> 《忆眠时》本沈隐侯创调，隋炀帝继之，升庵视为词祖，唯致光词少二句耳。《春楼处子》三首，比《三台》多二韵，比冯正中《寿山曲》少一韵。考《全唐诗》《历代诗余》《天籁轩词谱》，唐人刘长卿、窦弘余等皆填此调，名《谪仙怨》，今从之。至《玉合》《金陵》二首，皆系致光创调，而《金陵》尤纯乎词格。《木兰花》亦本系七古，然飞卿诗中之《春晓曲》，《草堂诗余》已改为《木兰花》，固非自我作古也。②

《忆眠时》3阕在《香奁集》中题作《三忆》；《生查子》题作《懒卸妆》；《唐五代二十一家词辑》均以词牌名收录。王国维在《花间》之外补入韩偓，是因为其词多创调，正体现出唐人诗词尚未分界的面貌，如《玉合》《金陵》均为韩偓所创调。韩偓自序《香奁集》亦称之为"歌诗"，且在当时传唱甚广，"往往在士大夫口，或乐官配入声律，粉墙椒壁，斜行小字，窃咏者不可胜纪"③。在词选中广泛收录声诗，除了反映

---

①王国维跋云："《握兰》，《金荃》，当是诗文集，非词集也。"见：施蛰存.词籍序跋萃编[M].北京：中国社会科学出版社，1994：7.

②王国维.香奁词跋[M]//王国维.唐五代二十一家词辑.上海：六艺书局，1932(民国二十一年)：36.

③韩偓.香奁集[M]//丛书集成续编.第100册.上海：上海书店，1994：979.

出晚清民国选者对词体演变的关注外，也因唐五代词选由总集向选集的分离过程较迟。为了尽可能完备地体现唐五代词之面貌，广收博采就成为选本的特色之一。但在诗集中选录"纯乎词格"者，如何确定其是否纯乎词格，其实是存在一定难度的。

二、《唐五代二十一家词辑》评词

《唐五代二十一家词辑》各集跋语，仿宋代陈振孙《直斋书录解题》叙述体例，分3个部分论述：详卷帙数量，述撰人名氏，品题其得失。王国维《人间词话》中对花间词人的评语，多迻录自《唐五代二十一家词辑》，即王国维对花间词人的评价，主要体现在该本跋语中。虽仅只言片语，亦弥足珍视，兹分人节录如下：

皇甫松词："黄叔旸称其《摘得新》二首为有达观之见，余谓不若《忆江南》二阕情味深长，在乐天、梦得上也。"①

韦庄词："端己词情深语秀，虽规模不及后主、正中，要在飞卿之上，观昔人颜谢优劣论可知矣。"②

魏承班词："其词逊于薛昭蕴、牛峤而高于毛文锡，然皆不如王衍。五代词以帝王为最工，岂不以无意于求工欤？"③

顾敻词："敻词在牛给事、毛司徒间，《浣溪沙》（春色迷人）一阕亦见《阳春录》，与《河传》《诉衷情》数阕，当为敻最佳之作矣。"④

毛熙震词："周密《齐东野语》称其词新警而不为儇薄。余尤爱其《后庭花》，不独意胜，即以调论，亦有隽上清越之致，视文锡蔑如也。"⑤

阎选词："其词唯《临江仙》第二首有轩鬖之意，余尚未足与于作者也。"⑥

张泌词："昔沈文悫深赏泌'绿杨花扑一溪烟'为晚唐名句，然其词如'露浓香泛小庭花'，较前语似更幽艳也。"⑦

---

①王国维.唐五代二十一家词辑[M].上海：六艺书局,1932(民国二十一年):33.

②王国维.唐五代二十一家词辑[M].上海：六艺书局,1932(民国二十一年):52.

③王国维.唐五代二十一家词辑[M].上海：六艺书局,1932(民国二十一年):78.

④王国维.唐五代二十一家词辑[M].上海：六艺书局,1932(民国二十一年):104.

⑤王国维.唐五代二十一家词辑[M].上海：六艺书局,1932(民国二十一年):122.

⑥王国维.唐五代二十一家词辑[M].上海：六艺书局,1932(民国二十一年):124.

⑦王国维.唐五代二十一家词辑[M].上海：六艺书局,1932(民国二十一年):130.

孙光宪词："昔黄玉林赏其'一庭花雨湿春愁'为古今佳句，余以为不若'片帆烟际闪孤光'尤有境界也。"[1]

从这些跋语中不难发现，《人间词话》中的境界说、以诗评词的方式等，都已初见端倪。王国维在品题各家得失的同时，对词家进行了比较，大致可以排列出两个层次：第一组的高下之序为李煜、李璟、冯延巳、韦庄、温庭筠；第二组的排列大致为薛昭蕴、牛峤、顾敻、魏承班、毛熙震、毛文锡等。在第一组中，以温庭筠为最末。其中又有"句秀"之温庭筠，"骨秀"之韦庄，"神秀"之李煜的高下之分。第二组以毛文锡为最末。王国维评毛文锡词云：

其词比牛、薛诸人，殊为不及，叶梦得谓文锡词以质直为情致，殊不知流于率露。诸人评庸陋词者必曰："此仿毛文锡之《赞成功》而不及者"，其言是也。[2]

王国维认为毛文锡词过于质直，流于率露，少言外之味，无清越之致，学之不慎，不免失于庸陋鄙俗，故将之置于第二组最末。这种有意识的归类分组和对比排序显示出王国维对唐五代词人词作的评价。

《人间词话·附录》除节录《唐五代二十一家词辑》的跋语外，在唐五代词人中仅评第一组词人，即南唐二主、冯延巳、韦庄、温庭筠等，第二组词人则除"绝妙情语"一节评牛峤、顾敻外，对其余诸家再无一语及之，褒贬昭然，王国维对花间词的态度亦可知之。

三、《唐五代二十一家词辑》与《词录》

作为词籍目录专著，《词录》在编纂体例上与《唐五代二十一家词辑》有所不同。《唐五代二十一集词辑》中品题得失部分在《词录》中基本被删除。在编排序次上，《词录》将《词辑》中原列第一的南唐二主词置后，列于晚唐词人温庭筠、皇甫松、韩偓、和凝之后。[3]应该说，这种按时间排列、且增补上《阳春集》的唐五代22家词，才是王国维所认为较为完整有序的唐五代词之面貌。

---

①王国维.唐五代二十一家词辑[M].上海:六艺书局,1932(民国二十一年):147.

②王国维.唐五代二十一家词辑[M].上海:六艺书局,1932(民国二十一年):73-74.

③王国维在《词录》中,将原列阎选词后的张泌词提前,归入南唐词人群体中,误将花间词人张泌与南唐张泌混为一谈。

《词录》对唐五代词集的介绍和评论，大体照搬《唐五代二十一家词辑》之言，但用词更为谨慎。试比较关于薛昭蕴的一段考辨：

《唐五代二十一家词辑》：

案：昭蕴，字里均无可考，《花间集》止称薛侍郎而已。唯《全唐诗》载："薛昭纬，河东人。乾宁中为礼部侍郎，天复中累贬蹊州司马。昭蕴当即其兄弟行。"又《北梦琐言》称："昭纬恃才傲物，每入朝省，弄笏而行，旁若无人，好唱浣溪沙词。"今昭蕴词中亦以浣溪沙词为最多，殆一门有同好欤？①

《词录》：

案：昭蕴，字里均无考，《花间集》只称薛侍郎。惟《全唐诗》载薛昭纬，河东人，乾宁中为礼部侍郎。天复中累贬磜州司马。昭蕴殆其昆弟欤？又《北梦琐言》称昭纬恃才傲物，每入朝省，弄笏而行，旁若无人，好唱《浣溪沙》词，今昭蕴词中亦以《浣溪沙》一词为最多，岂一门有同好欤？二人又同官侍郎，此又不可解也。②

《唐五代二十一家词辑》以《全唐诗》所载为依据，以二人好唱《浣溪沙》词为辅证，似已言之凿凿；而《词录》对由此两点而做出的推断均不做定论，又补上"同官侍郎"为佐证，显然是有所疑惑的。从对薛昭蕴的考证中，可清晰见出从《唐五代二十一家词辑》到《词录》，王国维斟酌和思考的深化过程。

在选词来源上，《词录》的表述也有所不同。《唐五代二十一家词辑》以《花间集》为底本，从《尊前集》《全唐诗》《历代诗余》补录，此3种有重复收录的，则以《尊前集》为主。《词录》继以《花间集》为底本，但辑补来源，则以《全唐诗》为主。如《唐五代二十一家词辑·毛司徒词》从《尊前集》补录毛文锡《巫山一段云》（貌掩巫山色）1首，而《词录》解释为该词是从《全唐诗》中选录，并说明："《全唐诗》所增五代人词均出《尊前集》。"③王国维在《词录》中的修改，应是出于无法完全确定《尊前集》作者及编写年代的缘故。《尊前集》的作者历来未有定论，《词录·总集目附》中，考辨《尊前集》作者为吕鹏，后继由明顾梧芳增补而成。"吕鹏"说始于《古今词话》。王国维考辨《古今词话》的作者非清人沈雄而为宋人，因此，宋人之说即《古今词话》所言，较后世更

---

①王国维.唐五代二十一家词辑[M].上海：六艺书局,1932(民国二十一年):57.

②王国维,徐德明.词录[M].北京：学苑出版社,2003:5.

③王国维,徐德明.词录[M].北京：学苑出版社,2003:6.

为可信。但《词录》仍对此说采取了审慎的态度。王国维词学研究由"可爱"向"可信"的转向①，在《词录》中得到进一步加强。

《词录·序例》中云："明人及国朝人词多散在别集，既鲜总汇之编，亦罕单行之本，一人见闻既惭狭隘，诸家著录亦一毫芒，故以元人为断。"②一方面言明清词整理难度之大，另一方面透露了王国维整理《唐五代二十一家词辑》的最初动机，即试图从《花间集》开始，系统全面地整理历代词人别集。从《词录》来看，《唐五代二十一家词辑》只是这一系列词籍整理工作的开始。《词录》还记录下王国维在整理唐五代词之后，继续对宋词所作的辑佚和收集工作。正如马兴荣所评，这是王国维研究词学的"基础工作"，也说明这一时期王国维对词学研究是"有大抱负的"③。

第四节　林大椿《唐五代词》

谈到晚清民国的唐五代词研究，不能不提及近代词学家林大椿。

林大椿编有两种词选：1929年（民国十八年）编《唐五代词》，1933年（民国二十二年）编词谱体词选《词式》。林大椿在《词式·凡例》中，曾提及拟编写《词范》，以与《词式》相辅而行，但似未见成书。林大椿编的《唐五代词》流传较广，该选于1931年（民国二十年）初版，2年后，商务印书馆再版。除选本外，林大椿还校刊了10余种唐宋词集，如《珠玉词一卷校记一卷》、《欧阳文忠公近体乐府一卷校记一卷》、《东坡乐府二卷补遗一卷校记一卷》、《小山词一卷校记一卷》、《晁氏琴趣外篇六卷补遗一卷校记一卷》、《清真集二卷补遗一卷校记一卷》、《和清真词一卷》（杨泽民）、《和清真词一卷》（方千里）、《西麓继周集》、《稼轩长短句十二卷补遗一卷校记一卷》④等。可惜的是，林大椿在近现代词学史上的地位并没有受到应有的重视。在《中国近现代人物名号大辞典》中未收其人，《中国词学大辞典》介绍也较为简约，没有提到除《唐五代

①闵定庆.研究王国维词学体系的另一个维度——《词录》与王国维"为学三变"的文献学取向[J].清华大学学报,2007(1):97-104.

②王国维,徐德明.词录[M].北京:学苑出版社,2003.

③马兴荣.词录·序[M]//王国维,徐德明.词录.北京:学苑出版社,2003:1.

④以上诸种均由商务印书馆出版。详见《词式》卷末"林大椿校刊书目"。

词》外的其他著作及其对词籍整理的贡献。本节以《唐五代词选》为中心，简要分析林大椿的选词观念和词学思想。

一、总集型选本:《唐五代词》

从 1887 年（光绪十三年）成肇麟《唐五代词选》刊行，到 1933 年（民国二十二年），数十年间，除王国维《唐五代二十一家词辑》和数种唐五代词别集外，并无唐五代词选本面世①。由于唐五代词文献的不易寻求，大型、完备的唐五代词总集的整理在清末至民国初期显得尤为迫切。林大椿《唐五代词》就产生在此种词坛背景下，该集共收录词人 81 家，词 1147 首，规模庞大，为总集型选本。

1.选词来源:《全唐诗·词》。该选大体以《全唐诗·词》为主要选词来源，以《花间集》《尊前集》《金奁集》为补充，对《全唐诗·词》的体例有所超越。

与《全唐诗·词》相比，林选之异主要表现在两点:其一，虽仍采用先帝王后女流方外的排列，但在编排上以时代为序，而不采用《全唐诗》将唐玄宗、后唐庄宗、南唐二主、前后蜀主帝王词"併冠编首"的方式。其二，收录唐声诗。林大椿因循成肇麟《唐五代词选》、王国维《唐五代二十一家词辑》之例，将《竹枝》《柳枝》《调笑》《三台》《忆江南》等均录入词选，韩偓创调词《玉台》及"尤纯乎词格"的《金陵》等均收录入集。林大椿认为词由诗体发展而来，但认为词体具有独立性，非为诗之余，自有其独特的文体特征，"词之体格，既不类诗，亦不似曲，另是一种之文体"②正因为林选广泛辑录唐声诗，将选人与选词都大为拓展，较《全唐诗·词》更为丰富和充实。从林选中，可看出编者继王国维整理二十一家之后，试图对唐五代词作尽可能完备的辑录。

2.与成肇麟《唐五代词选》之异同。与成选相比，林大椿除了汰除"未足征信"的王丽贞、耿玉真词外，其他词人均悉数收录。还增录了 33 位词人:李景伯、沈佺期、裴谈、崔液、张说、贺知章、顾况、张松龄、元结、李涉、滕迈、施肩吾、姚合、何希尧、张祜、李商隐、崔怀

①1913年（民国二年），刘瑞潞编《唐五代词钞小笺》，但当时未付梓。1912年（民国元年），扫叶山房刊行《全唐词选》，以满足选者和读者对唐五代总集的要求，但该选就是《全唐诗·词》的单行本，并非晚清民国时期所辑。《全唐词选》在民国初期的刊行，可见出当时唐五代词整理并未取得进一步的成果。

②林大椿.词式[M].上海:商务印书馆,1934(民国二十三年):3.

宝、卢肇、裴夷直、薛能、裴诚、韩琮、锺辐、崔道融、陈金凤、成彦雄、徐铉、庾传素、许岷、林楚翘、刘侍读、伊用昌、蓝采和，但为存词而已。

林选中如顾敻、李珣、韦庄、欧阳炯、毛文锡等所收词作，与《全唐诗·词》完全相同。其中，冯延巳、温庭筠、吕岩、李煜、刘禹锡等5人的词作增补较多。如李煜词《全唐诗·词》收35首，林选收录45首；吕岩词《全唐诗·词》收30首，林选补录18首；刘禹锡词《全唐诗·词》中收其词8首，林大椿以《尊前集》为选源，选录41首。

《唐五代词》博观博取，词调力求丰富，词人词作力求全备，为唐五代词人别集的全面整理起到了奠基作用。也正因其广采博收，不免泥沙俱下，颇受诟病。

3. 从《唐五代词》看唐五代词人选调之特色。《唐五代词选》收854首词，共173种词调[1]。其中《杨柳枝》《浣溪沙》《菩萨蛮》《渔父》《柳枝》等5种词调的词作有343首，占全选的三分之一强。这在一定程度上反映出唐五代词人创作时在选调上的偏好，并由此形成各调的代表词人及主体风格。如李珣《南乡子》17阕，欧阳炯《南乡子》8阕，温庭筠《菩萨蛮》15阕，冯延巳《鹊踏枝》14阕，等等，都分别是以上词人的代表作，也使得这些词调广为吟诵流传，成为该调之"绝唱"。如林选中所收《鹊踏枝》共14阕，均为冯延巳所作，别无他人的同调作品。晚清民国的简易词谱型选本所收，主要就是这些已成各调典范的作品。

以集中收录最多的《杨柳枝》为例，有刘禹锡《杨柳枝》13阕，白居易《杨柳枝》10阕，皆广为流传。林大椿又辑录薛能《杨柳枝》19首，前10阕从《全唐诗》中辑录，为集中之最。薛能对刘禹锡、白居易之作均不以为然，评二人文字太僻，宫商不高，又讥讽时人所作未能出新，"莫不條似舞腰、叶如眉翠。出口皆然，颇为陈熟"[2]。集中所收薛之《杨柳枝》如"窗外荠垂晓日初""狂似纤腰嫩胜绵""西园高树后庭根""朝阳晴照绿阴烟"等，描摹物象力求新巧，每能出奇意表。与刘、白之词并列而观，各臻其妙。薛能词在唐五代词选中少见著录，林选的关注与全面辑录，无疑对于全面了解《杨柳枝》词调的风格特点及其在唐五代的传播情况大有裨益。

①同调异名之词仍依林大椿《唐五代词》分列计算的方法。
②《唐五代词·校记》引薛能序，见：林大椿,郑骞.唐五代词[M].北京:文学古籍刊行社,1956:22.

二、林大椿的选者之心：保存"词之本性"

从《唐五代词》《词式》到《词范》，林大椿的词学著作编写计划①可分三期。也是林大椿在尝试编写既能体现词之"矩律"，又能录各调之佳作的选本过程中，所编不同形态的阶段性成果。《唐五代词》注重对唐五代词人词作的全面辑录，是晚清至民国初期研究唐五代词必需的文献基础工作。《词式》虽为备调，亦重选词，若其调仅存一词无可校可选者，"因其句法平顺，又可供检查句读之用，故间亦采存"②。《词范》是作为填词格律的范本而编，方便作词者"按体讽诵，以资隅反"。3种词选呈现出由博返约、由粗转精的过程。

林大椿选词并不注重突出词人词作的风格，而重在维护词体的基本形式，侧重"矩律"文法。就学词而言，显然是一种退步，但这种退步，也已是民国选者必须尽力争取才能保留的底线了。清代选者不需费周折去强调格律，选本中呈现出多样化的风格，而在民国初期文学改良思潮中，选者发现词体形态实为中心。当然，从词的发展而言，也表现出清词中兴之势衰微后，对词体作总结的意味。

林大椿对当时正在热闹开展的废除格律、写白话词的创作尝试，提出了反驳，主张宜保词之"矩律性"：

仅能恪守范围，从容发挥，慎勿强作解事，独创新格，仍复沿用旧有之词牌；俾词之本性，得以整个的系统的之保存，以待后世有识者之研究，是亦吾人维护文化之应有责任也。③

保存"词的本性"，保留词体的原貌，保护传统文学与文化的传承性，林大椿的编选初衷及对词、词调尽可能收罗齐备的目的都在于此。

第五节　民国间的几种唐五代词选本

除了林大椿《唐五代词》外，民国时期的唐五代词选主要有：1913

---

①因《词范》为拟作，故云。杨易霖编有同名选本。见：杨易霖.词范[M].上海：开明书店，1936(民国二十五年).

②林大椿.词式[M].上海：商务印书馆，1934(民国二十三年):6.

③林大椿.词式[M].上海：商务印书馆，1934(民国二十三年):3.

年（民国二年）刘瑞潞兄弟编《唐五代词钞小笺》；1933年（民国二十二年）谢秋萍选《唐五代词选》；1937年（民国二十六年）丁寿田、丁亦飞编《唐五代四大名家词》；1941年（民国三十年）俞陛云撰《唐词选释》《五代词选释》。表4-3将以上几种唐五代词选①与成肇麟《唐五代词选》中录词最多的前20位词人一并列出，并略做比较。

表4-3 民国时期唐五代词选中选录词作数量最多的前20位词人②

成肇麟	录	刘瑞潞	录	林大椿	录	丁寿田	录	俞陛云	录	谢秋萍	录
冯延巳	54	冯延巳	73	冯延巳	126	冯延巳	54	冯延巳	50	冯延巳	52
温庭筠	40	温庭筠	52	孙光宪	85	温庭筠	35	李煜	27	温庭筠	26
李珣	31	李珣	46	温庭筠	70	韦庄	28	韦庄	16	李珣	26
李煜	27	韦庄	42	顾夐	55	李煜	22	温庭筠	13	韦庄	22
孙光宪	25	孙光宪	40	韦庄	54			李珣	12	孙光宪	17
韦庄	24	李煜	33	李珣	54			孙光宪	11	顾夐	12
顾夐	12	顾夐	26	吕岩	48			顾夐	11	张泌	10
欧阳炯	11	张泌	24	欧阳炯	48			皇甫松	9	欧阳炯	9
张泌	11	牛峤	24	后主	45			薛昭蕴	7	牛峤	8
薛昭蕴	10	欧阳炯	22	刘禹锡	41			和凝	6	毛文锡	7
皇甫松	9	薛昭蕴	21	牛峤	32			牛峤	6	薛昭蕴	7
牛峤	9	毛熙震	21	毛文锡	32			王建	6	毛熙震	6
李白	7	毛文锡	16	白居易	29			李璟	6	白居易	5
毛文锡	7	和凝	15	和凝	29			张志和	5	和凝	4
毛熙震	6	皇甫松	11	毛熙震	29			张泌	5	无名氏	3
白居易	5	牛希济	11	张泌	28			欧阳炯	5	刘禹锡	3
和凝	5	李白	8	徐铉	24			李白	4	皇甫松	3
刘禹锡	4	白居易	7	皇甫松	22			毛文锡	4	牛希济	3
牛希济	4	魏承班	7	司空图	22			刘禹锡	3	尹鹗	3
尹鹗	4	阎选	6	魏承班	21			毛熙震	3	张志和	2

以上选本中，录词最多的前10名大致相同，其中尤可见出成肇麟《唐五代词选》的重要影响。谢选录词最多的前5名词人与成肇麟《唐五代词选》的完全相同，刘选的前7名词家也与成肇麟《唐五代词选》的大

---

①表4-3中以选者区分，如成肇麟指代其编的《唐五代词选》，刘瑞潞指代其编的《唐五代词钞小笺》，林大椿指代其编的《唐五代词》，丁寿田指代其编的《唐五代四大名家词》，俞陛云指代其所编的《唐词选释》《五代词选释》等（合并统计），谢秋萍指代其编的《唐五代词选》。

②表4-3中列各选中录词数最多的前20位词人，其中丁寿田、丁亦飞《唐五代四大名家词》中只录4家词。

体相同。民国选本在成选的基础上，基本确立了唐五代词名家。从以上选本①中，可初步勾勒出唐五代名家词地位的形成过程。

其一，花间词地位下降，盛唐词的比重增加。

这一趋势在成肇麟《唐五代词选》中已较为显豁。既是况周颐所言"不必学"的担忧在选本中的具体表现，又显示出民国选者对唐五代词丽而清风格的偏好。与《花间集》相比，表4-3中所列选本中，毛熙震、和凝、牛峤等花间名家词地位下降。自成肇麟《唐五代词选》始，清末至民国初期的唐五代词选都力戒"若俳若诡"之词，宗尚婉转清丽风格，选录冯延巳、李煜、韦庄、李珣、孙光宪词较多。在《五代词释》《唐词选释》中，顾敻、毛锡震、和凝等花间词人的地位陡降，张志和、刘禹锡、王建等盛唐、中唐词人，渐受关注。

其二，唐五代四大名家的确立。

成肇麟《唐五代词选》已确立了冯延巳、温庭筠、李珣、李煜、孙光宪、韦庄6家词地位，并以冯词为冠冕。这6家词在刘选、谢选中并无多少变化，丁选则将李珣、孙光宪二家汰除，凸显李煜和韦庄词地位。就风格而论，李珣、孙光宪词清丽可咏。李珣词如专咏广南风土的《南乡子》17阕，情辞摇曳，别具异彩，选者多悉数收录。孙光宪词清艳有骨，代表作如《浣溪沙》诸阕含思绵邈，颇得词体婉转之神。但就作品的艺术成就和感染力而言，李煜、韦庄词显在孙光宪、李珣词之上。丁寿田、丁亦飞在成肇麟《唐五代词选》的基础上，做了由6家到4家的取舍，也由此确立了唐五代四大名家词的地位。俞陛云的选本中，又将丁选中冯、温、韦、李的序次调整为冯、李、韦、温，将李煜、韦庄词置于温庭筠词之上，这一进退之间，标志着"重、拙、大"词论在词选中的疏离，也消解了陈廷焯、况周颐等对唐五代词"不必学"的担忧。

在以上选本中，林选为总集型选本，基本不作删汰；而谢选基本在成选的范围之内，未见个性特色；刘选在当时未能刊行，影响有限。故就选本的影响和特色而言，在成肇麟《唐五代词选》之后，以俞陛云《唐词选释》《五代词选释》最为突出。因前文已有论及，兹仅介绍刘瑞潞和谢秋萍的词选，并对龙榆生编的3种词选中的唐五代词部分略做分析。

---

①表4-3中将俞陛云《唐词选释》《五代词选释》合并论列。

一、刘瑞潞《唐五代词钞小笺》

（一）笺注体词选："明作者之意"

刘瑞潞（1893—1963），字通叔，别号兰卿，湖南浏阳人。曾受业于严复，有《惜诵堂诗稿》《兰御词》等，均散佚不存。1908年（光绪三十四年），刘瑞潞兄弟在桂林开始辑录唐五代词。1913年（民国二年），刘屏居长沙，检阅旧稿，增删修改，四易其稿后成书[①]。《唐五代词钞小笺》为笺注体词选，本事缘起，粲若满纸，呈现出清末至民国初期笺注体词选的特色。

除了集评外，刘瑞潞在《唐五代词钞小笺》中加有自己的笺评和按语，可一窥刘氏的词学思想。其笺注较为尊重作者之意，没有采用意内言外的强作解语，表现出一种让事实言说的客观态度。如温庭筠《菩萨蛮》（竹风轻动庭除冷）后加按语："温尉为花间牟冕，此词又《兰》《荃》眉目当时为令狐绚奏御，自为极意经营之作。标格矜严，旨趣深窈，非五代诸贤所能为役，殆如诗之有十九首也。"[②]知人论世，可谓善解其词。张惠言评牛峤《菩萨蛮》组词自"惊残梦"以下纯是梦境，刘瑞潞则大不以为然，"岂有昼眠至天曙，困眠如许时者？"[③]并分析牛峤《菩萨蛮》的章法贯串及词意的曲折往复。此三首词虚实兼有，掩抑之情，迷离之景，虽小令而其连贯又有慢词吞吐之宛转。既可认为是醒而倦怠复眠，及又梦回，灯影已斜的实录；亦可视为"南风知我意，吹梦到西洲"的章法。张氏以虚评词境，刘氏以实评词境，各见其妙。

与笺语尽可能丰富详备不同，刘瑞潞的评语较少，主要介绍词调、指示各调正体，略及隶事遣词之法。其论《河传》调云："此词创自飞卿，后之作者甚众，皆各自为体。故体制极多。《词谱》列飞卿词为第一首，倚声者当以此为则也。"[④]论《贺圣朝》调云："此词体制甚多，首句

[①]该选虽成书较早，但直至1983才由岳麓书社据其手稿本整理出版，故本书以该书的成书时间为论述的基础。该书成于1913年（民国二年），1917年（民国六年）严复为该选撰有小序，1919年（民国八年）刘瑞潞为该选做自序。可见刘瑞潞一直有将该书付梓之念，惜生前未能如愿。

[②]刘瑞潞.唐五代词钞小笺[M].长沙:岳麓书社,1983:58.

[③]刘瑞潞.唐五代词钞小笺[M].长沙:岳麓书社,1983:187.

[④]刘瑞潞.唐五代词钞小笺[M].长沙:岳麓书社,1983:62.

多作七字，故可不拘耳。"①又对比同调异名者，如《喜迁莺》调亦名《鹤冲天》，提醒学词者各体不同，惟有47字之《喜迁莺》可名为《鹤冲天》，使读者将其与《喜迁莺》之长调者区分。另如万树以秦少游《八六子》（倚危亭）88字为正体，认为杜牧《八六子》（洞房深）有讹误，主张以秦观词为范本。刘瑞潞讥万树句读太过拘泥，使得句意不通，而以宋词来律唐词，未免数典忘祖②。所论皆重在辨析正体、比较异同，为学词者确立矩范。

刘瑞潞在温庭筠《河渎神》按语中，还阐发了调与题的关系，梳理了唐宋时期词调与词题、词序逐渐分离的过程。王国维曾对《花庵》《草堂》妄为篡改、每调立题的画蛇添足极为不满，提出"词有题而词亡"的惊人之论；刘瑞潞则指出唐五代词的无题是以调为题，宋人的别列标题是以调为律，题以明事，南宋时此风愈长，几乎无词不题，而以调之本意为题者，"绝鲜"③。其追源溯流的梳理，显得平实客观，但缺少了词话醒目的个性和情感。这种以词选为基础和本体，在词选笺注中梳理词调的发展、评析词史的流变，体现出清末至民国初期的词选、词谱、词史一体的特色。

（二）论唐五代词地位

《唐五代词钞小笺》录唐词24家113首，五代词27家453首，共51家566首。就选人而言，该选与成选极为相似，仅段成式、柳氏、杨贵妃、张希复等数家，为刘选未收，增录了杜牧、沈佺期、钟辐等5家。《唐五代词钞小笺》以朝代先后为序，不同于成选中将帝王统列于前的方式，如此也将唐词和五代词区分开来。刘瑞潞论唐五代词的发展云：

> 有唐中叶，作者始兴。太白、仲初、乐天、梦得、表圣、致光之徒，并有造述；至温尉、韦相，其流益畅，卓然成家。逮于五季，蔚为大国。虽庄谐间作，雅郑杂陈，而因事造端，亦多讽喻。至其工者，一若未尝经意，而畦径都绝，朱弦疏越，有遗音矣！两宋词人，刻意冥追，而淳漓遂别。④

在序言中，刘瑞潞表达了尊唐抑宋的立场。肯定五代词"蔚为大国"的地位，指出五代词虽庄谐间作，但或为劳人思妇，感幽忆怨断之

①刘瑞潞.唐五代词钞小笺[M].长沙：岳麓书社,1983:260.
②刘瑞潞.唐五代词钞小笺[M].长沙：岳麓书社,1983:43.
③刘瑞潞.唐五代词钞小笺[M].长沙：岳麓书社,1983:61.
④刘瑞潞.唐五代词钞小笺[M].长沙：岳麓书社,1983:1.

思，或为贤人君子，抒忠爱悱恻之隐，悒郁于中，感发于外，酒边花外，笔著新声，"写无能之辞，论曲中之恨。其托体也卑，故其取义也切；其引声也细，故其喻情也深"①。从文体的特性与词人的情感两端，揄扬唐五代词经意而若不经意的自然天成。与况周颐评唐五代词之"艳而有骨"，刘瑞潞所论唐五代词之缘情绮靡、感物流连的性灵寄托，更为可知可感。从上引序言中，不难发现，刘瑞潞在评选的五代词27家时，统以"蔚为大国"概述之；而在唐词24家中，却不惮其繁地列举，可见对此8家词的重视。8家中李白、刘禹锡、白居易、温庭筠、韦庄自为唐词之卓异者，但如王建、司空图、韩偓等3家，在历代词选中并不受关注，亦不为名家，仅王国维因韩偓词之创调特点而著录入《唐五代二十一家词辑》。王建《调笑令》（团扇）、司空图《酒泉子》（买得杏花）、韩偓《生查子》（侍女动妆奁）等，都是情境沉至，语约意丰，颇见士大夫之寄托的作品。由此可知，刘瑞潞的词学观大抵可归入常州词派后期如临桂一派。在龙榆生的《唐五代词选注》中，选录了王建、司空图的作品，表现出与刘瑞潞相似的编选倾向。

晚清的唐五代词选本较少，笺注本就更少。继刘继增《南唐二主词笺》后，《唐五代词钞小笺》是较早对唐五代词做笺注的选本，这也确立了该选在唐五代词选史上的独特地位。

二、谢秋萍《唐五代词选》

1937年（民国二十六年），谢秋萍《唐五代词选》刊行，为胡云翼主编《词学小丛书》之一种。该选影响不大，主要原因是其在体例及选词选人上缺乏特色。该选在体例上完全模仿成肇麟《唐五代词选》，并无创新之处。在选人选词上，所有词人词作均从成选中选录，仅删去数家词而已。除了作于1933年（民国二十二年）的小序外，无其他可直接体现选者词学观念的笺注或评语。但从该选的删人删词中，可略见民国词坛风会转移的痕迹。

其一，删人。成肇麟《唐五代词选》共选录50位词人，谢选从中录词人39家②，将成选收的6位帝王如李璟、李煜词全部删除③。民国初期选本，大多只是将先帝王后女流的顺序改为依时间顺序排列而已，谢之

---

①刘瑞潞.唐五代词钞小笺[M].长沙:岳麓书社,1983:1.

②谢秋萍将成肇麟原录李白词改署为无名氏。

③谢选为胡云翼主编《词学小丛书》之一种,《词学小丛书》在其后出版了《李后主词》加以补充。

汰除殆尽，不免著有明显的时代特色。除帝王词外，女性词人如柳氏、王丽真词等也被删除，仅保留了耿玉真的《菩萨蛮》（玉京人去秋萧索）。就选人而论，谢选并无特别值得肯定之处。

其二，删词。与成选相比，谢选删除的96首词中，除了帝妃词36首外，另删60首，大都是依照删除某些词调的标准来取舍的。如《竹枝》《女冠子》等调基本删除殆尽，如孙光宪《竹枝》2首、皇甫松《竹枝》6首、鹿虔扆《女冠子》、尹鹗《女冠子》均被汰除。删除这些词调，是否为了严格区分诗词界限呢？谢选中也收录有《杨柳枝》《三台令》等，故删《竹枝》等调并非为诗词分界之意。原因可能是此调所咏内容不符合选录标准之故。《竹枝》所咏较为芜杂，不同于《杨柳枝》大抵只咏本题，故谢删前调而存后者；《女冠子》调本咏女道士，恐亦不符合其对词调的选择要求。从摈弃帝王词、删除《女冠子》等调来看，谢秋萍的编选标准不免显得狭隘和武断。韦庄《女冠子》（四月十七）正是唐五代词中的名篇精品，五代词也正是"以帝王为最工"[1]，谢之汰选，无疑使得唐五代词的本来面貌有所缺失。

值得肯定的是，谢秋萍在序中对唐五代词的总体特色做了颇有女性选者特色的评价，认为唐五代词为词的草创时代，"各人去绞各人的心血"[2]来进行创作，不相师承而有个性，故能各成风格。其评述并未旁涉晚唐五代天下岌岌、兴亡倏忽的背景，所论不无臆断片面之处，也略显简单化，但亦不失为就词论词。又将词与诗相比较，认为这些信手拈来的词，往往"晶莹可爱"，胜过"许多老诗人苦心模练出来"[3]的诗。俞陛云评词境曾用"晴空冰柱"之喻，谢秋萍则以"晶莹可爱"来总结唐五代词的直寻和拙朴之美，二人对唐五代词剔透空灵的情感特质的描摹，不无相通之处。就《唐五代词选》所选而论，确是符合"晶莹可爱"之评价的，这与王鹏运等以重拙大来评唐五代词已有较大的差异，而在这选词标准的变化中，词坛风会转移也悄然呈现出来。但显而易见，无论从语言表达上还是选词标准上，谢选都体现出民国文学变革者的仓促和局促。

---

① 王国维.人间词话[M]//唐圭璋.词话丛编.上海：上海古籍出版社，1986:4269.

② 谢秋萍.唐五代词选·小序[M]//谢秋萍.唐五代词选.上海：上海亚细亚书局，1947（民国三十六年）:2.

③ 谢秋萍.唐五代词选·小序[M]//谢秋萍.唐五代词选.上海：上海亚细亚书局，1947（民国三十六年）:2.

三、龙榆生选唐五代词

龙榆生共编有4种词选。其中,《唐宋名家词选》《近三百年名家词选》流传较广。相比较而言,《唐五代宋词选》较少为学界所关注;《唐五代词选注》由于没有及时刊行,更长期不为世人所知,在林玫仪《词学论著总目》、张晖《龙榆生先生年谱》中均未提及该选。2006年,上海古籍出版社刊行《唐五代词选注》,将龙榆生的选本编纂及对唐五代词的研究成果较为完整地呈现在世人面前。

四种词选是龙榆生对所提出选词标准①的具体实践。限于体例,本部分仅论3种唐宋词选本选录唐五代词的情况,不论及《近三百年名家词选》。3种选本依编写时间先后为:《唐宋名家词选》(1934年),《唐五代宋词选》(1937年),《唐五代词选注》(1958年)。从书名中就可看出龙榆生逐渐表现出来的对唐五代词的关注和偏重:在第一种选本中,只是概括性地将选词范围标为"唐宋";在第二种选本中,特意将五代词凸显出来,标为"唐五代宋";晚年编写的最后一种选本,将选词范围仅限定在唐五代。表4-4列出3种词选中选录唐五代词人词作情况。

表4-4　龙榆生3种唐宋词选中选录唐五代词的数量情况②

《唐宋名家词选》	录	《唐五代宋词选》	录	《唐五代词选注》	录
冯延巳	23	冯延巳	14	冯延巳	24
韦庄	20	李煜	11	刘禹锡	23
温庭筠	18	温庭筠	7	温庭筠	21
刘禹锡	12	韦庄	6	韦庄	21
孙光宪	12	牛峤	5	无名氏	20
李煜	12	白居易	4	李煜	14
李珣	9	顾敻	3	李珣	12
白居易	6	孙光宪	3	皇甫松	11
皇甫松	6	李白	2	孙光宪	10
欧阳炯	5	韦应物	2	欧阳炯	9
顾敻	5	王建	2	白居易	8
张泌	4	刘禹锡	2	李白	6
韦应物	3	李煜	2	顾敻	6
李璟	3	皇甫松	2	王建	4
李白	2	薛昭蕴	2	张泌	3

①龙榆生.龙榆生词学论文集[M].上海:上海古籍出版社,1997:59-86.
②表4-4中只列各选本中收录词数列前十五名的唐五代词人及收录词作数量(首)情况。

龙榆生认识到选本在传播中的重要作用，在其词学思想发展的几个重要阶段，都有相应的选本作为代表。1933年（民国二十二年），龙榆生主编《词学季刊》，发表《选词标准论》一文，此为肇始。1934年（民国二十三年），发表《两宋词风转变论》，同年编选《唐宋名家词选》。1935年（民国二十四年），龙榆生撰《今日学词应取之途径》，两年后，即1937年（民国二十六年），出版《唐五代宋词选》。《唐五代词选注》未能及时付梓，影响有限，但该选集中体现了龙榆生唐五代词的研究成果，其意义不可轻忽。其序云："唐、五代词的注释工作，过去不曾有人作过。"①虽然唐五代词的注释并非自龙榆生始，但此言显示出龙榆生对唐五代词的关注和创新的自觉意识。龙榆生通俗易懂的注释，言简意赅的分析，点染传神的情景描绘，使该选对唐五代词之词心词境的阐发别具特色。应该说，真正意义上对唐五代词进行由字句而至整体的注释评析，确实是从龙榆生开始的。与王国维整理词人别集仅能由花间18家入手，渐次而成21家相比，龙榆生选注唐五代词就显得从容和自如许多。龙榆生自序署"一九五八年"，是时，唐五代词整理已取得了丰硕的成果，完全不同于清末唐五代词"问津者寡"的寥落局面。

就选词倾向来看，3种选本的差别不大，仅仅是第2种选本即《唐五代宋词选》表现出向豪放风格的偏倚。在《唐五代宋词选》导言中，龙榆生阐明该选的宗旨："为了时代的关系，和顾及读者方面的程度起见，特从各家的全集里，提取'声情并茂，'而又较易了解的作品，并且侧重于所谓'豪放'一派，目的是想借这个最富于音乐性而感人最深的歌词，来陶冶青年们的性灵，激扬青年们的志气，砥砺青年们的节操。"②因为受到时代的影响，所以《唐五代宋词选》反不如《唐宋名家词选》更能体现龙榆生的"选词标准"。

比较3种选本中录唐五代词人词作情况：《唐宋名家词选》录唐五代词25家153首；《唐五代宋词选》录22家84首，《唐五代词选注》录37家237首。《唐五代宋词选》增李昱1家，删除阎选、尹鹗、毛文锡、和凝4家③。《唐五代宋词选》虽然在书名上突出了五代词的地位，但因该选偏尚豪放词，而唐五代豪放词不多，该选以宋词为主，故在三种选本中，该选所录唐五代词人词作总数其实最少。《唐宋名家词选》中所录鹿虔

①龙榆生.唐五代词选注[M].上海：上海古籍出版社,2006:10.

②龙沐勋(榆生).唐五代宋词选[M].上海：商务印书馆,1937(民国二十六年):20.

③龙榆生1958年编写的《唐五代词选注》中又将这4位词人选录。

宸、阎选、尹鹗、和凝词，因为不属于豪放风格，在《唐五代宋词选》中都被汰除。龙榆生晚年显然对这种"为了时代的关系"所作的取舍，有一定的反思，修订重印的，并非后出的《唐五代宋词选》，而是最初编写的《唐宋名家词选》。尽管《唐五代宋词选》选词未能折中平衡，但该选中的论词话语，融合前人所评，在词末或繁或约地表达了选者的见解，并对各词人的特殊地位和风格做了评价，反映出当时词史、词谱、词选相融合的趋势。

通过3种唐宋词选的对比，可知龙榆生选唐五代词的主要特色：

（一）呈现唐五代词的多样化风格

龙榆生将词体发展分为萌芽、培养、成熟3个时期。由隋唐至开元天宝之际，为词的"萌芽时期"；从中唐刘白诸人到温庭筠，是词的"培养时期"；晚唐五代，为词的"成熟时期"。将选词范围从《花间集》拓开，较为完整地梳理了词的萌芽和发展过程。

龙榆生《唐五代词选注》以王维开篇，收录了元结、张松龄、顾况、戴叔伦、杜牧、司空图等人的作品，呈现出风格多样化的唐五代词之面貌。与成肇麟、俞陛云等编的选本相似，龙榆生选中也大量收录声诗。肯定刘禹锡、白居易"率为长短句"的开拓地位，认为二人吸纳民歌音节，开启了诗人填词的风气。《唐五代词选注》收录刘禹锡词作较多，如《竹枝词》9首，《杨柳枝》5首，《浪淘沙》3首，等等，都是声诗。其编选宗旨，正如龙榆生序中所言，是为了展现出在词体的产生初期，诗词递嬗的演变过程。清末以降，成肇麟、刘瑞潞、王国维、林大椿等编选唐五代词时，都收录声诗，龙榆生的几种唐宋词选亦是如此。

（二）偏尚古拙、高淡之词

龙榆生所选之词的风格主要表现为两种：或为婉约轻和一派，词境高淡；或为哀怨沉郁之作，词境深至。前者如欧阳炯词《南乡子》（画舸停桡）（岸远沙平）（路入南中），余思不尽；《献衷心》（见好花颜色）、《江城子》（晚日金陵岸草平）等，疏淡天然。后者如《唐五代宋词选》所录李昱词《菩萨蛮》（登楼遥望秦宫殿）（飘飘且在三峰下）2首，感怆凄丽；所选李煜后期之词，皆悲怀身世、哀感沉至之作。

与成肇麟、俞陛云、王国维相近，龙榆生在词选中揄扬南唐君臣词的地位，摒弃"敢于直书"的秾丽之艳词。对花间词人词作进行了大刀阔斧的汰选，如和凝、毛熙震、毛文锡、阎选、魏承班等人词作，在

《唐五代宋词选》中完全被汰除。与成肇麟对艳词的"恣意删汰"①相比，龙榆生摒弃艳词的态度更为坚决彻底。如毛文锡词存世31首，《唐宋名家词选》仅录其"淡而真"的《醉花间》（休相问）和《应天长》（平江波暖鸳鸯语）2首；在《唐五代宋词选》中，这2首词也被删除。龙榆生评皇甫松词清疏闲雅，时露悽婉之思，"不似其他作者，专以艳丽见长也"②。所言的"其他作者"，显见是指毛熙震、毛文锡等词人。对于这些"其他作者"，龙榆生选择苛严。如牛峤、牛希济"皆以艳词著名"③，龙榆生在牛峤31首词中选录《忆江南》（衔泥燕）等5首，在牛希济11首词中仅录《生查子》（春山烟欲收）1首，所选皆为语清意隽颇耐涵咏之作。顾夐虽作艳词，但语多质朴，情致盎然，尚不落俗。《唐五代宋词选》录其《荷叶杯》（夜久歌声怨咽）（一去又乖期信）和《浣溪沙》（红藕香寒翠渚平）3首。龙榆生在选本中力戒艳词，选择空灵富有余韵的作品。这种对唐五代词淡远化的过滤，上承成肇麟《唐五代词选》而来，为民国唐五代词选者普遍沿用。

20世纪30—40年代，出现了对唐五代词人词集进行整理和笺注的热潮。以李煜词为例，就有贺扬灵编校《南唐二主诗词》、管效先编《南唐二主全集》、戴景素辑注《李后主词》、唐圭璋辑《南唐二主词汇笺》、胡云翼编《李后主词》（收入《词学小丛书》）等，上接清末刘继增辑《南唐二主词笺》、王国维校补《南唐二主词》，下启新中国成立后如詹安泰注《李璟李煜词》、王仲闻编《南唐二主词校订》等。唐五代名家词得到广泛传播，正是在这一批选本中完成的。

本 章 小 结

晚清时期，作为学词范本的词选，多以宋词为纲，不录或少录瑕瑜互见、"不易学"且"不易知"的唐五代词。自成肇麟《唐五代词选》始，在俞陛云、丁寿田、丁亦飞、谢秋萍、龙榆生等所编词选中，都对唐五代词做了淡远化的过滤。凸显唐五代词的蕴藉之致和灵动意趣，以清隽雅洁为标准，摒弃"敢于直书""重且大"之艳词，如欧阳炯《浣溪沙》（相见休言有泪珠）、毛熙震《浣溪沙》（晚起红房醉欲销）等，基本被摒弃。这种取舍既体现出选者的"眼光"，又与选者"可学"与"不可

---

①中国科学院图书馆.续修四库全书总目提要(稿本).第16册[M].济南:齐鲁书社,1996:486.

②龙沐勋(榆生).唐五代宋词选[M].上海:商务印书馆,1937(民国二十六年):19.

③龙沐勋(榆生).唐五代宋词选[M].上海:商务印书馆,1937(民国二十六年):27.

学"的顾忌有很大关系，可看出评词与选词之间的差异。在晚清民国的词选中，唐五代词完成了由"不易学""不易知"到"可学""可知"的过渡。况周颐、陈廷焯等所担忧的唐五代词"不易学""不必学"，已不再成为选者的顾虑。俞陛云选释唐、五代词时，就明言其编选唐五代词的目的，正是为了词社诸子学词之用。

第五章　清末民国初期的宋词选本

自道咸、同光延至民国初年，宋词选本层出不穷。清末有周济《宋四家词选》、戈载《宋七家词选》、端木埰《宋词十九首》、冯煦《宋六十一家词选》等，民国初期有朱祖谋《宋词三百首》、吴遁生《宋词选注》、陈匪石《宋词举》、胡云翼《宋名家词选》、冯都良《宋词面目》等，洋洋大观，组成了清末至民国初期唐宋词选中偏倚宋词的景观。

作为清代宋词选本之总结，《宋词三百首》代表了清人选宋词的最高成就，也是20世纪流传最广的词选之一。民国时期，唐宋词合编的选本增加，仅选宋词的选本逐渐减少，故本章不涉及《宋词三百首》之后的宋词选本。

第一节　冯煦《宋六十一家词选》

晚清民国时期，由于浙西、常州、吴中等不同词派思想的交融和互补，涌现较多兼收并蓄的词选本，表现出由开宗立派的选者"自为"立场向客观的学术研究角度的转变，1887年（光绪十三年）冯煦选编的《宋六十一家词选》就是其中代表之一。

冯煦与谭献并称，是常州词派后期的代表人物。冯煦的词学思想主要是通过词选的编纂来体现的。舍之对《宋六十一家词选》推崇备至，称为宋词选本之"至善者"①。陈匪石将《宋六十一家词选》列入学词者必读书目之一，赞其"非有宗派之见存，可谓能见其大者矣"②。《蒿庵论词》即由该选的例言迻录而成，推重晚唐五代词，褒举冯延巳，阐发

---

①舍之.历代词选集叙录(六)[M]//唐圭璋,施蛰存,马兴荣.词学:第六辑.上海:华东师范大学出版社,1988:224.

②陈匪石,钟振振.宋词举[M].南京:江苏古籍出版社,2002:204.

词品说，提出词心说，是词学史上一部重要的词话。相对而言，冯煦的《宋六十一家词选》不易寓目；而《蒿庵论词》较为习见，长期以来被视为一种较为独立的词话，故有关冯煦的研究也主要集中在《蒿庵论词》上，对其词论赖以依托的这一选本鲜有论及。本节将《蒿庵论词》①还原到具体的选本中，以探求《蒿庵论词》体现出来的编选思想，以及该选本在近代词史观念形成中的过渡特色。

一、选词与论词的分离

冯煦《宋六十一家词选》在众多选本中表现出其编纂体例的独特之处。该选由自序、例言、目录及词选4个部分组成，但实可视作两个相对独立的板块。前二者论词，自序介绍编选缘起，例言介绍编选宗旨和编选理论。后二者选词，即词选的主体，在这一部分中，冯煦将能体现选者立场的编纂形式都尽可能淡化。其一，选词不选人。冯煦以毛晋汲古阁刻本《宋六十名家词》（实为61家，原名《宋名家词》，以下简称毛晋本）为选词底本，对毛晋本61家悉数收录，未作任何删汰和增补，即"不选人"，而仅对毛晋本所收词作进行选择。其二，不加批点。冯选的主体部分没有任何形式的批评话语。既无批注，也无圈点。且毛晋本各集原本之序跋及每家之后毛晋所撰跋文也被全部删除。从体例上来看，冯选的主体部分仅限于选词，论词及对编选思想的解释和阐发主要是在自序和例言中完成的。

冯煦申明该选"异乎人自为集矣"，强调其不同于自编选本的独特之处。从选本编纂的角度而言，"异乎人自为集"，是为了保存选词底本的基本面貌。现存汇刻词中，以毛晋本为最早，在《彊村丛书》刊行以前，该本为收录宋词最丰富的词总集。清季学宋词之风盛，该本因此而弥显珍贵。但毛晋本在清季流传不广②，陈匪石称其时除原刻本外，只有

---

① 为将《宋六十一家词选》例言部分与主体部分相区分，在将《蒿庵论词》还原至选本中时，除个别之处因体例叙述之便，其余仍以《蒿庵论词》识之。

② 毛晋汲古阁所刻《宋六十名家词》为清代"流行最广、数量最多之词集"，见：唐圭璋.词学论丛[M].上海：上海古籍出版社，1986:1019.但相对而言，该本在晚清颇难致求。冯煦《宋六十一家词选》云："予时弱不知词，然知尊先生之言，而是刻之可宝也。十七八少小学为词，先生已前卒，无可是正，友学南朔求是刻竟不得。乙酉有徐州之役，道宿迁过王氏池东书库，则是刻在焉。服先生之教怀之几三十年，始获一见，惊喜欲狂"，可见冯煦访求该本之艰难。及至民国时期，陈匪石仍云毛晋本"在今日颇不易得。"见：陈匪石，钟振振.宋词举[M].南京：江苏古籍出版社，2002:20.

汪氏振绮堂翻印本，且“皆不易得也”[①]。冯煦在序言中，详细介绍了访求毛晋本的周折。既得之不易，故欲凭己力广之，“以予得之之难而海内传本不数数觏也”[②]。毛晋本卷帙浩繁，共6集61种91卷7000余首，为词家合集。所收词作良莠不齐，且校雠不精，颇为世人诟病。于初学者而言，去繁存简，寻绎路径，并不易遂得端倪。冯煦择其精粹，汰其凡下，录1200余首，编为12卷，存原本十之二三，作为其精选本流传。毛晋刊刻时，是就其藏本和搜罗到的词集先后付梓，所收宋词61家，自晏殊《珠玉词》至卢炳《哄堂词》，皆为随得随雕，未就年代先后而差别序次。冯煦谨守底本，在序次上亦未做任何调整。即便在校对中发现间有与各本不合之处，凡可“义得两通者”，均依毛晋本。包括词家词集名之误如“黄昇”作“黄昃”，“哄堂”作“烘堂”等，虽在例言中予以辨正，但词选部分则“疑以传疑，不敢遽变其旧”[③]，能确定其舛误者方才从他本改之。在选词范围上，冯煦也严格以毛晋本为限。两宋词名家如张先、贺铸、范成大、杨万里、周密、王沂孙、张炎等人词集未录入毛晋本，而且在汲古阁已刻词中也有汇辑未完备者，冯煦于此种种阙如之处，均未作任何补录。即使别得选本，“亦不敢据以选补”[④]。冯煦显然明了放弃“自为集”的拘束之处，“域守一隅，弥自恧已”[⑤]。

冯煦意识到固步于底本的局限性，却不作改进，实有深意存焉。其刻意求异，绝非徒为毛晋本作流播之意。从选本批评的角度而言，“异乎人自为集”是对清代词坛操选政者“断断于南北之争”[⑥]，辄以选本为己见而相争之风气的反拨。清人选唐宋词与唐宋人选唐宋词、清人选清词不同，并不以体现词人群体风貌为主要特色，如朱彝尊《词综》、张惠言《词选》等，均借所推崇的唐宋词家，阐扬其词学理论。倚选本为载体，借以立宗派，树门庭，领一时风气。后之选者，如周济《宋四家词选》，戈载《宋七家词选》亦明确将家数列出，辨析正变，终不免“以一人之心思才力，进退古人”[⑦]。冯煦试图减少这种进退间的主观性，除了对选目去芜存精外，对词家不作任何删汰和增补。依毛晋本作津筏，从异于

①陈匪石，钟振振．宋词举[M]．南京：江苏古籍出版社，2002:204.

②冯煦．宋六十一家词选[M]．扫叶山房石印本．1910（宣统二年）.

③冯煦．宋六十一家词选[M]．扫叶山房石印本．1910（宣统二年）.

④冯煦．宋六十一家词选[M]．扫叶山房石印本．1910（宣统二年）.

⑤冯煦．宋六十一家词选[M]．扫叶山房石印本．1910（宣统二年）.

⑥龙榆生．龙榆生词学论文集[M]．上海：上海古籍出版社，1997:232.

⑦周济．介存斋论词杂著[M]//唐圭璋．词话丛编．上海：上海古籍出版社，1986:1636.

纯乎自为的选者角度，求在选本中淡化己见，以此"异"显示与诸多选本的不同。

在入选词家和序次即选本主体的外在形式大致确定且无任何评点的编纂体例中，要体现选者的编选宗旨和意图，较为困难。冯煦完全是通过例言中论与选的整合来实现的。作为一部"因总集而选"①的宋词选本，冯选体现出由合集向选集遴选过程中，选者眼光的隐型融入。

二、甄录词家本色

"词之有南、北宋，以世言也；曰秦柳，曰姜张，以人言也。"②无论以世言，抑或以人言，都是立宗派型选本的不同方式。如《词综》《词选》以南北宋论，《宋四家词选》《宋七家词选》以家数论即是如此。冯选放弃选本之"选人"的功能，也就是放弃了"以人言""以世言"的宗派立场，而提出"就各家本色，撷精舍粗"的编选宗旨，试图不偏不倚，在选本中存录和展现宋词诸家之特色。

词论中"本色"多作为词体衡量标准，即"当行""本行"之意。从唐五代"词为艳科"的"本色说"之萌芽，到南宋时期的偏尚雅正，都以婉约为词之本色。清代论本色承衍张炎之说，进一步将骚雅与典雅结合，以协腔合律，深于用事，精于炼句而浑化无痕为本色，故词论中倡本色之意，更多的是辨词之正体，而非注意作家之本色。冯煦从编选者的角度提出选词本色说，与论词体之本色截然不同，并不以本色为规矩绳墨，而是旨在存录真实，还词史之本来面目。

冯煦本色说的主要内容即肯定词家的不同风格，有意识地在选本中辨识和存录其多样性，以尽见词家之特色风格，避免落入"但一入选，面目相似"③的以选者面目为作者面目的窠臼中。冯煦虽也主张词有刚、柔二派，但他并不认可自明张綖以来婉约与豪放的二分法，而以更为细腻的评论话语如幽秀、明媚、疏隽、疏宕、遒峭、纤艳、沉郁、幽邃、绵密等，贴近诸家本色。以评沈端节为例，四库馆臣谓其"吐属婉约"，冯则认为沈之风格"字字沈音"，不应仅以婉约视之。毛晋对东坡词不置臧否，而冯煦依托刘熙载之论，褒扬许东坡豪放之气与太白为近；又指

①任二北.研究词集之方法[J].东方杂志,1928(民国十七年),25(9):55.

②冯煦.东坡乐府·序[M]//朱孝臧.彊村丛书.第一册.扬州:广陵书社,2005:210.

③沈雄.古今词话[M]//唐圭璋.词话丛编.上海:上海古籍出版社,1986:880.

出其词空灵蕴藉的特色，且在论词绝句中以"大江东去月明多，更有孤鸿缥缈过。后起铜琶兼铁钹，莫教初祖谤东坡"①，批驳片面以豪放论东坡词之说。肯定各家之风格，既以白石直处能曲，显处能晦的蕴藉之词为佳；亦不菲薄如剑南"独来独往"、后山"笔力甚健"、于湖"忠愤之气，随笔而出"的慷慨之词。推崇词笔与意境既空灵且沉郁的浑成之作，试图以执本驭中的态度，看待不同词派的风格。

清代选本中，浙西词派朱彝尊《词综》推崇白石、玉田雅洁之风，录姜夔、张炎之作为多；常州词派张惠言《词选》不录吴文英词、常州词派中期代表周济以白石为稼轩附庸，评"辛宽姜窄"②。冯煦编《宋六十一家词选》时，常州词派的影响已渐及全国，为力矫浙西余波，贬抑姜夔尤力，而冯选不逐于俗，并举姜、吴二家。从入选词作比例来看，冯选中收录比例最高的为姜夔词，毛晋本原收34首，冯选录入33首，仅《鹧鸪天》（京洛风流绝代人）1首未收，对姜夔的推举不可谓不力。与此相对应的是，冯选中实际入选词数之冠为吴文英，录138首，显见冯煦对姜、吴二家的揄扬。冯对二家清空、质实的两种不同风格，皆致允可，不强分轩轾，既对"笔之所至，神韵俱到"白石词褒许有加，认为"白石为南渡一人，千秋论定，无俟扬榷"，亦揄扬梦窗词的家数大、丽而则，"幽邃而绵密，脉络井井"。对于张炎讥梦窗词"七宝楼台"之说，冯煦评云："盖山中白云专主清空，与梦窗家数相反"③，从论者创作风格探其论之缘由，切中肯綮。冯煦之辨析，将自南宋张炎以来对梦窗词的偏见予以廓清，肯定梦窗词的艺术魅力，对清季词坛影响深远。朱祖谋、陈洵等对梦窗词的推举和深入研究，一时蔚成风气，溯其源流，冯煦正是"导夫先路"④者。

冯煦认为词家"短长高下周疏不尽同，而皆巍然有以自见"⑤，反对抑此扬彼，强分高下。其进小山退草窗与《宋七家词选》有别，进苏退辛则迥异于周济《宋四家词选》。周济《宋四家词选》以辛弃疾为"由北开南"之转境，认为南宋诸词家无不衣钵稼轩，俨然推为宗主，录辛词24首；评东坡词"苦不经意，完璧甚少"⑥，仅录苏词3首，特而抑苏扬

①冯煦.蒿庵类稿[M]//沈云龙.近代中国史料丛刊.第328册.台北:文海出版社,第456页。

②周济.宋四家词选目录序论[M]//唐圭璋.词话丛编.上海:上海古籍出版社,1986:1644.

③冯煦.宋六十一家词选[M].扫叶山房石印本.1910(宣统二年)

④邱世友.词论史论稿[M].北京:人民文学出版社,2002:307.

⑤冯煦.宋六十一家词选[M].扫叶山房石印本.1910(宣统二年)

⑥周济.宋四家词选目录序论[M]//唐圭璋.词话丛编.上海:上海古籍出版社,1986:1644.

辛。冯煦在《稼轩词》657首中仅录38首，入选比例在冯选中列第56位，实际入选词目为第7位；从《东坡词》中录51首，入选比例列冯选第30位，实际入选词目为第4位，二者相比，显然有意进苏退辛。但冯煦并不否认稼轩词的地位，认为稼轩词在唐宋诸大家之外，能别树一帜，讥不善学者徒以豪纵视其风格。称辛词如《摸鱼儿》《西河》《祝英台近》诸作缠绵悱恻，化刚为柔，与粗犷一派，判若秦越，其评较周济"稼轩敛雄心，抗高调，变温婉，成悲凉"之论"更明确，更辩证"①。

宋人论词"皆以作家为标准"②，自词派之说起，遂起词苑之纷争。冯煦有感于当时词坛现状，不标举家数，强分畛域；而回归于以作家作品为本位的评词角度，分析诸家词之本色。

因为选词与论词在体例上的分离，冯煦在例言中，注意于选择最能代表词家风格的作品加以评析，并有针对性地评骘毛晋、杨慎及《四库全书总目》之言，以帮助学词者折中今古，去短存长。如冯煦评程垓词"凄婉绵丽"，认为杨慎称赞的《四代好》《闺怨》《无闷》《酷相思》等词均"极俳薄"，并非书舟词风格之代表；以蒋捷《沁园春》（老子平生）、《念奴娇》（稼翁居士）为例，评毛晋深为推挹的竹山词"词旨鄙薄"；而毛晋褒扬的龙州词《天仙子》《小桃红》2阕，冯煦评其皆"市井俚谈"，无甚可取；辨毛晋所论友古词"逊《酒边》三舍"，以《菩萨蛮》（花冠鼓翼）、《蓦山溪》（孤城暮角）、《点绛唇》（水绕孤城）为例，肯定友古词有追步清真的骨力。当然，冯煦的评价如对竹山词等的评价并非十分准确；但其所论皆是以词辅证，不妄作空谈。佳者指出长处，劣者言其所失，均能自成一家之言，给读者根据其所列举的作品再次判断留下了空间。

与当时选本偏重于论宗派、论南北宋，并由此而为学词者指示门径不同，冯煦指出词家各有途径，具体创作中又各有不同，不必强事牵合。冯煦评毛晋以张榘词之警句比放翁等四家，而《芸窗集》中多应酬谀颂之作，其实盛名难副；论毛晋以空同词比清真词，杨慎以李俊明类淮海、清真实为牵强；赞陆游词"逋峭沉郁"，若四库馆臣所言之"欲驿骑东坡淮海之间"，则未必放翁本意，肯定陆游词自成一格，无可方比的独特风格。另如举于湖词《水调歌头》（雪洗虏尘静）、《浣溪沙》（霜日明霄水蘸空）之眷怀君国，后村词《玉楼春》（年年跃马长安市）、《忆秦

①邱世友.词论史论稿[M].北京：人民文学出版社,2002:295.

②龙榆生.龙榆生词学论文集[M].上海：上海古籍出版社,1997:231.

娥》（梅谢了）之怨而不怒，均由作品论本色，虽不限门径，但仍旨在从宋人创作得失中指点迷津，读者辅以选本中所选词来读，自能明了"何者当学，以及如何学之门径"①。

冯选所录宋词61家，多者如《梦窗甲乙丙丁稿》录138首，少者如《近体乐府》《平斋词》仅存1首。如何在取舍中不厚诬古人，不致学词者"腼颜自附于作者"，冯煦的编选态度极为审慎。在例言中对各家词删选之缘由均做了或繁或简的解释，不仅论选录之词，还注意于论词集中未收，但犹有可圈可点之词。如龙川词《念奴娇》（危楼还望），《贺新郎》（修竹更深处）（离乱从头说），冯煦赏其语之激愤，虽选本中未收，但例言中分别摘录下阕和煞、结拍，称足以唤醒聋聩，"正不必论词之工拙也"。另如入选比例和实际选录词数均列最末的词人洪咨夔，其42首词仅录《眼儿媚》（平沙芳草渡头村），但冯煦仍在例言中评其得失，赞其"工于发端"，举《沁园春》4首起句，称"皆有振衣千仞气象"，惋惜"其下并不称"。这4首词冯选均未收录，但在例言中一一摘录起句（第28则）。其删词之由历历可在，虽删其词但仍存佳句，在"字字可宝"的例言中，对这位仅录1首词的词人评析甚详，可见其缅宗派、录真实之苦心。

选本不可避免地要体现选者眼光，但冯煦的本色说以忠恕之选心，通古人之性情，是晚清词坛渐由学词转向词学研究之客观态度的表征。龙榆生尝云："一时有一时之风尚，一家有一家之特质，不牵人以就我，不是古以非今，一言以蔽之：'还他一个本来面目'。吾所望于后之选词者如此。"②亦以"本色说"寄寓后之选者。从冯煦本色说的倡导，到龙榆生对选词者还词史本来面目的希冀，成为晚近选本批评观念转变的重要标志。

三、"六十一家"之选与论的整合

除了对编纂体例和编选宗旨进行解释外，冯煦并不注重对用词遣句的赏评和笔法之腾挪跌宕的分析，而致力于勾勒词史的发展及演变，将选词与论词进行整合。《蒿庵论词》以晚唐五代3位词人开篇，指出晚唐五代至宋初的3大关捩。南唐二主为宋词之源，晏殊为北宋词之初祖，欧

---

①陈匪石，钟振振.宋词举[M].南京：江苏古籍出版社，2002:204.

②龙榆生.龙榆生词学论文集[M].上海：上海古籍出版社，1997:85.

阳修为词体新变之倡导者，提出词家西江一派，其条达源流之意甚明。冯煦之论虽继承常州派之说，但有意识地淡化南北宋界限，将宋词作为一代文学之盛的整体观之。

如果把《蒿庵论词》视为一种独立的词话，其体例与传统感悟式的词话体例并无不同。从《词话丛编》本所加小标题的提示来看，所列宋代词人亦未有明晰的逻辑安排，且似乎仅止于论此37家而已。但若把《蒿庵论词》还原到选本中，寻绎例言的叙述脉络，则不难发现陈匪石所评其"不啻六十一家之提要与六十一家之评论"①，洵非虚言。

例言可分为两部分，前36则为词论，后8则就校雠等做补充说明。在叙述中以时间为经，以类组比较为纬，以欧阳修、苏轼、柳永、周邦彦、辛弃疾等为主位，顺带出客位之诸家，注意主客位的不同地位，对各家在词史上的地位及相互之间的影响做了梳理。在不到7000字的例言中，穿插概述了宋61家词之本色及宋词的发展过程。

与选本主体部分刻意保持毛晋本原貌不同，冯煦以《蒿庵论词》44则②为排列先后的方式，有意识地将毛晋本61家重新整合，进退毛晋本序次，弥补汲古阁本随雕之憾。当然这种排列只是粗线条的序列，有时因论述需要会偶有不同。毛晋本中，"蒋胜欲以南都遗老，而列书舟之前。晁补之、陈后山生际汴京，顾居六集之末"不免失序。《蒿庵论词》中将程垓《书舟集》由毛晋本第19家收录为第8则；蒋捷则由毛晋本第18家延后至第29则；原列第60家的晁补之提前为第9则；第34、47家的葛立方、葛胜仲提至第7则；陈师道由第58家提升为第19则。有些则相对延后，如周邦彦毛晋本列为第11家，例言中首次提及在第13则；高观国原为第23家，延后至第33则。本列卷首亦契合词史之序的前七集《珠玉词》《六一词》《乐章集》《东坡词》《山谷词》《淮海词》《小山词》，例言则一依其序。民国初期刘毓盘《词史》感于毛晋本之无序次，将61家重新排列，于北宋得23家，南宋得38家③。将冯煦《蒿庵论词》与刘毓盘《词史》中所列序次相比较，除南宋叶梦得、葛立方、方千里等几家因分别归入苏轼、葛胜仲、周邦彦而提前论及外，其余北宋23家均列于例言前19则内。整体而论，除第42则就杨炎正、李公昂、卢炳词校勘体例予

---

①陈匪石,钟振振.宋词举[M].南京:江苏古籍出版社,2002:204.

②为标示出《蒿庵论词》作为独立的词话与还原于选本中的例言不同之处,此列《蒿庵论词》之第几则的序次,以唐圭璋《词话丛编》为参照,按该本中所列小标题标明序次。

③刘毓盘《词史》中列北宋23家,南宋38家。见:刘毓盘.词史[M].上海:上海书店,1985.

以说明外，61家评论都包括在前36则内。顺其脉络，序次排列分明，与刘毓盘所列非常接近。从例言而论，在序次上已无毛晋本不列先后之弊。冯煦煞费苦心的安排诸家序次，实为有意弥补毛晋本之弊，帮助学词者理清宋词发展的线索。

在词史脉络清晰的基础上，《蒿庵论词》以词心、词品、词才等词学概念为主要论题，通过类组对比的方式品评词人，表现出对词人群体风尚及流派衍变的关注。或寻求词人之间的相近点，如师友、父子等，承毛晋跋和《四库全书总目》之言而加以丰富。如将父子并列而论："子晋欲以晏氏父子追配李氏父子，诚为知言，彼《丹阳》《归愚》之相承，固琐琐不足数尔。"评价词坛三对父子，且褒贬寓于其中。或以核心词学话语贯连诸家，品评风格。如冯以论人品将毛滂、史达祖、王安中等作为同一话语范畴相提；以论词心将秦观、苏轼、柳永词并论。所论各家或简或繁：简则概述，拔出头筹；繁则较异同，溯源流。在进行类组比较时，注意区分同中之异。如《蒿庵论词》第19则：

> 后山、蟾窟、审斋、石屏诸家，并娴雅有余，绵丽不足，与卢叔阳、黄叔旸之专尚细腻者，互有短长。提要之论，后山、石屏皆谓其以诗为词，然后山笔力甚健，要非式之所可望也。[①]

以陈师道、侯寘、王千秋、戴复古四家词之娴雅，与卢炳、黄昇词的绵丽细腻相比较，虽评语寥寥，实已在细微处区分了南宋六家词人的不同风格。在不同类组、不同词人群体的对比中，冯煦并不局限于门户主奴之见，而是关注词史正变之轨迹。以周紫芝、陈与义诸家词为南北宋转变之关键，"渐于字句间，凝炼求工，而昔贤疏宕之致微矣。"[②]在史的线索和论题的穿插中，运用互文法来补充单一比较的片面性，使论述更能体现各家特点，合诸评观之，可得较为全面、妥当的评价。以论柳永为例，《蒿庵论词》中有7处提到柳永。首先第3则中单独评析柳永词，"状难状之景，达难达之情，而出之以自然"，同时对其俳体之作颇为不满，"有不仅如提要所云，以俗为病者"[③]；而在其后的类组比较中，又将柳永放在不同的系列，与黄庭坚、秦观、方千里、周邦彦、李

---

①冯煦.蒿庵论词[M]//唐圭璋.词话丛编.上海:上海古籍出版社,1986:3590.

②冯煦.蒿庵论词[M]//唐圭璋.词话丛编.上海:上海古籍出版社,1986:3591.

③冯煦.蒿庵论词[M]//唐圭璋.词话丛编.上海:上海古籍出版社,1986:3586.

之仪、石孝友等并提，以"柳词明媚"（第5则）、"耆卿之幽秀"（第6则）、"屯田胜处，本近清真"（第14则）、"深不及屯田"（第30则）等相补充。冯煦所作论词绝句，亦将张先与柳永对比："晓风残月剧凄清，三影郎中浪得名。却怪西湖老居士，强将子野右耆卿。"通过不同词家之对比，既不讳言柳词所失"衰讹"，亦肯定柳词"北宋巨手"的地位。在归类比较中，对词坛主位之大家如苏轼、周邦彦等词人及其所形成和影响的词人群体和风格流派表现出一定的凸显意识。晚清词坛如郑文焯、蔡嵩云、陈锐等推举苏、柳、周，均可见冯选之影响。

冯选通过序次的排列和类组比较的方式，将对词史的描述融入其中，在显隐之间架构了宋词的发展脉络，成为唐宋词选本的一个特例。正如陈锐所云："囊括先民之矩矱，开通后学之津梁，字字可宝矣。"[1]作为宋词选本的例言，《蒿庵论词》限于编选范围，未能将对唐五代词的评价充分展开，更不涉及宋之后。冯煦为弥补该选的不足，在其所编《蒙香室丛书》中，将成肇麟《唐五代词选》、戈载《宋七家词选》与《宋六十一家词选》《蒿庵词》一并收录。合四者而观之，可较为全面地了解冯煦论词的全部框架。冯煦另有论词绝句16首，始自温庭筠，止于朱彝尊。列唐宋及清代词人共17家，补论《宋六十一家词选》未收录的周密、王沂孙、张炎、李清照诸家；在清人中录成容若、朱彝尊2家。总观冯煦的词学体系，可大致窥见其建构词史的自觉意识。

《宋六十一家词选》流传甚广，为"晚近传诵之本"[2]，除1887年（光绪十三年）冶城山馆刻《蒙香室丛书》本外，还有1910年（宣统二年）、1934年（民国二十三年）扫叶山房石印本等多种版本。但《宋词三百首》面世之后，该选的影响很快就衰微下来。究其原因，除了龙榆生所言的"汰沙未尽"之外，与冯选的编纂体例有很大的关系。

如前文所言，冯煦为了实现"不以己意为取舍"的编选思想，有意淡化选者编选的自为性；也因为毛晋本在当时不易致求，为了体现底本的基本面貌，冯煦在体例上并未作任何改进，亦未对毛晋本的阙失，作任何补录。在毛晋本广泛流传之后，这种保存底本的苦心孤诣就显得多余。且61家词良莠不齐，实有删汰的必要，"合五十家足矣"[3]，该删者

①陈锐.袌碧斋词话[M]//唐圭璋.词话丛编.上海:上海古籍出版社,1986:4200.
②陈匪石,钟振振.宋词举[M].南京:江苏古籍出版社,2002:204.
③陈廷焯.白雨斋词话[M]//唐圭璋.词话丛编.上海:上海古籍出版社,1986:3961.

未删，应补录者未补，对于一种精审的宋词选本而言，无疑是大缺憾，故当朱祖谋编《宋词三百首》行世以后，《宋六十一家词选》就渐淡出词坛。但必须指出的是，该本编选精审，议论精辟，故在词学史上仍有重要地位。即使在毛晋本流传已较为广泛之时，舍之仍提醒学词者，该本亦"尤当珍视"①。

第二节　戈载《宋七家词选》与光宣词坛

　　嘉道之际的"吴中七子"如戈载、王嘉禄、朱绶等，虽然词学主张沿自浙西词派一径，但注重音律，形成了独具特色的吴中词派。清末至民国初期，朱祖谋、郑文焯、况周颐等寓居吴下，各以倚声之学，参究源流，比勘音律，切磋琢磨，在词律方面的成就不逊于吴中词派。如朱祖谋被称为"律博士"；郑文焯编有《词源斠律》；况周颐作词亦谨奉词谱，悉据宋、元旧谱，四声相依，一字不易②，他们的主张对近现代词学产生了深远的影响。溯其渊源，不能不提及戈载《宋七家词选》的重要作用。

　　戈载以词学名世，"提倡江南北者三十年"③，他的《宋七家词选》是吴中声律派的代表选本。该选以音律论词，严格词法，对清中叶词创作中的"酒边兴豪，引纸挥笔，不知宫调为何物"④的粗率之风，起到纠偏匡误的作用。该选对梦窗词揄扬甚力，推进了清季词人对梦窗词的推崇。《宋七家词选》在光宣间得到广泛认同的原因有两点：其一，戈载《宋七家词选》对万树《词律》做的补阙工作，契合晚清至民国初期对词籍进行整理和校勘的趋势。其二，光宣词坛如晚清四大词人及其后学，受吴中词派濡染较深。当吴中词派衰微后，寓居苏州的词家仍然发展了吴中词派严苛声律的词学观⑤。

　　①舍之.历代词选集叙录(六)[M]//唐圭璋,施蛰存,马兴荣.词学:第六辑.上海:华东师范大学出版社,1988:224.

　　②徐珂.近词丛话[M]//唐圭璋.词话丛编.上海:上海古籍出版社,1986:4228.

　　③杜文澜.憩园词话[M]//唐圭璋.词话丛编.上海:上海古籍出版社,1986:2868.

　　④江顺诒.词学集成[M]//唐圭璋.词话丛编.上海:上海古籍出版社,1986:3245.

　　⑤沙先一.清代吴中词派研究[M].北京:人民文学出版社,2004:67.

一、杜文澜笺注本

《宋七家词选》编成于1837年（道光十七年），初版已毁。1885年（光绪十一年），杜文澜重刻该选并加以校注，重刻校注本的主体部分保持了原本之貌。惟对原本每卷戈载的跋语，杜文澜做了一些修改。正是依凭杜文澜的《宋七家词选》重刻校注本，该选在清季得到广泛传播，

杜文澜在编《词律校勘记》后，得见王敬之《校补词律》、秦巘《词系》等书，故对各书成果都有所吸纳，这在校注《宋七家词选》中体现出来。如对《词律》未收之调如王沂孙《青房并蒂莲》（醉凝眸）等，均在《宋七家词选》校注本中一一指出，并溯源调名，辨析诸体之正格变体。如指出《蝶恋花》本名《鹊踏枝》，被晏殊所易名，并辅以梦窗、玉田词为例说明；指出《八声甘州》因柳永词而得名；言玉田将《暗香》《疏影》改为《红情绿意》；等等。洵皆如是。另如说明《应天长》有12体，而98字者始于清真词《应天长》（条风布暖）；《采桑子》（茜罗结就丁香颗）为该调正格等，均为杜文澜校勘《词律》之成果在选本校注中的体现。

杜文澜对戈载擅自改韵的做法颇为不满，认为宋词用韵较宽，又喜以方言入词，故偶有不合韵的现象。评戈载过于胶着，为就韵而改动字词，"未免自信过深，招人訾议"[1]。杜文澜曾拟将戈载选的诸词，改还原文，注明出韵，但从曼陀罗华阁本来看，杜文澜仅于每首词眉端注明宫调韵脚，并对戈载做的改动进行说明，旁注原文字句，并未将戈载对原词做的修改"改还"，只是在校注本中做了一定的判断和取舍。如《拜星月慢》"小曲幽坊月转"句，杜注云："'月转'原作'月暗'，戈氏拘泥，与彼所撰词林正韵不合，率自易'暗'作'转'。"梅溪词《瑞鹤仙》（杏烟娇湿鬓）下阕"也把幽情暗引"，杜注曰："'暗引'原作'唤醒'，戈氏为韵所拘，率易之。"戈载多因韵不合而改动原词，如白石词《摸鱼儿》（向秋来），戈载改动多处："湘簟最宜宵永"句原作"湘竹最宜欹枕"，"闲对景"句原作"闲记省"，"天风送冷"句"送"原作"夜"，又"双星"原作"三星"，"细省"原作"兴问"，"清境"原作"清饮"。戈载认为该词不合韵，一一为之改易，而原词之气韵神貌已失之殆半，故杜文澜讥戈"殊太自信"，有失稳当。杜氏在注中详细对比了

---

①杜文澜.憩园词话[M]//唐圭璋.词话丛编.上海:上海古籍出版社,1986:2868.

改动前后词的意境变化，如梦窗词《满江红·过淀山湖》句："浪摇晴栋欲飞空"，戈载改"栋"作"练"。杜批云：本极生动，改后则词味"索然"①。

杜文澜在校注本中加入了对词韵、词律的解释，如以周邦彦《兰陵王》(柳阴直)为例释"双拽头"，又在姜夔《秋霄吟》(古帘空)词中解释双拽头两段平仄，无一不同的"定律"。也在具体的词作中，辨析《词律》之阙误。如《词律》将梦窗《无闷·催雪》附于无闷调后，杜文澜辨识该调与程垓《书舟词》中句法不同，应另为识之催雪调，指出此调始创于白石。这种结合选词来分析词谱、词律的方式，为民国初期如龙榆生、吴梅、王官寿等选者采用。

朱祖谋等晚清词人在词格上以常州派周济《宋四家词选》为参考，而在词法上则多取《宋七家词选》，但若就选本的直接影响而言，戈载《宋七家词选》胜过《宋四家词选》。戈选录的7家词，无论是从立意求词格之高，还是从审律求词法之严，都受到光宣词坛诸老的认可，成为晚清民国的学词范本。

二、校词法雏形

词籍校勘成为专门之学，自王鹏运、朱祖谋始。戈载《宋七家词选》及杜文澜的校注本对光宣词坛产生的重要影响，就是为校词法提供了一些初步的规范，为现代词籍校勘学的产生奠定了基础。

戈载在《宋七家词选》各家跋语中，结合自己校词实践过程中的体会，提出"校词三法"：(1)校正误。戈载校对词集时，往往参互多本，若有明显舛误者，则据善本改之，并标注其后"以备后之览者审定"(《梅溪词跋》)。(2)参证法。在校词过程中，如果出现模棱两可者，则以后人所和之词作为参证，如校清真词，就多以方千里、杨泽民、陈允平等的和词相证(《清真集跋》)。(3)校异法。在各本之间，若无法判定正误，则胪列异文，并言明"某作某"，辨析其间异同，尽量在各家所论之中取参订折中之见，但亦给读者留下判断正误的空间，戈载校玉田词即是如此。除以上3种方法外，戈载在《宋七家词选》中，还特别将原本中阙而未补、误而未改、别本谬处等3种情况，在跋中一一指出。

杜文澜的校注将戈载的校词三法进一步发展，并运用到校勘过程中。以后人所存完备之词校前贤之词，以后人所作相同词调之作证唐宋

---

①杜文澜.憩园词话[M]//唐圭璋.词话丛编.上海:上海古籍出版社,1986:2939.

人之作。如以方千里和词证清真词，以白石、梦窗词证梅溪词，皆为此类。校注梦窗词时，杜文澜参考多种选本，择其是者改正，若有"大谬之处"，则在校注中指出。

王鹏运在戈、杜的基础上，提出了系统的"校词五例"，即正误、校异、补脱、存疑、删复5种校词法。其一，校正误。即将底本与诸集对勘，确实有误者，一一是正，并加以注明。若不能确定正误者，则注明"疑作某""疑某误"。其二，校异。胪列异文，以备考订。两疑者则并存之。对校异之法，王鹏运还特别针对戈载《宋七家词选》为就韵而窜改原作的现象提出批评，将选者"妄易"之处悉数改还，"不得以校对之说相绳矣"。其三，补脱。脱处用空格以明之。补脱的方法在杜文澜的校注本中就已经采用，若不能确定者，则在空格下标"某本作某"。若按之句律多寡皆合者，则不能以阙文视之。仅注明诸本多寡情形即可，不必妄加空格。其四，存疑。"不能决其不误，亦不能决其必误者"，则疑而存之，注明所以。其五，删复。凡一词两见者，删后见者；而他人之作误收录者，依所据而删除。

由以上五例可以见出，王鹏运在校词三法的基础上，提出了更为客观、谨严的具体校词法，取戈氏之所长，也纠正了校词过程随意窜改原文的习气，成为晚清民国时期广为奉守的校词之法。朱祖谋校词数十年，一直谨守五法，"深鉴戈氏、杜氏肆为专辄之弊，一守半塘翁五例，不敢妄有窜乱，迷误方来"[1]。

戈载《宋七家词选》不仅对晚清校词五例的形成有启发意义，也对晚清人校勘梦窗词起到推波助澜的作用。汲古阁刻本收梦窗词347阕，但毛晋本校勘不精，舛讹阙落之处较多，戈载在《宋七家词选·梦窗词》中参照各家选集校勘，进行了初步的整理，并希望能重刊梦窗词，"未识谁能成之，是又予之所深望者已"（《梦窗词跋》）。王鹏运、朱祖谋倾数十年之力，四校梦窗词，实与戈载的倡导不无关系。龙榆生盛赞朱、王二人在词籍校勘方面的开拓之功，称自此"始有'校勘之学'"[2]。

三、奉南宋词为圭臬

晚清临桂词派以南宋词为门径，与常州词派倡北宋有所不同，而与

①朱祖谋.梦窗词集跋[M]//施蛰存.词籍序跋萃编.北京:中国社会科学出版社,1994:354.
②龙榆生.龙榆生词学论文集[M].上海:上海古籍出版社,1997:89.

《宋七家词选》的影响密切相关。南宋词中流露出沉重的家国之思得到晚清选词者异代同悲的深刻认同。

戈载《宋七家词选》所录七家为周邦彦（59首）、史达祖（42首）、姜夔（53首）、吴文英（117首）、周密（69首）、王沂孙（41首）、张炎（101首）。其中北宋仅录清真一家，褒许清真词意澹远，词气浑厚，音节清妍和雅，为词家之正宗，是学词之最高境界。在具体词法上则主张从南宋诸家入手，尤为推崇梦窗词。

戈载将清真、白石、梦窗并称为"词学正宗"，但指出梦窗词与清真之澹远、白石之清空并不相同，评吴梦窗之词犹如李商隐之诗，"以绵丽为尚，运意深远，用笔幽邃，炼字炼句迥不犹人，貌观之雕缋满眼，而实有灵气行乎其间，……既不病其晦涩，亦不见其堆垛，此与清真、梅溪、白石并为词学之正宗，一脉真传，特稍变其面目耳"①。这一段评语，成为光宣词坛诸老对梦窗词的基本判断，如朱祖谋、郑文焯等论梦窗词，皆与此相类。沈曾植曾分析戈载对晚清词坛"梦窗词派"的形成影响，云：

> 自道光末戈顺卿辈推戴梦窗，周止庵心厌浙派，亦扬梦窗以抑玉田。近代承之，几若梦窗为词家韩、杜。而为南唐、北宋学者，或又以欣厌之情，概加排斥。②

民国初期词坛的思潮纷争，早在清末年间就暗流潜伏，沈曾植追源溯流，点中要穴，别具识力。

第三节　"清季词学之祖灯"：端木埰《宋词十九首》

《宋词十九首》，又名《宋词赏心录》，被誉为"清季词学之祖灯"③。编选者端木埰历道、咸、同、光四朝，既是王鹏运、况周颐的前辈，亦为王、况学词之导师。卢前《冶城话归》云："晚近词学之盛，启风气者，实惟吾乡端木子畴先生。"并在《饮虹簃论清词百家》评曰：

---

① 戈载.宋七家词选[M].曼陀罗华阁重刊本.1885(光绪十一年).

② 沈曾植.菌阁琐谈[M]//唐圭璋.词话丛编.上海：上海古籍出版社,1986:3613.

③ 陈匪石,钟振振.宋词举[M].南京：江苏古籍出版社,2002:226.

"不独辛勤存碧瀣。百年词运赖支持。一代大宗师。"①道出了端木埰对清季词坛的重要影响。

从1888年（光绪十四年）端木埰将《宋词十九首》稿本赠与王鹏运，到1933年（民国二十二年）该选正式刊行，期间相隔了45年。也正因为如此，该选对清季词坛所产生的影响很难具体化。但端木埰作为王、况、朱等学词之"导师"，追溯重拙大思想的形成，必然要谈及该选②。

一、偏倚南宋，宗尚清雄

《宋词十九首》以范仲淹《苏幕遮》（碧云天）为开端，以张炎《高阳台》（接叶巢莺）为收束，共收两宋词人17家19首，其中收录1位女词人李清照。北宋词人收录范仲淹、欧阳修、苏轼、秦观、周邦彦5家；南宋词人收录12家，明显偏胜。该选虽仅选词19首，但所选家数已兼含《宋四家词选》《宋七家词选》中诸家，又增加了范仲淹、欧阳修、苏轼、秦观、岳飞、陆游、李清照、高观国、陈允平等数家。唐圭璋跋云：

> 究其所录，大抵伤怀念远，感深君国之作。一种顿挫往复、沉郁悲凉之致，与近日朱古老所选之《三百首》，消息相同，一脉绵延，足资印证。而十七家中，录及文正、武穆，尤见孤臣危涕之微意，千古如同一辙。唯永叔录"水晶双枕"一首，梅溪录《寿楼春》一首，君衡录《绮罗香》一首，白头抚念，或亦有未易明言者乎？③

选中所录多为伤春悲秋的感怀之词，题咏秋词4首，咏梅词3首，透露的正是"秋风秋雨愁煞人"的清季之悲怀。在危机四伏、国是日非的晚清时期，端木埰虽主张词之比兴，但"孤臣危涕"，其深隐之意，反而尤其忌讳对词所作"意内言外"的牵强附会，故端木埰对周济"以有寄托入，以无寄托出"之论颇有会心。周济《宋四家词选》推举周、辛、王、吴4家，所重在南宋。端木埰也偏尚南宋，尤为推崇"有君国之忧"的碧山词，并以"碧瀣"名词集，自称"碧山之唾余""中仙之药转"，可见学词之法亦为止庵路径。

---

①卢前.饮虹簃论清词百家[M]//陈乃乾.清名家词.第10卷.上海：上海书店,1982.

②彭玉平.端木埰与晚清词学[J].中山大学学报(社会科学版),2004,44(1):32-38.

③唐圭璋.宋词赏心录跋[M]//端木埰,何广棪.宋词赏心录校评.台北:正中书局,1975.

《宋词赏心录》以"宋名臣中极纯正者"范仲淹词为首，摒弃晏殊、张先等宋初词人，不无弃绝唐五代词流弊之意。所录范仲淹《苏幕遮》（碧云天）借秋色寥落苍茫之景，隐抒忧国之思，而范仲淹"去国怀乡，忧谗畏讥"的形象隐然词外，未尝不可以说是选者有意为之。该选收录岳飞词也是如此。在清代唐宋词选中，除《词综》录岳飞词一首聊以存入外，其余如《词选》《宋四家词选》等，均未录岳飞词。端木埰所录岳飞词为《小重山》"白首为功名，故山松菊老，阻归程，欲将心事付瑶琴，知音少，弦断有谁听"，悲惋低沉，深契选者心境。在端木埰词集《碧瀣词》中，有《齐天乐》（昭陵遗泽深如海）、《庆春宫》（澄碧销云）、《满江红》（野寺荒灯）等3首吟咏岳飞之词。端木埰"性憨直，与物多忤"[1]，其青睐文正（范仲淹）、武穆（岳飞）词，恐亦不无"微斯人，吾谁与归"的悲凉认同感。民国初期《宋词三百首》等选本，均选录岳飞词，岳飞词也得以广播。况周颐曾评两宋词人中，唯岳飞与苏轼词可当清雄二字，其评价角度和对清雄风格的揄扬，与端木埰之选一脉相承。

端木埰选的词家大都只录词1首，取舍之间，尤能见出选者之意。如稼轩词录其深婉蕴藉的《百字令》（野棠花落），草窗词录其婉雅悲凄的《玉京秋》（烟水阔），梦窗词录其清虚超逸的《满江红》（云气楼台），所选皆不同于人，体现出对清雄悲婉风格的偏尚。吴梅据此而论曰："观所录稼轩、梦窗、草窗词，知畇老胸中别具炉锤。"[2]但集中所录若欧阳修《苏幕遮》（水晶双枕）、史达祖《寿楼春》（裁春衫寻芳）、陈允平《绮罗香》（雁宇苍寒）等3首，与全集顿挫往复、沉郁悲凉风格迥异，或诚如唐圭璋所言："或亦有未易明言者乎？"这3首词在与《宋词赏心录》"消息相通"的《宋词三百首》中全部汰除[3]。

端木埰学词受浙西词派影响，由王沂孙、周密、张翥、陈允平4家入手[4]，虽在选词上也透露出吸纳常州词派《词选》的倾向，但显然不满《词选》取径过狭的弊病。端木埰选录张惠言摒弃不录的吴文英词，也对

①端木埰.宋词赏心录.自序[M]//端木埰,何广棪.宋词赏心录校评.台北:正中书局,1975.

②吴梅.宋词赏心录跋[M]//端木埰,何广棪.宋词赏心录校评.台北:正中书局,1975.

③朱祖谋在编选《宋词三百首》时，可能并未见过《宋词十九首》，文中所作二选的分析主要是从二人词学思想的共同之处而言。并以此见出端木埰对朱祖谋编选《宋词三百首》的影响。

④汪森《词综·序》云："鄱阳姜夔出，句琢字炼，归于醇雅。于是史达祖、高观国羽翼之，张辑、吴文英师之于前，赵以夫、蒋捷、周密、陈允衡、王沂孙、张炎、张翥效之于后。"见:朱彝尊,汪森.词综[M].上海:上海古籍出版社,1978:1.

苏轼、姜夔词青眼有加，在选中录苏、姜词各2首。苏轼词在清代词选中，一直处于附庸地位。《宋词赏心录》推举苏轼，对朱祖谋编《宋词三百首》也产生了一定影响。

二、以拙避巧

端木埰论词主寄托，其评碧山《齐天乐》（一襟余恨宫魂断），"详味词意，殆亦碧山黍离之悲"；评张炎《高阳台》（接叶巢莺），"语意凄咽，兴寄显然，然亦黍离之感"。但端木埰多遵循词之本意，并不作过多阐发。其评范仲淹《御街行》云："论者但以本意求之，性情深至者，文辞自悱恻，亦不必别生枝节，强立议论，谓其寓言某事也。"[1]其评无名氏《绿意》"即无寓意，亦是绝唱。"认为张惠言原注甚不足取，"致绝妙好词尽成梦呓。"[2]

端木埰将所选词的原有题序全部删除，如苏轼《念奴娇》（大江东去），在《花庵词选》《宋六十名家词》《词综》《词林纪事》《续词选》等诸本中都题作"赤壁怀古"；姜夔《暗香》（旧时月色）在《词综》《词选》《宋四家词选》中均题作"石湖咏梅"。将这些对词旨有所说明的题序全部删除，是否端木埰有意为之，不可得知；但若选者有意如此，其不求迹索踪、寻绎本事之意，显然可见。

端木埰以咏荷释无名氏《绿意》，以本意求范仲淹《御街行》，都表现出对张惠言词论的纠偏。主张以直寻的方式解词，以拙避巧。端木埰解词之法的"拙"，在民国初期通过王鹏运、朱祖谋等得到阐发，并与端木埰所言以"拙"避"巧"有所不同。以拙读词，本意是读出词中的真性情。王鹏运以此法读词，读出花间词之重、大，如评毛熙震、顾夐词等，叹赏其重笔直书的真挚和胆略。虽似乎与端木埰释词之"拙"意同，但结合半塘生平事迹及"谏官"身份，详味其意，细察其用心，实与张惠言殊途同归，以此寓彼，有所寄托。强调气格沉着，主张笔力重大。离端木埰主张阅读中的无机心之直寻、以拙避巧的初衷，已有一定的距离。

虽然难以确认朱祖谋编选《宋词三百首》时，是否见过端木埰《宋词十九首》，但端氏曾将《宋词十九首》赠与王鹏运，编选者在词学观念

---

① 端木埰.《续词选》批注[M]//唐圭璋.词话丛编.上海：上海古籍出版社,1986:1621.

② 端木埰.《续词选》批注[M]//唐圭璋.词话丛编.上海：上海古籍出版社,1986:1621.

上的相承性，使得二选确实透露出"消息相通，一脉绵延"①的特点。从所选词人而言，端木埰所选之17家，有15家被选入《宋词三百首》；从所选词作而言，《宋词十九首》中有10首被选入《宋词三百首》。端木埰宗尚清雄，选范仲淹、岳飞词，在词选中注入清俊刚劲之气，开民国间词选尚豪放之风气。其选本在清季词坛的重要地位，主要是通过王鹏运、朱祖谋等人的词论、词选体现出来的。"重拙大"词论逐步在《宋词三百首》中得到凸显。

第四节　清人选宋词之总结——《宋词三百首》

《宋词三百首》的命名及选词规模，有意"比之于"《唐诗三百首》②，呈现出一代之文学的盛况。在体例上，该选本以宋徽宗《燕山亭》始，以女词人李清照终，仍依循用"先帝王后女流"的传统体例。在主旨上，与端木埰《宋词十九首》一样，《宋词三百首》以录悲惋之作为主，词作大都以顿挫往复、沉郁悲凉为特色。开篇之词《燕山亭》（裁剪冰绡）为赵佶北狩时所作，词情凄婉。另如所录南宋遗民词人王沂孙《花外集补遗》之《法曲献仙音》（层绿峨峨）、姚云文《紫萸香慢》（近重阳）等词皆别有怀抱，寓托深远。

朱祖谋是"传统词人之殿军"③，与王鹏运、况周颐、郑文焯等并称为晚清四大词人，为光宣一代词宗。叶恭绰《广箧中词》云：

> 彊村翁词，集清季词学之大成，公论翕然，无待扬榷。余意词之境界，前此已开拓殆尽，今兹欲求于声家特开领域，非别寻途径不可。故彊村翁或且为词学之一大结穴，开来启后，应有继起而负其责者。④

《宋词三百首》虽编选于民国时期，但该选"代表了词家的传

---

①唐圭璋.宋词赏心录跋[M]//端木埰,何广棪.宋词赏心录校评.台北:正中书局,1975.

②徐珂.清代词学概论[M].上海:大东书局,1926(民国十五年):19.

③林玫仪.论晚清四大词家在词学上的贡献[M]//《词学》编辑委员会.词学:第九辑.上海:华东师范大学出版社,1992:148.

④叶恭绰,傅宇斌.广箧中词[M].北京:人民文学出版社,2011:225.

统"①，普遍认为是清人选宋词之总结。《宋词三百首》编选之前，清人专选宋词的选本已有《宋四家词选》《宋七家词选》《宋六十一家词选》《宋词十九首》等数种。其中，周济《宋四家词选》以4家为门径，示人途辙，但4家而外皆为附庸。进退之间，未免"我见"太深。《宋七家词选》《宋词十九首》各有所倚，但前者仅录7家词，后者仅录词19首，取径过狭，难以体现两宋词的丰富性。冯煦《宋六十一家词选》虽试图在例言中展现宋词之多样性，但其选不免囿于毛晋本而难有所创见。就选本规模而言，或过于繁琐，如冯煦《宋六十一家词选》；或过于简约，如端木埰《宋词十九首》。就所选宋词名家而言，或有"微嫌拟不于伦"②之憾，如周济《宋四家词选》；或过于偏倚南宋，如戈载《宋七家词选》，均不免有失偏颇。朱祖谋该选撷采众家之长，弃绝轻佻鄙俗之流弊，疏密兼收，情辞并重，示学词者以轨范，无论在选词之精辟及所选词家的范围上，都较以上诸种选本为胜。故龙榆生评云："以'尊体'诱导来学之词选，至此殆已臻于尽善尽美之境，后来者无以复加矣。"③作为晚清学人选词的集大成之作，《宋词三百首》代表清人选唐宋词的最高成就，标志着为学词而选词的选本时代的结束。

本节试从《宋词三百首》的3次增删和圈点中，探析深隐于其后的选者之意，以求从具象的角度来理解朱祖谋的词学思想及其发展过程。

一、版本及选词分析

（一）3次增删

朱祖谋在编选《宋词三百首》的过程中，曾先后3次增删，关于其增删修改的过程，罗忼烈《朱彊村〈两订宋词三百首〉》④、王兆鹏《〈宋词三百首〉版本源流考》⑤等，均有详细论述。据王兆鹏一文可知，朱祖谋编《宋词三百首》曾3次增删，共有4种版本，即最初的手稿本、1924年刻本、重编本、三编本，对选的词人词作做了不同程度的调整。本部

①宇文所安.过去的终结:民国初年对文学史的重写[M]//刘东.中国学术:总第5辑.北京:商务印书馆,2001:196.

②龙榆生.龙榆生词学论文集[M].上海:上海古籍出版社,1997:84.

③龙榆生.龙榆生词学论文集[M].上海:上海古籍出版社,1997:84

④罗忼烈.词学杂俎[M].成都:巴蜀书社,1990:6-9.

⑤王兆鹏.《宋词三百首》版本源流考[J].湖北师范学院学报(哲学社会科学版),2006,26(1):85-91.

分参考王兆鹏文中初编稿本的选词作为比较的依据，分析朱祖谋《宋词三百首》3次增删的异同之处。

1.《宋词三百首》的3次增删。

（1）第1次增删：由稿本到刻本。最初的手稿本原选词86家，词作312首。而在1924年（民国十三年）的刻本中，删除了手稿本中所选之词21首：晏殊《蝶恋花》（帘幕轻风）；苏轼《水调歌头》（昵昵儿女），《蝶恋花·密州上元》（原有目无词）；黄庭坚《水调歌头》（瑶草一何）；秦观《鹊桥仙》（纤云弄巧）；陈克《谒金门》（花满飞）；周邦彦《少年游》（并刀如水）；赵鼎《满江红》（惨结秋阴）；蔡伸《南乡子》（木落雁南），《镇西》（秋风吹雨）；袁去华《贺新郎》（晓色明窗）；陆淞《渔家傲》（东望山阴），《定风波》（敧帽垂鞭）；辛弃疾《水龙吟》（举头西北）；姜夔《摸鱼儿》（向秋来），《征招》（潮回却过），《八归》（芳莲坠粉）；史达祖《恋绣衾》（吴梅初试），卢祖皋《清平乐》（柳边深院）；张炎《念奴娇》（扬舲万里），《探春慢》（银浦流云）。增加9首词：韩疁《高阳台》（频听银签）；陆游《卜算子》（驿外断桥边），《渔家傲》（东望山阴），《定风波》（敧帽垂鞭送客回）；姜夔《淡黄柳》（空城晓月），《杏花天》（绿丝低拂），《一萼红》（古城阴），《霓裳中序第一》（亭皋正望）；李清照《浣溪沙》（髻子伤春）①。增加了陆游和韩疁2家，删除了赵鼎1家。选词人87家。

（2）第2次增删：从刻本到重编本。重编本删词28首，增加11首，选词家共81家，选词共283首。重编本中删除的28首词为：张先《生查子》（含羞整翠鬟）；晏殊《踏莎行》（碧海无波）；欧阳修《临江仙》（柳外轻雷池上雨），《浣溪沙》（堤上游人逐画船）；聂冠卿《多丽》（想人生）；晏几道《鹧鸪天》（醉拍春衫惜旧香），《生查子》（金鞭美少年），《满庭芳》（南苑吹花）；苏轼《念奴娇》（大江东去），《木兰花令》（霜余已失长淮阔）；黄庭坚《鹧鸪天》（黄菊枝头生晓寒），《定风波》（万里黔中一漏天）；秦观《踏莎行》（雾失楼台），《鹧鸪天》（枝上流莺）；张耒《风流子》（亭皋木叶下）；晁补之《盐角儿》（开时似雪）；周邦彦《定风波》（莫倚能歌）；贺铸《更漏子》（上东门）；蔡伸《柳梢青》（数声鶗鴂）；查荎《透碧霄》（舣兰舟）；陆游《渔家傲》（东望山阴何处是）；《定风波》（敧帽垂鞭送客回）；范成大《醉落魄》（栖乌飞绝）；蔡幼学《好事近》（日日惜春）；萧泰来《霜天晓角》（千霜万雪）；吴文英《青玉

---

①王兆鹏.《宋词三百首》版本源流考[J].湖北师范学院学报(哲学社会科学版),2006,26(1):85-91.

案》（新腔一唱）；李清照《如梦令》（昨夜雨疏风骤），《浣溪沙》（髻子伤春）。增加的11首词为：张孝祥《念奴娇》（洞庭青草）；范成大《眼儿媚》（酣酣日脚紫烟浮）；辛弃疾《念奴娇》（野塘花落又匆匆）；《汉宫春》（春已归来）；姜夔《八归》（芳莲坠粉）；吴文英《渡江云》（羞红鬓浅恨）；《夜合花》（柳暝河桥）；周密《高阳台》（照野旌旗）；蒋捷《瑞鹤仙》（绀烟迷雁迹）；张炎《渡江云》（山空天入海）；王沂孙《长亭怨慢》（泛孤艇）[1]。

（3）第3次增删：根据唐圭璋《宋词三百首笺》附录，朱祖谋三编本中仅添加了2首词：林逋《长相思》（吴山青），柳永《临江仙》（梦觉小庭院）[2]。

因为手稿本长期不为世人所知，所以1924年刻本又被称为原编本，在选词数量上是名副其实的"宋词三百首"，也是民国时期最流行的版本。1944年蜀中重印《宋词三百首》就是依照该刻本，中国书店也曾影印此本。1947年唐圭璋《宋词三百首笺》也以该本为参照。1958年中华书局上海编辑所印行《宋词三百首笺注》，改用朱祖谋的重编本，唐圭璋的笺注使《宋词三百首》的选旨、选心更为明了，促进了重编本的广泛流播，并逐渐取代原编刻本，成为目前最为通行的版本。

2.增删之意。

在朱祖谋的3次增删中[3]，有几种情况值得注意。

其一，曾被删除而又在后来的编选中重新选录的，或者曾被增补后在重编本中又被删除的。增而后删的：李清照《浣溪沙》（髻子伤春）稿本中未收，刻本中增补；重编本中这首词又被删除。陆游的《渔家傲》（东望山阴），《定风波》（欹帽垂鞭送客回），原稿本作陆淞作，改为陆游，并另增补1首《卜算子》（驿外断桥边），而在重编本中这2首词均被删除，故选中陆游仅存词1首。删而后补的：姜夔《八归》（芳莲坠粉）。这首词原在稿本中收录，后在刻本中删除，但重编本中再次补入。

①重编本增删词目参见:朱祖谋,唐圭璋.宋词三百首笺[M].上海:神州国光社,1948(民国三十七年).

②朱祖谋,唐圭璋.宋词三百首笺[M].上海:神州国光社,1948(民国三十七年).

③在笔者所见1944(民国三十三年)刻本中,范成大词被删除的《醉落魄》以及蔡伸《柳梢青》(数声鹈鴂)又被收入。而后来通行的1979年本中,《醉落魄》已被换成《眼儿媚》,蔡伸词仍保留。见:朱祖谋.宋词三百首[M].薛崇礼堂校刻,1944(民国三十三年).该本分两卷,以蔡伸《柳梢青》(数声鹈鴂)为卷一终。在卷二末尾有"成都薛志泽初校、成都雷履园覆校、成都白敦仁覆校"字样。附有薛志泽《校刻宋词三百首后记》。此处仅就3次增删略作分析。

其二，置换，即增补的同时删除1首。如范成大《醉落魄》（栖乌飞绝）在重编本中被删除，而改收《眼儿媚》（酣酣日脚紫烟浮）。如下：

眼 儿 媚

萍乡道中乍晴，卧舆中，困甚，小憩柳塘

酣酣日脚紫烟浮。妍暖破轻裘。困人天色，醉人花气，午梦扶头。

春慵恰似春塘水，一片縠纹愁。溶溶泄泄，东风无力，欲皱还休。

醉 落 魄

栖乌飞绝。绛河绿雾星明灭。烧香曳簟眠清樾。花影吹笙，满地淡黄月。　　好风碎竹声如雪。昭华三弄临风咽。鬓丝撩乱纶巾折。凉满北窗，休共软红说。

比较以上2首词，实各有所长。就文法细密而言，前首较后者为胜。前首之"困""醉"字呼应"慵""愁"字，脉络井然，极为细腻；就字句而论，《眼儿媚》字字"软温"，《醉落魄》则字句雅洁，不仅有警句如"花影吹笙，满地淡黄月"（《词旨》），且整首用辞清超；就意境而论，前首有花间余风，后首则自是南宋余韵。范成大词在《宋词三百首》刻本中仅录3首，另2首《忆秦娥》（楼阴缺）、《霜天晓角》（晚晴风歇）均未做改动，故此首词的置换之中实有择优汰劣之心。

在3次修改中，对词人之作同时有增删的，还有姜夔词和吴文英词。在第1次增删中，删除姜夔词3首，补录4首；第2次增删中，删除吴文英词1首，补录2首。应该说，朱祖谋对姜、吴2人词的取舍是极为经意的。

其三，增补的词人。3次增删中，删除的词人除黄庭坚外，其余如萧泰来、蔡幼学等皆非名家，可不论。增补之人，则大有存人存词之意。3次修改中一共增加了3位词人，在刻本中增加陆游、韩疁2家，三编本中增加林逋1家。陆游词之地位自不必待言，而韩疁词存世不多，朱祖谋予以补录，显见对其词肯定之意。况周颐尝评韩词曰："韩子耕词妙处在一松字，非功力甚深不办。"[①]正因其"松"，不觉其用力之处，反更见浑成。所补韩疁词为《高阳台》：

频听银签，重燃绛蜡，年华衮衮惊心。饯旧迎新，能消几刻光阴。老来可惯通宵饮，待不眠、还怕寒侵。掩清尊。多谢梅花，伴我微吟。邻娃已试

---

①况周颐.蕙风词话[M]//唐圭璋.词话丛编.上海:上海古籍出版社,1986:4449.

春妆了，更蜂腰簇翠，燕股横金。勾引东风，也知芳思难禁。朱颜那有年年好，逞艳游、赢取如今。恣登临。残雪楼台，迟日园林。

　　该词若无意写来，叹惋韶光易逝之意却跃然纸上；似写乐景，却有愁情，堪比李清照"不如向帘儿底下，听人笑语"之痛惋。语浅情深，不刻意求工而自然移人，以此理解朱祖谋三编稿本中增补的林逋、柳永词，亦可豁然而释。所选林逋《长相思》（吴山青）有唐词之情致，"何等风致"（彭羡门语）。可以见出，朱祖谋虽偏尚以学力取胜之作，也有意识收录清辉芳气终不可掩的自然神妙之作。

　　其四，经典之作的落选。

　　重编本中落选的作品，如范仲淹《渔家傲》（塞下秋来风景异），欧阳修《临江仙》（柳外轻雷池上雨），苏轼《念奴娇》（大江东去）和《木兰花令》（霜余已失长淮阔），秦观《踏莎行》（雾失楼台）和《鹧鸪天》（枝上流莺和泪闻），周邦彦《少年游》（并刀如水），等等，都为脍炙人口之作。这些名家词原选后删，应并非是觉得其词为劣等而删之，否则初选时就未必会选入。原因可能有二：其一，选者有意识地统一整个选本的风格，故罗忼烈有"殆以豪放为病"[1]之疑。其二，选者为了从选词数量上调整所选词人在选本中的地位而反复斟酌，其间难以取舍，故脍炙人口之作，亦往往被删。在数次修改之中，词人的地位序次也发生了一些微妙的变化。

　　据所收词数量多少，在稿本[2]中的序次为：吴文英（23）、周邦彦（23）、晏几道（18）、姜夔（15）、苏轼（14）、柳永（13）、贺铸（12）、晏殊（12）、欧阳修（11）、辛弃疾（11）、秦观（10）、史达祖（9）。

　　刻本中的序次为：吴文英（23）、周邦彦（22）、晏几道（18）、姜夔（16）、柳永（13）、贺铸（12）、苏轼（12）、晏殊（11）、欧阳修（11）、辛弃疾（10）、史达祖（9）、秦观（9）。

　　重编本中的序次为：吴文英（25）、周邦彦（22）、姜夔（17）、晏几道（15）、柳永（13）、辛弃疾（12）、贺铸（11）、晏殊（10）、苏轼（10）、欧阳修（9）、史达祖（9）、秦观（7）。

　　对比稿本、刻本、重编本中选词数量最多的前12位词人，分析其间词人地位的变化，会发现朱祖谋在增删中呈现出由尚北宋而向尚南宋的转移。在稿本中，前6家词人中南宋词人仅2家，在重编本中，南北宋词

①罗忼烈.词学杂俎[M].成都：巴蜀书社，1990:8.

②王兆鹏.《宋词三百首》版本源流考[J].湖北师范学院学报（哲学社会科学版），2006，26（1）:85-91.

人各为3家，呈并列之势。就6家所选词而言，南宋词人所录之词作还略多于北宋。

以吴文英、姜夔、辛弃疾等南宋词人为例：稿本中，吴文英、周邦彦处于并列的地位，在刻本、重编本中，吴文英的地位逐渐凸显出来，成为《宋词三百首》中收录最多的词人。姜夔词数量原列晏几道之后，选者在重编本中不仅补入原刻本中已删除的姜夔词《八归》，又一次删除晏几道词3首，使姜夔词与吴文英、周邦彦并列，成为所选最多的3家。在增删之间，有意矫正周济之失，充分肯定姜夔词的清空气格。辛弃疾词原列第11位，在重编本中，已收录为第6位。苏轼词则由原第5位退为第9位，列辛词之后，其间略有退苏进辛的痕迹。胡适编《词选》多录辛派词人之作，并以此批驳晚清"梦窗词派"，其实在《宋词三百首》中，对稼轩及辛派词人的地位，一直是颇为关注的。

在前后几次增删中，对北宋词人之作删除较多，重编本所删的28首词中有20首都是北宋词作，如欧阳修《临江仙》（柳外轻雷），苏轼《念奴娇》（大江东去）、《木兰花令》（霜余已失长淮阔），等等，都被删除；而增补的词作主要是南宋词作，如重编本中增补的11首词中，10首均为南宋词人之作。若就词之优劣而增删，恐不需如此周折，应是选者试图通过增删，使选本中的整体倾向性更为统一，故而有意调整南、北宋词人的地位。

除了南北宋词人之间的变化外，《宋词三百首》3次增删中还表现出重音律、尚婉约的倾向。以苏、辛词为例：朱祖谋将苏轼"要非本色"的《念奴娇》（大江东去）删除，隐有不忍因"一眚"而掩之意。所录之苏词都是空灵蕴藉之作，所录之辛亦非豪放之作，如《永遇乐》（千古江山）、《摸鱼儿》（更能消几番风雨）、《贺新郎》（凤尾龙香拨）、《贺新郎》（绿树听鹈鴂）等词"词意殊怨，姿态飞动，极沈郁顿挫之致"（《白雨斋词话》），皆为变温婉为悲凉之作。重编本中补入的《汉宫春》（春已归来）幽怨悱恻，"辛词之怨，未有甚于此者"。通过《宋词三百首》前后不同版本的比较，可清晰地看出朱祖谋在抑扬之间的谨慎态度。

（二）《宋词三百首》与清人选宋词

表5-1所列为清末至民国初期宋词选本中选录词人词作的数量情况。

1.词家地位的变化。

由表5-1可以看出，从晚清至民国初期，吴文英、周邦彦、苏轼、黄庭坚、贺铸等5家词地位的变化最明显。

表5-1清末至民国初期宋词选本中录词数量最多的前12位词人比较①

四家	录	七家	录	十九首	六十一家	录	三百首	录
周邦彦	26	吴文英	115	苏轼2	吴文英	138	吴文英	25
辛弃疾	24	张炎	102	姜夔2	晏几道	87	周邦彦	22
吴文英	22	周密	68	范仲淹	周邦彦	64	姜夔	17
王沂孙	20	周邦彦	59	欧阳修	苏轼	51	晏几道	15
姜夔	11	姜夔	56	秦观	史达祖	49	柳永	13
晏几道	10	史达祖	42	周邦彦	秦观	38	辛弃疾	12
柳永	10	王沂孙	41	岳飞	辛弃疾	38	贺铸	11
秦观	10			辛弃疾	周紫芝	35	晏殊	10
欧阳修	9			陆游	陆游	34	苏轼	10
张炎	8			李清照	姜夔	33	欧阳修	9
周密	8			史达祖	赵长卿	33	史达祖	9
贺铸	7			高观国	张孝祥	32	秦观	7

　　《宋词三百首》重编本中录词最多的2家是周邦彦和吴文英，亦分别为《宋四家词选》和《宋七家词选》集中之冠，正合"前有清真，后有梦窗"之评。清代词选中，吴文英和周邦彦的地位并不均衡。在《词综》中，周密词收录最多，周邦彦居吴文英、辛弃疾、张先之后；在《词选》中，周邦彦居秦观、辛弃疾、朱希真之后，吴文英则被删汰。在以上2种分别为浙、常二派之纲领的选本中，周邦彦、吴文英等并未取得独尊的地位，南宋词人在《词选》中更是受到排挤。晚清学人选词，对梦窗词青眼有加，朱祖谋评梦窗词"别有怀抱"，正是理解《宋词三百首》所选之词家变化的关键。

　　《宋四家词选》以辛弃疾为宋词四大家之一，《宋七家词选》不录辛词，收吴文英词最多。朱祖谋显然对二选有所折中，所录词数以周邦彦、吴文英居首。《宋词三百首》对苏轼的推崇似不明显，但相比《宋四家词选》仅录苏轼词3首，《宋七家词选》不录苏轼词而言，朱祖谋对苏词的推举，颇值得一提。《宋词三百首》录苏轼词10首，与晏殊并列第8位，远在周济所论宋四家之一的王沂孙之前，凸显了苏轼词的地位。

　　除了推举柳、苏之外，贺铸、秦观、李清照等词人的地位，在《宋词三百首》中得到确立。贺铸、秦观词缠绵悱恻、情韵兼胜，但在清代

---

　　①表5-1中所列仅选词列于各选中前12位者(《宋七家词选》仅录7家词)。所标"四家""七家""十九首"等，为词选简称。

宋词选本中，基本不入名家之列。朱祖谋对贺铸、秦观词的揄扬，体现出对唐五代词风格的追溯。相比较《宋四家词选》《宋七家词选》《宋六十一家词选》不录易安词，朱祖谋选录李清照词5首，无疑肯定了其词史地位。其后胡云翼等对于李清照词的重视，也肇源于此。

名家词体例在清末盛行，朱祖谋对名家词亦颇为重视。《宋词三百首》共录宋词87家，其中以吴文英、周邦彦、晏几道、姜夔、柳永、辛弃疾、贺铸所录最多，占全书三分之一强，"俨然推为宗主"[①]；吴文英词录24首，周邦彦词录23首，明显为七家之冠冕。刘熙载论晏殊、贺铸、柳永、秦观4家词："词趣各别，惟尚婉则同耳。"[②]"尚婉"4家，均列《宋词三百首》前10家之内，联系朱祖谋的3次增删，可知《宋词三百首》尚婉约之倾向。

但《宋词三百首》更重选词而非选人，只要作品浑成耐咏，皆予以选录。不仅收录"次要作家"[③]如时炎、周紫芝、韩元吉、袁去华、黄孝迈等，还收录了如俞国宝、陆叡等不以词名世的作家。兼纳广采、不捐细流，较名家词选只选名家、不及其余的体例，无疑要通达许多，显示出撷采众长的特色。

2.《宋词三百首》与《宋四家词选》。

王鹏运论词承周济寄托之说，朱祖谋从半塘游，受其影响，"渐染于周止庵绪论也深"[④]。对比《宋词三百首》与周济《宋四家词选目录序论》，可以发现许多契合之处。如周济评张炎词如《南浦·赋春水》《疏影·赋梅影》"毫无脉络"，在《宋词三百首》中这2首均被汰除。周济评周密词不足与王、吴等并举，《宋词三百首》中，周密入选词数5首，在王沂孙之后，与吴文英相去甚远。周济评梦窗词虚实相生，堪与清真比肩；《宋词三百首》揄扬梦窗词，更甚过清真。周济鄙薄黄庭坚喜作俚语，《宋词三百首》中黄庭坚词原选3首，经2次删减至完全汰除，并非偶然，而是在反复斟酌后有意为之。

从上例来看，朱祖谋《宋词三百首》似乎完全步趋周济之论，但其实不然。龙榆生《今日学词应取之途径》一文云："彊村先生固亦推挹周

①龙榆生.龙榆生词学论文集[M].上海:上海古籍出版社,1997:84.

②江顺诒.词学集成[M]//唐圭璋.词话丛编.上海:上海古籍出版社,1986:3269.

③朱祖谋,唐圭璋.宋词三百首笺注[M].上海:上海古籍出版社,1979.

④引自夏承焘《天风阁学词日记》中所录张尔田书信.见:夏承焘.天风阁学词日记[M].杭州:浙江古籍出版社,1984:437.

选者，……然先生尝语予：'周氏《宋四家词选》抑苏而扬辛，未免失当。又取碧山与梦窗、稼轩、清真，分庭抗礼，亦微嫌不称。'"[1]朱祖谋对周济之论的推崇，龙榆生在《选词标准论》《晚近词风之转变》中均曾提及，但也指出朱祖谋对周论之偏颇"必甚介意"。朱祖谋对周选的矛盾心情，正在此"推挹"与"介意"之间，故在张、周二选的基础上，加以自己的主张，"稍扬东坡而抑辛、王，益以柳耆卿、晏小山、贺方回冀以救止庵之偏失"[2]。在《宋词三百首》中，维持了吴文英词的尊崇地位，为张、周所贬抑的姜夔词地位得以上升，周济所推崇的碧山词和稼轩词则退至"附庸"地位。

吴文英词在晚清选本中还负载了纠偏匡误、示人正轨之意。如孙麟趾就曾指出，梦窗词之典丽，正是矫治空滑之弊的药石。推崇梦窗词者，如周济亦知梦窗词非无晦涩处，但"总胜空滑"，可见常州词派对浙派末流不惜矫枉过正的决心。周济尚心知学梦窗之弊，彊村词派更不会罔视，故如朱祖谋等，在梦窗而外，补济以东坡之清旷。朱祖谋不仅4校梦窗词，也刻印了《东坡乐府》。朱祖谋推举苏轼，亦有融合东坡、梦窗之长，以苏之疏，济吴之密之意。将吴（梦窗）、苏（东坡）、周（清真）"分鼎三足"。密者，梦窗；疏者，东坡；介在疏、密之间者，清真[3]。如是也完成了不同流派之间的折中，呈现出宋词的不同风格。作为晚清学词法选本的总结，《宋词三百首》也标志着宋词名家群体的形成和稳定化。

二、"浑成"与"体格"

（一）浑成

朱祖谋选词与况周颐商榷较多，"方其选三百首宋词时，辄携钞帙，过蕙风簃寒夜啜粥，相与探论"[4]。况周颐对朱选之主旨，应是别有会心的，他在序中以"浑成"评该选："大要求之体格、神致，以浑成为主旨。"[5]况周颐不仅评论了朱祖谋选词的主旨，也为学词者指示了由词选而知端肃体格、追求神致、臻于浑成的学词之径。但如何理解蕙风所论

①龙榆生.龙榆生词学论文集[M].上海：上海古籍出版社,1997:106.

②龙榆生.龙榆生词学论文集[M].上海：上海古籍出版社,1997:404.

③朱祖谋,唐圭璋.宋词三百首笺注[M].上海：上海古籍出版社,1979:86.

④张尔田.词林新语[M]//唐圭璋.词话丛编.上海：上海古籍出版社,1986:4370.

⑤朱祖谋,唐圭璋.宋词三百首笺注[M].上海：上海古籍出版社,1979:2.

"浑成"之意呢？正如陈匪石所云："此言也，在初学或未易解；强为之说，亦非易事。"①"浑成"并非况周颐所创，毛先舒、孙麟趾都曾以"浑成"为词之最高格。毛先舒云："词家意欲层深，语欲浑成"，从意和语两个层面来论："大抵意层深者，语便刻画，语浑成者，意便肤浅"②，若能意、语两兼者，大抵与况周颐所论"浑成"之词相近了。意欲层深，语求平易，合调用典，自然无痕，如"无形之欣合，自然之妙造"者，方为浑成。陈匪石曾借用冯煦评东坡词之"独往独来，一空羁靮""刚亦不茹，柔亦不吐""忠爱幽怨，时一流露，若有意若无意，若可知若不可知""涉乐必笑，言哀已叹"等4端，来解释朱祖谋《宋词三百首》之"浑成"。认为朱祖谋选词，大抵"以此为鹄"③，提示读者可由冯氏之言，体会《宋词三百首》"浑成"的选旨。从冯煦这段颇带感悟色彩的评论中，对"浑成"之真挚不伪、不粘不滞、自然天成的特色，约摸可得。

（二）体格

"浑成"为词之最高境界，初学则需从体格入门。况周颐承戈载之重词格与词法的主张，并综合二者为"体格"。将"浑成"之基石，建立在"体格"上。况周颐序《宋词三百首》云：

> 读宋人词当于体格、神致间求之，而体格尤重于神致。以浑成之一境为学人必赴之程境，更有进于浑成者，要非可躐而至，此关系学力者也。神致由性灵出，即体格之至美，积发而为清晖芳气而不可掩者也。④

神致由性灵而出，体格则关乎学力。虽然神致为体格之至美者，但况周颐指出体格为神致之基础，认为学词者需经历体格、神致而臻浑成的三种境界。体格之至美者为神致，神致再结合学力，可达于浑成。在三种境界中，体格和浑成都关乎学力。涉世少而性灵出，读书多而书卷味终不可掩，积淀而成，能赴浑成甚或更进于浑成之境。况周颐在三者的进阶中，提出后天学力的重要，更胜过天籁。况周颐指出填词之道有二："曰性灵流露，曰书卷酝酿"⑤。前者关乎天分，后者关乎学力。若

---

①陈匪石,钟振振.宋词举[M].南京:江苏古籍出版社,2002:204.

②王又华.古今词论[M]//唐圭璋.词话丛编.上海:上海古籍出版社,1986:608.

③陈匪石,钟振振.宋词举[M].南京:江苏古籍出版社,2002:204.

④朱祖谋,唐圭璋.宋词三百首笺注[M].上海:上海古籍出版社,1979:2.

⑤况周颐.蕙风词话[M]//唐圭璋.词话丛编.上海:上海古籍出版社,1986:4591.

要成就名家，二者不可偏废，需学养与天分相济。况论最为特别之处，是其对后天学养的重视，主张词外求词，并提出"多读书"和"谨避俗"①的方法。其论的基点也是如何学词，但已渐由周济之有步骤、有计划"偏于技术之修养"的门径之法，而转为较为浑融的学词之法。朱祖谋也主张天分学力并重，且更重后天学力的作用："勿以词为天籁，自恃天资，不尽人力，可乎哉？"②与况周颐之论莫不符契。

况周颐认为词之体格可以后天习之。与王国维所论"涉世少"而"性情真"不同，况周颐将"涉世少"与"读书多"相结合，认为如此方为"有襟袍"。有襟袍即有体格，况周颐对己词的评价，即以"涉世虽少，而读书不多"，故不能"诣精造微"③为憾。相比而论，王国维的真情真景之论，尚有学词者不可勉力求之的地方；况周颐的"多读书"，无疑为晚清学人学词提供了可循之辙。如何将多读书与涉世少转化为填词之"人力"呢？况周颐言之甚详。首先，需多读佳词名篇，善将前人之词心词境转化为己之所有，"取前人名句意境绝佳者，将此意境，缔构于吾想望中"。然后，再静思澄虑，全身心融入其中，再三涵泳玩索词意，使"性灵与相浃而俱化，乃真实为吾有，而外物不能夺"④。如是方可望达精微之境。况周颐所论正是读词中的能入与能出，排除一切思虑和知识，达到审美心理虚静的境界。不仅能领悟前人词境之妙处，也对性情、襟抱的培养大有裨益。《宋词三百首》就正是况周颐褒许前人名句"尽在是篇"的选本。从唐五代词之不可学、不必学，到建议学词者熟读宋人名句，况周颐为学词者所指示的路径脉络清晰，一一可循。

三、刻本圈点与朱祖谋的"选者之意"

朱祖谋论词矜慎，龙榆生"搜检遗箧"⑤，亦仅得3则。《彊村丛书》中所附跋语，大都只是对校勘的说明，故要体会朱祖谋《宋词三百首》的"选心"，就颇为困难。在1947年（民国三十六年）神州国光社印行的《宋词三百首笺》中，保留了朱祖谋选词时所作的圈点，从这些圈点中，

①况周颐.蕙风词话[M]//唐圭璋.词话丛编.上海：上海古籍出版社，1986:4586.

②陈匪石，钟振振.宋词举[M].南京：江苏古籍出版社，2002:183.

③况周颐.蓼园词选序[M]//黄苏，周济，谭献，尹志腾.清人选评词集三种.济南：齐鲁书社，1988:4.

④况周颐.蕙风词话[M]//唐圭璋.词话丛编.上海：上海古籍出版社，1986:4411.

⑤朱祖谋，龙榆生.彊村老人词评[M]//唐圭璋.词话丛编.上海：上海古籍出版社，1986:4379.

可一窥选者在阅读选择宋词时的心绪和态度。

龙榆生回忆朱祖谋晚年校勘唐五代宋金元人词籍时，每一种刊成，必再三覆勘，力求至当无误，"复就心赏所及，细加标识，其关捩所在，恒以双圈密点表出之。虽不轻着评语，而金针于焉暗度。予于此学略有领会，所得于先生手校词集者为多"①。可见圈点是朱祖谋词学批评的重要方式之一，而龙榆生甚至于此得以窥学词之门径，故实有必要对彊村圈点之意进行探析。

圈点属于评点形态之一，"有一般文学批评所没有的强烈的'现场感'"②。这种现场感与独立批评不同，不仅有具体文本环境的背景，也带有即兴、零散、随意、不可重复的特点。评者在阅读过程中，读至作品的警策处、精心安排处，或同情异构的相契之处，不禁叹服、喝彩，圈为佳句，或用标志符号来表达不同的批评态度，这种现场式、即兴式的涂抹，使这一文学批评方式具有鲜明个性化、随心化的色彩，往往随着批评者即时即景的心绪、思想而流动转变。圈点虽可见出选者之意，但其意难以凿实，尤其是仅有圈点而无评语的形式，如朱祖谋圈点《宋词三百首》就是如此。

与清代词选批注评点的诸多形式相比，朱祖谋的圈点较为简单，仅以白圈标出佳句和文脉承转处。并不着意于用字新警创意出奇之句，多圈点出幽隽蕴藉、顿挫凄绝的句子。

以李清照词为例，《宋词三百首》所录李清照诸词，仅极为疏朗地圈点了3句："人比黄花瘦"（《醉花阴》），"独自怎生得黑"（《声声慢》），《永遇乐》结拍"风鬟雾鬓，怕见夜间出去，不如向帘儿底下，听人笑语"。李清照用词每见新意，如"宠柳娇花""绿肥红瘦"之"人工天巧，可称绝唱"（王渔洋语），"寻寻觅觅"等14个叠字之"用字奇横"（《词律》），"落日熔金、暮云合璧"之"工致"（《贵耳集》），皆如巧匠运斤，自然天成，但上引诸句朱祖谋均未加圈点。就用词之传神精妙而言，上引易安诸句历来为词家所激赏，是易安词笔最有特色之处，但圈点之3句，并非以词句新巧见长，而是突出了词人的自我形象，烘托出其孤寂、幽凄的心理状态。如"瘦""独自""怕见""不如"等字词，也应均为朱祖谋心有所感之处。就词法而言，如易安运用叠字法等，虽能新人耳目，但不易模仿，晚近论者多不致认可。如蔡嵩云评

①龙榆生.彊村晚岁词稿[M]//夏承焘,唐圭璋,施蛰存,等.词学:第5辑,华东师范大学出版社,1986:122-123.

②吴承学.现存评点第一书——论《古文关键》的编选、评点及其影响[J].文学遗产,2003(4):77.

云："究之非填词正轨，易流于纤巧一路，只可让弄才女子偶一为之"（《柯亭词论》）；吴梅评易安词则云："能疏俊而少沉著"（《词学通论》）。朱祖谋对易安此类名句不加圈点，显然不主张学词者模仿此类"尖新"之笔。另如张先词，朱祖谋所圈点的非被推举为三影之"最"的"沙上并禽池上暝，云破月来花弄影"，而是"那堪更被明月，隔墙送过秋千影"。二句皆其警策，后句不若前句之"尖新"，写落寞茕立，兼之以反问句式，"极希微窅渺之致"（《蓼园词选》）。从圈点的词句可以看出，朱祖谋借圈点代替词评，以圈点之句表示选者所欲言，借宋词之意象营构出背后的选者形象。

　　况周颐虽较少参与朱、王之校勘，但朱祖谋选《宋词三百首》时，二人商榷颇多，况氏之论对该选的影响不容忽视。况周颐讥陆辅之《词旨》所选警句，"适足启晚近纤妍之习"①。就与朱祖谋对易安"警句"甚吝笔墨的立场一致。将朱祖谋的圈点与况周颐的词评相比较，可知二者有许多相合之处。不妨从《蕙风词话》中去寻绎朱祖谋的圈点之意。

　　如苏轼词《青玉案》（三年枕上吴中路），朱祖谋在"小蛮针线，曾湿西湖雨"句加圈点，况周颐曾评此二句云："是情语，非艳语。与上三句相连属，遂成奇艳绝艳。"朱服《渔家傲》（小雨纤纤风细细），朱祖谋圈点之句为："拼一醉，而今乐事他年泪。"况周颐认为由此句"可悟一意化两之法"。刘克庄《木兰花》（年年跃马长安市），彊村于"男儿西北有神州，莫滴水西桥畔泪"处加以圈点，况周颐引杨慎之评赞此词"足以立懦"。潘妨《南乡子》（生怕倚阑干）宛转曲折，朱祖谋密加圈点，表示叹赏，况周颐亦赞曰："小令中能转折，便有尺幅千里之妙。"况周颐论词力戒轻倩一路，若暗转之法、文中之理脉，皆为填词学词时需经心之处，实者虚之，虚者实之。晏几道《阮郎归》（天边金掌），朱祖谋圈点句为："欲将沈醉换悲凉，清歌莫断肠。"况周颐评曰："此词沉著厚重，得此结句，便觉竟体空灵。"况周颐指出有神韵者气格方胜，故字句间的技巧，并不成为朱祖谋圈点的重心。如晏几道"舞低杨柳楼心月，歌尽桃花扇底风"之用词遣词颇见奇巧者，并未圈出，所圈点为"今宵剩把银缸照，犹恐相逢是梦中"（《鹧鸪天》），均可见朱祖谋圈点重意格而轻语辞，重情感的真挚厚重而并非字句的工警醒目。这一点，在易安词圈点中亦已论及。

　　从圈点中也可见出《宋词三百首》的编选宗旨，是否真如胡适所批驳的晚清"梦窗词派"仅于词藻和典故中"讨生活"呢。以集中所选梦窗

---

①况周颐.蕙风词话[M]//唐圭璋.词话丛编.上海：上海古籍出版社，1986:4444.

词为例，《宋词三百首》虽录用典较密的《莺啼序》（残寒正欺病酒），但圈点佳句仅"幽兰旋老，杜若还生，水乡尚寄旅"及结拍两处；对梦窗词的疏朗之作《高阳台》（宫粉雕痕）和《风入松》（听风听雨过清明）则密加圈点，颇能彰显出选者的论词倾向。《高阳台》幽怨清虚，《风入松》有五代之风，情深而语厚，朱祖谋所圈点均在辞浅意深处，如"南楼不恨吹横笛，恨晓风千里关山""惆怅双鸳不到，幽阶一夜苔生"，用语工整却无斧凿之痕，令人拂挹不尽。另如所选梦窗词《唐多令》（何处合成愁），素来评价不一，张炎赏其疏快，陈廷焯则评该词最为下乘，"几于油腔滑调"（《白雨斋词话》），但朱祖谋将该词全部加以圈点。在删去秦观、欧阳修等诸多佳词名篇且不加置评的同时，对这首词的嘉许显然可见。虽未必赞赏其首句之"滑"，但对全词的疏快风格，无疑是认同的。《宋词三百首》及其圈点，将梦窗词佳处及不同风貌呈现在读者面前。

朱祖谋圈点出语拙情深、自然真切之句，意在矫正纤巧空洞之风。其评吴文英词《宴清都·连理海棠》"障滟蜡满照欢丛，嫠蟾冷落羞度"一段云"擩染大笔何淋漓"，评贺铸词《宛溪柳》下半阕曰"笔如辘轳"，又评贺词《伴云来》下半阕云"横空盘硬语"[1]。寥寥数语，直揭词心，结合朱祖谋的圈点，略可寻绎重拙大的思想脉络。

朱祖谋《宋词三百首》及其圈点体现出沉郁静穆的色彩。主调虽悲惋但出之以典雅从容的姿态。穆是静之极，沉是郁之极，以较为隐晦的方式体现出选者的心境。可视作当时流寓吴下的晚清四大词人群体思想的流露，其中的意绪也与《春蛰吟》《庚子秋词》一致，反映出在颠沛兀危中，借词以寄托其漆室之叹、曲江之悲的境况。《宋词三百首》重编本以宋徽宗始，以李清照终。将稿本中所录开宕拔之气的范仲淹《苏幕遮》（塞下秋来风景异）删除，而以赵佶词意凄婉的《燕山亭》（裁剪冰绡）为开篇。其他所录如南宋遗民词人王沂孙《花外集补遗》之《法曲献仙音》（层绿峨峨）、姚云文《紫萸香慢》（近重阳）等词皆别有所感，彊村翁欲借论词、选词"以自抒其身世之悲"[2]，蛇灰蚓线，略可识之。《宋词三百首》中前两首词的圈点之句："除梦里有时曾去。无据，和梦也新来不做"（《宴山亭》），"昔年多病厌芳尊，今日芳尊唯恐浅"（《木兰花》），既奠定了选本的基调，又表达了选者的心境。

重编本中删除刻本中的最后一首词即李清照的《浣溪沙》（髻子伤春），而以《永遇乐》（落日熔金）为选本之收束，并圈点出结拍之句：

---

①朱祖谋,龙榆生.彊村老人词评[M]//唐圭璋.词话丛编.上海:上海古籍出版社,1986:4379.

②龙榆生.近三百年名家词选[M].上海:上海古籍出版社,1979:226.

"风鬟雾鬓，怕见夜间出去，不如向帘儿底下，听人笑语。"其删选和圈点之意不难领悟。选者贯穿始终的情感流动，自然而然地在此终结，宋词和加于宋词上的圈点，代替着选者诉说，表达出沉穆而悲郁的思绪。虽然并不彰显，但翻阅之时仍能浸染其中。读至"听人笑语"处，可以想见一代词宗风鬟雾鬓的晚年，唏嘘悲惋之意，实可于其中体会一二。

《宋词三百首》刻本刊行不到百年，而原始版本及其间的多种重印本均已难搜寻，选者之意亦仅能作猜测，颇难凿实。念百年前彊村翁与鹜翁、大鹤山人、蕙风词隐等齐聚吴中，朱祖谋听枫园里"水木明瑟"，郑文焯吴小城所住"激流植援，旷若江村"（《蓦山溪·吴城小市桥》）。一时风会之盛，时人倾羡。斯人风度雅致，百年间竟难以寻觅，不禁令人深为之叹息。

四、唐圭璋笺、注《宋词三百首》

（一）《宋词三百首笺》和《宋词三百首笺注》

唐圭璋笺注《宋词三百首》，先后有笺和笺注两种版本①。王兆鹏《〈宋词三百首〉版本源流考》一文中提及：

> 1959 年，中华书局上海编辑所又重新出版了《宋词三百首笺》，不知何故，此本的选目依照的不是 1947 年的版本，而是依据 1934 年的版本，虽然笺注有所充实，但入选的词作仍不满 300 之数。②

该文指出唐圭璋笺、笺注《宋词三百首》的两个阶段。它们的差别在于：1947 年《宋词三百首笺》的依据是朱祖谋的原编本，1959 年③版《宋词三百首笺注》，依据的是重编本④。就时间而言，《宋词三百首笺》

---

①因笔者未能见到最早的《宋词三百首笺》本即 1934 年（民国二十三年）本，此参考：王兆鹏.《宋词三百首》版本源流考[J].湖北师范学院学报(哲学社会科学版),2006,26(1):85-86.对版本源流的异同也多参考此文。

②王兆鹏.《宋词三百首》版本源流考[J].湖北师范学院学报(哲学社会科学版),2006,26(1):90.

③中华书局上海编辑所出版的《宋词三百首笺注》1958 年发行,1959 年重版。所以 1959 年本"重新出版"的,是 1958 年的《宋词三百首笺注》而非《宋词三百首笺》。

④王水照对此曾有说明:"唐圭璋则特为此书作笺,编成《宋词三百首笺》,先于 1934 年由上海神州国光社初版;后又增加注释,改题《宋词三百首笺注》,由中华书局上海编辑所(上海古籍出版社前身)于1958 年问世。唐氏笺本乃据朱氏'重编稿本'改订,收词人八十一家,词作二百八十三首,已与朱氏原编本不同,故署名'上疆村民重编'。"见:王水照.况周颐与王国维不同的审美范式[J].文学遗产,2008(2):7.

最早刊行于1934年（民国二十三年），由神州国光社出版；《宋词三百首笺注》第1版刊行于1958年，由中华书局上海编辑所发行。就选词而言，前者是以《宋词三百首》的刻本（1924年）为基础，后者是以《宋词三百首》的重编本为基础。就体例而言，前者为笺本；后者是笺注本，唐圭璋依据朱祖谋的重编本，对《宋词三百首笺》做了修改，并加注解而成。从编纂者署名来看，笺本署为朱古微辑，唐圭璋笺；而笺注本署为上彊村民重编，唐圭璋笺注。其后通行的1979年的重印本并非笺本，而是笺注本。易言之，唐圭璋对《宋词三百首》传播的贡献，主要是体现在其笺注本而非笺本上。那么，由笺本到笺注本，又有怎样的差异和变化呢？

首先看笺本：唐圭璋仿查为仁、厉鹗《绝妙好词笺》的体例，于各家词人后考其生平里居，考证本事，并收录各家评论，特别注意收录了晚清以来词家如陈廷焯、谭献、冯煦、王闿运、陈洵、梁启超、王国维等人的评论，且标出"警句""属对""词眼"等。笺本征引书目达200余种，除词律、词谱、词选、词话外，还征引了野史、笔记等。唐圭璋笺本中对朱选中将《忆王孙》的作者李重元误作李甲，《青玉案》作者无名氏误作黄公绍，均做了纠误。吴梅笺序中称唐笺本其善有三：

> 卷中所录，半负盛名，顾如时彦名闻不著，圭璋爬梳遗逸，字里爵秩，粲然具备，其善一也。采录诸词，脍炙万口，诸家评骘，有如散沙。圭璋博收广采，萃于一编，遗事珍闻，足资谭屑，其善二也。彊村所尚在周、吴二家，故清真录二十三首，君特录二十四首，其义可思也。圭璋汇列宋以后各家之说，而于近人中如亦峰、夔笙、孺博、任公、壬秋、伯弢、静安、述叔诸子之言，亦捃撮集录，较他家尤备，力破邦彦疏隽少检、梦窗七宝楼台之谰言，其善三也。①

吴梅笺序中又评曰：

> 《四库提要》论《绝妙好词笺》，以为多泛滥旁涉，不尽切于本事，未免有嗜博之弊。今圭璋所作，博涉群籍又过于厉、查二家，盖为后学辨泾渭，示门户，反复详审，固不厌其词之多也。②

---

① 吴梅.宋词三百首·笺序[M]//朱祖谋,唐圭璋.宋词三百首笺.上海:神州国光社,1948(民国三十七年).

② 吴梅.宋词三百首·笺序[M]//朱祖谋,唐圭璋.宋词三百首笺.上海:神州国光社,1948(民国三十七年).

吴梅此言虽不无首肯笺本博观博取的特色，但也委婉指出《宋词三百首》笺选实不免有"嗜博"之憾。对此嗜博之弊，唐圭璋显然有意矫正，在《宋词三百首笺注》中将有泛滥旁涉之嫌的注释基本芟除①。比较笺本和笺注本，唐圭璋在笺注本中主要做了以下几个方面修改：

其一，在体例上笺注本已改为标点本，在注名方式上也有所改变。笺本中所引之语，其出处或列作者，或列书名，体例不一。笺注本则统一于引语前标明作者，将原署字号的地方均改作名字。笺本中征引书目未标明者，在笺注本中均直接标出，且将书名统一移至引文之后。

笺注本分注解和评笺两部分。对地名、时间、人名、典故做了注解。原"笺释"部分有些移为"注"。笺注本还对笺本所征引的书目及内容做了校对，改用了更为可信的版本。如苏轼《水调歌头》（明月几时有）笺本第1则原引自《坡仙集外纪》，笺注本中将引文出处改为《岁时广记》。笺注本对笺本中引文的内容亦有所删节，如将苏轼这首词笺本中"风兴象高即不为字面碍"等删除，从"此词前半自是天仙化人之笔"起节录，集中于对词的解读。

比较笺本和笺注本，唐圭璋已将说法不甚明确的评语、无关宏旨的遗闻佚事删除，故虽增加了注解部分，但笺注本比笺本要更为简洁、精炼。以陆游《卜算子》（驿外断桥边）为例，笺本收录诸家评语及遗闻佚事共6则，近千字，征引书目有《鹤林玉露》《耆旧续闻》《齐东野语》《随隐漫录》《词统》5种。在笺注本除对"碾"字作注解外，集评仅录了卓人月《古今词统》的一句评语："末句想见劲节。"②另如辛弃疾《菩萨蛮》（郁孤台下清江水）亦是如此，笺本中录诸家评论共13则，笺注本中则将《太平清话》《说海》《归潜志》《齐东野语》等所记逸闻删除，仅存周济、陈廷焯、谭献、梁启超等5则评语。在进行删减的同时，对笺本中有些失收但较为重要的评论予以补录和充实。如辛弃疾《青玉案》（东风夜放花千树），原笺本中仅收录谭献、梁启超评论2则，笺注本则补录了《金粟词话》《人间词话》中的相关评语数则。

其二，不取摘句为评的传统批评方式。在笺本中，大多数词都标注有"警句"或"属对"。但这种摘句的标注方式，关注于佳句警言，有"人巧"之嫌，引起了一些论者的反感，"词旨属对，词旨警句，最害词

①曹济平.唐圭璋与《宋词三百首浅注》[M]//吴熊和,喻朝刚,曹济平,等.中华词学：第二辑.南京：东南大学出版社,1995:210-217.

②朱祖谋,唐圭璋.宋词三百首笺注[M].上海：上海古籍出版社,1979:148.

学"①。在笺注本中，笺本中原征引《词旨》的警句和属对全部被删除，笺本中标为"词眼"的部分亦被汰除殆尽。

唐圭璋回忆由笺本至笺注本的过程云："忆予昔为是书作笺，但侧重评语一面，以后随时增加注解，视原笺差富。"②笺注本虽是笺本的补充，但笺本重集评，笺注本重注释，风格有所不同，而且由于笺注本删除了大量枝蔓部分，故相比较而言，笺注本要更为集中凝练，也更受读者的认可，促进了《宋词三百首》的广泛传播。与唐笺本同时，李冰若也曾笺释《宋词三百首》，惜未能付梓，《花间集评注自序》云："泊来沪上，得彊村翁《宋词三百首》，爱其抢次谨严，昭示正轨，偶为笺释，取便讲授。适旧友唐君圭璋新为是书作注，搜集弘富，将付印行，乃辄自毁其稿。"③颇让人遗憾，也可知当时《宋词三百首》的赏析已进入大学课堂。20世纪中叶，《宋词三百首》的各种注释、新解本，层出不穷，蔚为大观，"创造了令人惊讶的接受历史"④。

（二）从《宋词三百首笺注》到《唐宋词简释》

唐圭璋在笺注《宋词三百首》的基础上，编选《唐宋词简释》⑤，补入唐五代词人，改为以鉴赏为中心的编纂体例，显示出对《宋词三百首》的继承和补充之意。

比较二选的排列序次（仅比较宋词部分）：《唐宋词简释》中所选宋词自范仲淹始，将朱祖谋《宋词三百首》原编本收录，而在重编本中被删除的《苏幕遮》（碧云天）为宋词开篇，与端木埰《宋词十九首》亦一脉相承。除了打破先帝王后女子的排列，将李清照、赵佶重新排列外，其余序次调整的仅有两处：将贺铸、周紫芝分别提前至周邦彦、徐伸之前，其余词人排列先后与《宋词三百首》相同。《唐宋词简释》的宋词部分，增加了13首词，补录1位词人张舜民，其余宋词部分的词人词作均由《宋词三百首》中遴选而出，收宋词176首，共选词232首（其中收唐五代词56首）。

《唐宋词简释》所尚仍为周、吴2家。从选词数量而言，《宋词三百

---

①邵祖平.词心笺评[M].上海：复旦大学出版社，2007：1.

②朱祖谋，唐圭璋.宋词三百首笺注[M].上海：上海古籍出版社，1979：1.

③李冰若.花间集评注[M].石家庄：河北教育出版社，1999.

④彭玉平.朱祖谋《宋词三百首》探论[J].学术研究，2002（10）：123.

⑤《唐宋词简释》成书早而出版较晚，为唐圭璋1940年在中央大学时的授课讲义，1981年由上海古籍出版社刊行，仍属于民国的唐宋词选，故此一并分析。

首》选词数量最多的前几名词人依次为吴文英、周邦彦、姜夔、晏几道、柳永、辛弃疾、贺铸、晏殊、苏轼、欧阳修，《唐宋词简释》则依次为周邦彦、姜夔、吴文英、欧阳修、苏轼、晏几道、秦观、柳永、辛弃疾。比较可知，《唐宋词简释》将朱选中诸家地位稍做调整，稍抑吴文英而揄扬苏轼词，正合朱祖谋晚年以东坡之清旷矫梦窗之密丽的治词轨迹。就选词而言，《唐宋词简释》所补录的13首词①大多是在《宋词三百首》中落选的名篇，如苏轼《念奴娇》（大江东去）、秦观《踏莎行》（雾失楼台）、范仲淹《苏幕遮》（碧云天）等，体现出对《宋词三百首》的补充和修正之意。有争议之作如吴文英《唐多令》及被视为"近曲"之作的曹组词被删除，以合"重拙大"之旨。元初如姚云文、彭元逊二人也被剔除，保持唐宋词选本体例的纯粹性。《宋词三百首》中"名闻不著"的词人如时彦、李元膺、汪藻、朱嗣友等均被删除。

就选宋词而言，《唐宋词简释》比《宋词三百首》多收录1位词人：张舜民。从唐圭璋对张舜民词《卖花声》（木叶下君山）的阐释中，可略知选者之意：

> 此首写登临之感，语颇悲壮。起写登楼之所见，语从《楚辞》"袅袅兮秋风，洞庭波兮木叶下"化出。次记楼中斟酒，不待闻歌，已感古今迁流之苦。下片承上，仍是伤高望远之情。末句，因夕阳而念及君国，含意温厚。②

可以见出，"念及君国，含意温厚"，是该词入选的主要原因。另如增选欧阳修词共4首：《蝶恋花》（六曲阑干偎碧树）"极微妙之兴象"，《浣溪沙》（湖上朱桥响画轮）"无限情味"，《浣溪沙》（堤上游人逐画船）"记泛舟之乐"，《少年游》（阑干十二独凭春）写草色无际，所录贺铸《浣溪沙》（云母窗前歇绣针）"写闺情，微细美妙"，"轻灵异常"，皆为即景抒发，不粘不滞，写来情趣动人之词，自具一番感人肺腑的力量。从唐圭璋所增录的13首词来看，含意温厚之外，更多的是情感轻灵细腻之作，内容也主要为闺思、赏游之类，与《宋词十九首》《宋词三百首》中一脉相承的"顿挫往复、沉郁悲凉之致"，已有较大差异。

在编撰体例上，《唐宋词简释》与"先陈作者之经历，复考证词中用典之出处，并注明词中字句之音义"的笺注体例有所不同。注重于赏析

---

① 以朱祖谋《宋词三百首》重编本为参照。

② 唐圭璋.唐宋词简释[M].上海：上海古籍出版社，1981:114.

词的结构笔法，体会词境，着意于解释不同词家的词作艺术技巧。在"后记"中，唐圭璋阐明其释词是以"拙、重、大之旨"为基石，故重点已在论词，而非注词。故该选可视作《宋词三百首笺注》的补充版本，注重对词心词境词情词意的揣度和琢磨，而非注其音义、故实。对于注释的态度变化，唐圭璋在《南唐二主词汇笺》序中亦有说明："至其词之高妙，与夫词句出处，为人所共喻，或不必注释者，并从省略。盖惧蹈《草堂》之陋习也。"①《宋词三百首笺注》中爬梳遗逸的字里爵秩、博收广采的遗事珍闻，在《唐宋词简释》中均被删除，连词人小传也一并省略。在体例上，实现了由笺注体向鉴赏评析体的转变；在选词上，稍抑梦窗词而揄扬东坡词，对《宋词三百首》做了一些补充和修正，可视作《宋词三百首》的姊妹之选。

本 章 小 结

从冯煦《宋六十一家词选》到朱祖谋《宋词三百首》，呈现出清末至民国初期选宋词的清晰脉络。冯煦《宋六十一家词选》提出词心说和本色论，揄扬姜夔、吴文英词，肯定柳永词"北宋巨手"的地位，体现出兼容并蓄的词学主张。端木埰《宋词十九首》是清季重拙大思想之"权舆"，被誉为"清季词学之祖灯"。该选偏倚南宋，宗尚清雄之词，多收录伤怀念远，感深家国之作，流露出沉郁悲凉的色彩，与《宋词三百首》可谓消息相通。

《宋词三百首》是清末至民国初期最重要的宋词选本。朱祖谋在《宋四家词选》和《宋七家词选》的基础上，以体格、神致为编选标准，并举意格和词法。3次增删，由北宋向南宋偏倚，亟力推举周邦彦和吴文英词。经过唐圭璋等的笺注和评析，《宋词三百首》得以广泛传播，与《唐诗三百首》并行，成为唐诗、宋词的经典选本。

---

①唐圭璋.南唐二主词汇笺自序[M]//施蛰存.词籍序跋萃编.北京:中国社会科学出版社,1994:13.

第六章　胡适《词选》与白话文运动

　　清末至民国初期词坛风气之转移，主要受到两方面的影响：一是来自"体制内"的，以朱祖谋为代表；二是来自"体制外"的，以王国维、胡适为代表①。前者的表现是一大批专业治词的早期词学研究者，将乾嘉学派的治学方法与词学研究相结合，创立了词学校勘学、注疏学等；后者的表现是积极引入西方文艺理论，促进了传统词学的现代转型。巧合的是，"体制内"的朱祖谋以《宋词三百首》奠定其词学史的地位；"体制外"的胡适在词学方面的影响，也主要体现在选本即《词选》上。《词选》的选词规模略胜于《宋词三百首》，共选词351首②。《宋词三百首》刊行于1924年（民国十三年），《词选》刊行于1927年（民国十六年），分别代表了晚清至民国初期词坛传统与革新的不同思潮。宇文所安在《过去的终结：民国初年对文学史的重写》一文中，将这2种选本与10年后刊行的《宋名家词选》做了比较：

　　朱孝臧的《宋词三百首》(1924年)代表了词家的传统(唐圭璋在1947年对之进行笺注)；胡适1927年的《词选》则全然符合五四的传统；胡云翼1962年的《宋词选》基于1937年的《宋名家词选》，代表了对五四样板的发挥。共和国建立以后出版的选集在选材取舍方面都基本上追随胡云翼的选本。③

　　这3种民国词选显示出晚清民国词坛的主要思潮和纷争，也对现代词学有着深远影响。本章主要关注胡适《词选》对民国词学发展的影响，并略及白话文运动前后的几种唐宋词选本。

---

①胡明.一百年来的词学研究:诠释与思考[J].文学遗产,1998(2):16-29.

②有学者注该选时,就改其名为《胡适选唐宋词三百首》。见:胡适,絜絜.胡适选唐宋词三百首[M].北京:东方出版社,1995.

③宇文所安.过去的终结:民国初年对文学史的重写[M]//刘东.中国学术:总第5辑.北京:商务印书馆,2001:196.

第一节 《词选》的形式特征与民国初期词体革新的新诗化倾向

1927年（民国十六年），胡适《词选》①由商务印书馆出版，收录入新中学文库。1947年（民国三十六年）第3版印行，为新学制高级中学国语科教材之一种，也成为胡适倡导"真正有功效有力量的国语教科书"②的代表作。龙榆生曾云："自胡适之先生《词选》出，而中等学校学生，始稍稍注意于词；学校中之教授词学者，亦几全奉此书为圭臬；其权威之大，殆驾任何词选而上之。"③可见《词选》在当时的影响。

《词选》除了作为教材传播唐宋词外，也记录了晚清至民国初期词体观念的转变，反映出长短句式对新体诗创作的影响。胡适认为词是诗的进化，形式自由，更能达曲折之意，传宛转顿挫之神④，胡适所倡导的新体诗，从一开始就是以长短句的形式出现的⑤，这正是《词选》编写的背景。

一、新式标点与分行：被"新诗化"的唐宋词

1919年（民国八年），胡适在《请颁行新式标点符号议案》（修正版）⑥中，将句号、点号、冒号、分号4种点断文字的符号归于"点"的符号或句读符号；而将问号、引号等用来标记语句性质种类的归入"标"的符号。在胡适《词选》之前的词集、词选中，采用的是以阕（片，叠）为一整体，阕（片，叠）与阕（片，叠）之间空两格，但不分行另起的方式排列，且一阕（片，叠）之中不分行，不分段，完全成为

---

①1927年（民国十六年），商务印书馆刊行胡适《词选》，分新学制高级中学国语科用的学生教材和通行本两种版本。1928年（民国十七年）再版，1930年（民国十九年）三版，1947年（民国三十六年）收入新中学文库。版本差异不大。

②胡适.所谓《中小学文言运动》[M]//胡适.胡适论学近著：第一集.上海：上海书店，1989:541.

③龙榆生.龙榆生词学论文集[M].上海：上海古籍出版社，1997:304.

④胡适.胡适留学日记[M].长沙：岳麓书社，2000:477.

⑤关于清末至民国初期的词体观念以及词化诗的创作，参见:彭玉平.民国时期的词体观念[J].文学遗产，2007(5):111-121.

⑥胡适.请颁行新式标点符号议案(修正版)[M]//胡适.胡适文存：卷一.上海：上海书店，1989:157-174.文末署提议人为马裕藻、周作人、朱希祖、刘复、钱玄同、胡适.

一个整体，仅偶有依词谱加圈法标节拍的情况。较早给词集加"新式"标点的是清代的丁绍仪，在其《听秋声馆词》中，已经出现了逗号、顿号和句号3种标点符号。丁绍仪的尝试对胡适不无启发，胡适对所选的词进行了分行及标点，这在以往的词选中是不曾出现的。

1920年（民国九年）3月，胡适新诗集《尝试集》出版。3年后，胡适才开始编写《词选》，《词选》中体现出来的不仅是选者的取舍，还有胡适对古典诗词的"新诗化"创造。通过标点、分行等形式，胡适在《词选》中对唐宋词进行了白话化、新诗化的再创造。

（一）新式标点

胡适标点词，往往不遵循《词律》，而根据意义和文法的"自然区分"来标点词[1]。客观而论，胡适对与词所作的新式标点，有助于帮助读者理解文义。胡适对此也颇为自得，他认为王、朱诸刻不加句读，阅读不便。褒扬赵万里《校辑宋金元人词》用点表逗顿，用圈表韵脚的方式，为读者的阅读增加了不少便利[2]。在新诗创作中，胡适指出需注意从内部的组织即层次、条理、排比、章法、句法等方面来实现新体诗和谐自然的音节。这一点，在其标点词时也表现出来。对长短句自然音节的间隔、停顿及对词之句法的重视，在清代词论中就有相关论说，晚清无名氏所撰《词通》也有翔实的举例。

关于符号，胡适认为："种种符号都是帮助文字达意的。意越达得出越好，文字越明白越好，符号越完备越好。"[3]对实用文体而论，其言不虚，但诗词的赏鉴，却有所不同。文法与语义的连贯性和完整性，往往是构成诗词意境的重要因素。可在阅读时作一些语气的停顿，不可也不必将这种自然音节的断续、词组内部的顿挫截然区分开来。胡适运用"完备"的标点符号，将这种听觉上的自然区分转化为视觉上的停顿和分隔，严重影响到阅读与理解。如将李清照《声声慢》句读并分行为[4]：

寻寻，觅觅，\ 冷冷，清清，\ 凄凄，惨惨，戚戚。

---

①对于胡适词选中标点与词律、词谱的异同之处详见:聂安福.胡适的词学研究与新诗运动[J].长江学术,2007(2):42-48.

②胡适.校辑宋金元人词序[J]//赵万里.校辑宋金元人词.北平:国立中央研究院历史语言研究所,1931(民国二十年).

③胡适.论句读符号[M]//胡适.胡适文存:卷一.上海:上海书店,1989:146.

④分行用 \ 表示。

该词7个叠字的运用历来为人称道,运用齿音、舌音的效果,营造出细碎凄清的听觉感受。胡适将"寻觅""冷清"这几组双音节词,分隔为"寻寻""觅觅""清清""惨惨"等单纯的叠字,使得起3句的意境失之殆半。分行造成视觉效果上的间隔和语气的间断,明显削弱了词的感染力。原句中对彷徨寻觅、固执不愿放弃,但周遭环境及内心深处的促迫,却重重袭来、层层加深,逼仄出无处可逃的孤寂感的书写,通过胡适句读后,显得支离破碎不成片段。其句读并未被广泛接受,现代词选中,这首《声声慢》一般被标点为:"寻寻觅觅,冷冷清清,凄凄惨惨戚戚。"

词境之美,譬如远山烟水,美在不即不离之间。胡适将"文字越明白越好,符号越完备越好"的原则运用于词,使词体之幽隐盯愉、茹而不尽的曲婉,显豁无遗。词体的美感,也在这种求备、求明白的标点中消失大半。举数例如下:

> 拂了,一身还满。(李煜《清平乐》)
> 更行,更远,还生。(李煜《清平乐》)
> 寸心,千里目。(韦庄《谒金门》)
> 黄昏,微雨,画帘垂。(张泌《浣溪沙》)
> 多情,多感,仍多病。(苏轼《采桑子》)
> 明月,明年何处看?(苏轼《阳关曲》)
> 林断,山明,竹隐墙。(苏轼《鹧鸪天》)
> 更深,人去,寂静。(周邦彦《关河令》)
> 侧帽,停杯,泪满巾。(朱敦儒《鹧鸪天》)

"更行更远还生",抒写绵延不绝的离愁别恨,如绵绵春草,无尽无止。"更"字的叠复,把情感累加的动态变化及其挥之不去的愁绪再现出来。以春草之生长,比喻悄然而倔强生长的离恨,语新警而意缠绵。标点后,将六字句变为3个二字句,短促的词语,频繁的停顿,截断和割裂了原词回环往复、不能释怀的深情。"拂了一身还满",既有着长久伫立树下的时间跨度,也蕴含着世事无凭的感慨,标点后的两个短句,带有了一些戏谑的语气,破坏了原词的意境。"林断山明竹隐墙",写雨后天晴,青山苍翠、竹影憧憧的满目清新,而标点后则将其间由近及远,由远而近的延续感截然中断、略无余意。"多情多感仍多病",叠用3个"多"字蓄势而成的心理重负,被点断后,已失去其愈来愈深的情感色彩，而变成 3 个词组的简单并列。"寸心，千里目"，将离人倚阑凝望的惆怅和企盼分割开来。其他如"侧帽，停杯，泪满巾""明月，明年何处看?"等，都因为细致完备标点符号的加入，使长句变为短促的词语排列，语气断续，已很难呈现出原词之意境。

除了句号、逗号、顿号外，在《词选》中，胡适还采用了惊叹号、冒号、问号、引号、破折号等标点符号：

惊叹号：

如何!＼遣情情更多。(孙光宪《思帝乡》)

冒号，问号：

含笑问檀郎：＼花强? 妾貌强?(无名氏《菩萨蛮》)

破折号：

夜久歌声怨咽，——＼残月，——＼菊冷，露微微，＼看看湿透缕金衣。——＼归摩归? ＼归摩归?(顾敻《荷叶杯》)

这些句子在加上感情色彩鲜明的标点后，本需涵咏再三才能感悟的曲折蕴藉，被直接呈现出来。虽然明了，却少了含蓄婉转的韵味，有支离破碎之感。

《词选》之后的民国词选，大都采用新式标点。但对滥用新式标点而破坏诗词意境的情况，有选者提出了批评。如丁寿田、丁亦飞指出，新式标点乃白话文法之产物，施于古典诗词则未必恰当，因为古典诗词之妙，正在意境浑含之美，"不便以新式标点强行分凿"[①]。陈匪石也主张词不必采用新式标点，而主张仅以圈来注明韵叶，以示节拍所在即可[②]。

（二）分行

标点符号之外，胡适仿照新诗的形式，将词分行排列。在分行上又显示出较大的随意性，如将七字句、五字句分成三四句式、四三句式、二三、三二句式等两行或数行，虽大都按语气停顿来分，但并无定则。是否分行，胡适似乎更重视视觉上的美感。如选本中所录《思帝乡》：

---

① 丁寿田,丁亦飞.唐五代四大名家词[M].上海:商务印书馆,1940(民国二十九年):2.

② 陈匪石,钟振振.宋词举[M].南京:江苏古籍出版社,2002:185-186.

> 春日游，
> 杏花吹满头。
> 陌上谁家年少足风流？
> 妾拟将身嫁与，一生休。——
> 纵被无情弃，不能羞。

　　这首词在标点、分行后，在视觉上具有叠垒的建筑式美感，给阅读中注入一种缓缓的气息。这种方式在新体诗的创作中被广泛运用，但大多数的分行则将五字句、七字句特有的吞吐婉约的语气分割。分行之后的词，在视觉效果上极似新体诗，断续的语气及意象的排列，都反映出新体诗的影响。

　　当然，胡适的标点和分行并非毫无意义，胡适将问号、惊叹号、分号、破折号等标点符号大量运用于词的句读中，对于读者理解词的内涵确实有一定的帮助。所以，其中的许多用法至今仍然保留，如李煜《虞美人》上阕就因标点符号的加入而更显凄怆：

> 春花秋月何时了？往事知多少？小楼昨夜又东风，故国不堪回首月明中！

　　连续两个问号和歇拍的惊叹号，蕴含今昔对比的万千感喟。有些分行因从韵脚处断开，故在分行后读来仍富有音韵美，为新体诗创作的最佳范本。如李煜《相见欢》：

> 林花谢了春红，＼太匆匆！＼无奈朝来寒雨晚来风！＼胭脂泪，＼相留醉，＼几时重？＼自是人生长恨水长东！

　　总结胡适句读分行的得失，词之分行往往把缠绵而延续的语气片段化，未必需要。至于句读，按词律标出句、韵即可，对语句的自然停顿，如五字句、七字句之一四、三四等句式的句读，不仅毫无必要，也明显破坏了词的整体意境。1928 年（民国十七年），王君纲编《离别词选》，辑录历代咏离别之词，也采用了胡适《词选》的分行方式，王君纲在序言中申明：“书中关于分行和标点，我要负完全责任”[①]，并诚恳地盼望读者对其得失加以批评。王君纲对词的分行和标点尚是怀着惴惴不安的尝试之态度，但胡适对《词选》的分行和标点，就显得自信和自如

---

①王君纲.离别词选[M].上海:良友图书印刷公司,1928(民国十七年):1.

许多，这与胡适新体诗创作的主张是分不开的。《词选》之后的大多数词选中，分行及对语气停顿加以标点的方法，并未被广泛采用。

胡适在《词选》中，对唐宋词所作的形式上的改变，反映出这一时期，诗词文体的互动样态。新体诗最初以词的长短句为载体形式，出现了"词化的诗"，而当新体诗的文体形式逐渐完成时，词反而成为新体诗同化的对象。当然，这种同化，主要表现为对唐宋词的"再创造"，而非体现在词的创作中。也反映出在外来文化的强势冲击下，近代诗词革新有意无意吸收外来文化、文学的影响，而表现出来有些杂糅的特色。

二、外来文学样式的驳杂影响

《词选》对唐宋词的"再创造"，并非只是为了选编一本明白如话的选本，还包含了胡适在新体诗创作中的尝试以及收获，带有当时中西方文化交流的印记。作为新体诗的倡导者，《词选》中也反映出新体诗演变中文体形式上的种种表征。长短句的形式运用到新体诗的写作中，除了词之形式更为自由更适合白话文，原因是此时国人所接受的西方外来文学样式中，无论是格律诗还是自由诗都表现为长短不拘的形式。

晚清至民国初期从形式上对古典诗词进行改良，出现了新体诗等诸多新的文体样式，表现出一定的文化指向。这种指向"与特定时代的文化精神是统一的。文体产生与演变也同样指向时代的审美选择与社会心态"①，反映出这个时代的文化精神。这种审美选择又受到当时社会心态的影响，表现出对外来文化略显仓促的被动接受，体现出中西方思想交锋的青涩和生硬感。但正如近代新词汇接受了大量日语词汇一样，东西方文化交流对于文学体裁的影响也不容忽视。

胡适对中西方文化的态度极为复杂，正如余英时所言，既有由强国与弱国、刀俎与鱼肉的"片面压迫关系"②形成的愤恨，也有积极吸纳西方文化甚至全盘西化的倾向。因为白话词在创作实践上并未真正成功，所以白话词的概念主要表现在《白话文学史》和《词选》中，即唐宋词中的"白话词"。胡适通过标点、分行，强化了唐宋词的简易化倾向，也体现出接受外来文化的痕迹。

---

① 吴承学.中国古代文体形态研究[M].北京：北京大学出版社，2013:3.
② 余英时.五四文化精神的反省与检讨[M]//胡适,余英时,等.胡适与中西文化.台北：水牛图书出版事业有限公司,1984:348.

（一）意境的割裂和意象群的凸显

意象是诗人借以表达主观情思的客观物象。谈到诗歌的意象，胡适曾言："凡是好诗，都能使我们脑子里发生一种——或许多种——明显逼人的影像。"①在词的标点分行中，胡适有意识地凸现了词的"影像"，即将词的意象分解出来。使浑融一体的意境被割裂和分解为许多独立的意象，将词若即若离、含蓄深邃的审美感受碎片化，造成阅读上的平面化和陌生感。《词选》多录小令词，经过细琐的标点，表现出意象密集的倾向。如：

> 云淡，水平，烟树簇。（韦庄《谒金门》）
> 斗转，星移，玉漏频。（和凝《江城子》）
> 江阔，云低，断雁叫西风。（蒋捷《虞美人》）
> 杨柳岸，晓风，残月。（柳永《雨霖铃》）

所举除了第4句为3个名词词组并列外，其余3句大都是主谓词组的并列。七字句被细分为二二三，三二二字句，把本是语气中的自然停顿标以符号的间隔。撇开词之原意，这些句子在标点后带有鲜明的新体诗的影子。将这些两字式的主谓词组延伸开来，比如"江阔，云低，断雁叫西风"，若加上适当的修辞，是不难写出类似"圆天盖着大海，黑水托着孤舟"（周无君《过印度洋》）这样的句子的。因为标点的分割，这些原本混融为一体的意境之营构展现为一组组意象的并列，并因为意象的相关性而成为意象群的组合，将词的留白叙述转换为客观可感的图像式呈现，强化了意象的动态美，如"斗转，星移，玉漏频"，侧重描述一组动态的意象；同时突出色彩感、声响感，而淡化了在意象之后的抒情因素。试比较"云淡水平烟树簇"与"云淡、水平，烟树簇"的阅读感受即可明了。词本为合乐而作，不同的词牌词调表达出不同的感情色彩，长短句的交错体现自然音节的韵律之美，音声的美感配合词作的内容，相得益彰。《词选》中的意象组合法，将词体之无尽意蕴的内敛式表达，转为纷然呈现在读者面前的诸多图像化陈列。如温庭筠《诉衷情》：

> 莺语，花舞，春昼午，雨霏微。金带枕，宫锦，凤凰帷。柳弱，蝶交飞，依依。辽阳音信稀。——梦中归！

---

① 胡适.谈新诗[M]//胡适.胡适文集:第2卷.北京:北京大学出版社,1998:145.

　　全词经胡适的标点和分行，呈现为9个意象的组合。使得该词变得晦涩而纷乱，在密集的意象中，寻找贯穿始终的抒情线索就较为困难。胡适《词选》中重意象轻意境的倾向、及因此而呈现出来的对诗词图像化的分解，与美国意象派诗人埃兹拉·庞德的主张非常相似。庞德通过向中国古典诗词学习而创立了意象派，以其鲜明的色彩感、声响感及富有动态美的意象叠加，自成一体。胡适把经过庞德"加工"后的意象，再次带回中国古典诗词中。易言之，胡适的重意象轻意境的倾向，正是庞德学习中国古典诗歌的得失之所在，不过在胡适《词选》中重新体现出来罢了。这种注重平面式意象的营构方式，也影响到其后的新体诗创作。20世纪初，中国古典诗歌曾深刻地影响了美国的新诗运动[①]，值得回味的是，中国新体诗的改革者们，又从这种以"美国化的中国诗"为楷范的美国新诗运动中，接受了还带有中国印象的英美诗歌的影响。

　　胡适在美国留学期间，对意象派诗歌表示出极大的兴趣，曾在日记中摘录了意象派诗歌的六大原则：

　　1. 用最普通的词句，但必须是最贴切的；不用近似确切也不用纯粹修饰性的词。

　　2. 创造新韵律用来表达新情感，不是去照搬旧韵律，那只是旧情感的回响。我们并不坚持把"自由体"作为唯一写诗的方式，我们为它争一席之地在于它代表自由的原则。我们相信，作为个体诗人用自由体可能会比用传统模式表达更充分，就诗歌方面而言，新韵律意味着新理念。

　　3. 在选择诗的主题时允许有绝对自由。

　　4. 表达一种印象（因此而得印象主义者之名）时，我们不是一群画匠，但我们相信诗歌应唤起人们心目中特别准确的而不是模糊的表象，不管其多么壮美、多么洪亮。

　　5. 创作清晰、明朗的诗歌，决不要模糊不清。

　　6. 最后，我们中的绝大多数相信诗的本质是浓缩。[②]

　　引文中的"印象"即 image（也可翻译为意象）。从六大原则中，可

---

　　①美国著名诗人 W.S.Merwin 说："到如今，不考虑中国诗的影响，美国诗就不可想象。这种影响已成了美国诗自己传统的一部分。"*Ironwood*，No17，P.18.引自：赵毅衡.远游的诗神·小引[M]//赵毅衡.远游的诗神.成都：四川人民出版社，1985:1.

　　②胡适.胡适留学日记[M].长沙：岳麓书社，2000:743-744.此仅录中译部分。

以看出胡适白话文运动以及创作白话词、词化的诗的一些理论依据。胡适显然是非常认同这六大原则的，直言"此派所主张，与我所主张多相似之处"①。应该说，胡适最初创作新体诗的一些概念和想法，都受到意象派较大的影响，胡适所提出文学作品的三大要素："第一要明白清楚，第二要有力能动人，第三要美。"与意象派的主张确有许多相似之处。

埃兹拉·庞德翻译了大量中国古典诗词，提倡在美国新诗创作中借鉴中国古典诗歌的写法，试图用英语表达中国古典诗歌的意蕴。意象派的六大主张，启发了胡适撰写《文学改良刍议》一文②。而庞德的创作和主张，归根溯源，是受到中国古典诗词的影响。也足可见出清末至民国初期中西方文学交流、碰撞的痕迹。研究晚清民国词坛风气之转变，此亦是不可忽视的因素。

（二）用韵的变化

"中国之新体白话诗，实暗效美国之Freeverse。而美国此种诗体，则系学法国三四十年前之Symbolists。"③吴宓此言与1929年（民国十八年）赵景深将新体诗划分为词化的诗、自由诗、小诗、西洋体诗、象征诗5个时期的说法相似。赵景深将李金发、胡也频、戴望舒等人视作"拟法国象征诗派"④的新体诗代表。象征派与印象派都有图像化的共通之处，此处仅就自由诗、西洋诗略作论述。美国自由诗对新体诗的影响是显而易见的，白话文运动对其采取了"拿来主义"态度。徐珂在《历代女子白话诗选·序》中，就指出新诗与自由诗（freeverse）相仿佛。自由体诗由美国诗人惠特曼开创，其主要特点是形式不拘，结构自由，不讲格律，不拘音步，不押尾韵。在形式上与长短句相近。主张抒写生活中"那个最普通、最廉贱、最相近、最易遇到"的"我"的生活。这与白话文运动的平民化主张莫不符契。《草叶集》带有从桎梏中挣脱的自由气息，对近代中国的文学改良运动影响甚大。

①胡适.胡适留学日记[M].长沙:岳麓书社,2000:744.

②《中国现代文学三十年》中指出白话新诗运动的主张就是直接受到美国意象派的影响："正是在'意象派'的启发之下，胡适写了《文学改良刍议》一文，提出'文章八事'。胡适还引发了'意象派'诗人庞德关于诗歌要靠具体意象的主张，提出描写'具体性'，'能引起鲜明扑人的影象'的'新诗'，倡为白话新诗运动"。见:钱理群,温儒敏,吴福辉.中国现代文学三十年[M].北京大学出版社,1998:12-13.

③吴宓.论新文化运动[J].学衡,1922(民国十一年)(4):5.

④赵景深.最近三十年中国文学史·序[M]//陈子展,徐志啸.中国近代文学之变迁最近三十年中国文学史.上海:上海古籍出版社,2000.

　　自由诗的写法，在中国的新体诗中得到模仿并迅速流行，但其弊端也是明显的。不拘一格的自由体诗若无真挚的内涵，极易流入油滑一途，所以一些新体诗实践者试图寻求新的出路，开始向西方格律诗学习。汲取英美格律诗换韵较为灵活、音韵宛转的特点，这对新诗创作无疑是有益的。《词选》刊行前后，徐志摩、闻一多开始提倡"诗的格律"；其后冯至也主张将诗歌的创作与音乐性相结合。在他们的作品中，如徐志摩《再别康桥》、闻一多《死水》，都具有很强的艺术感染力；而胡适《尝试集》中的作品，也并非完全摈弃音韵之美。

　　胡适明显受到英国格律诗写作方式的熏陶，并且模仿其体例进行英文诗歌的创作。胡适在美国留学期间曾尝试用十四行诗（Sonnet）的格式创作 *On the Tenth Anniversary of the Cornell Cosmopolitan Club*[①]（1914），及 *Absence*（1915）等，十四行诗为七音三步半抑扬格，用韵的方式有7种，如 abab \ cdcd \ efef \ gg，abba \ abba \ cde \ cde[②]，等等。与中国古典诗词的押韵方式相似，但用韵较为灵活，一般两步抑扬格后可以换韵。这种用韵方式，比较适合于采用长短句形式的新体诗。但英文字母的这种抑扬格形式，除了在诵读效果上有音声顿挫的美感外，也因为押韵如 west，east，priest 的排列之变化，配合英文诗歌长短不一的句式，在视觉上形成反复迭转的美感。使得句与句之间的转换，通过流畅的音乐美和视觉上的形式美统一起来，这是由拼音文字读、写相符的特殊性造成的。但英美格律诗翻译成中文，则很难呈现这种美感，所以新诗作者在模仿这种翻译过来的格律诗时，往往学到的仍只是自由体诗的形式。如胡适在英文诗创作中，遵守十四行诗的体式要求，在韵脚之间反复斟酌，但胡适自己所附的中译，就完全失去了十四行诗特有的形式美和音韵美。如果读者只是从中译本来接受自由诗和格律诗的影响[③]，那么，这两种诗歌的形式就较为相似，都体现为结构自由、不拘格律的外在特征。

　　但胡适是直接从英美格律诗而非中译本中，体悟其音声之美的。他能创作十四行诗，而且颇有兴趣。从《词选》中也可看出胡适对音韵之

　　①胡适.胡适留学日记[M].长沙：岳麓书社，2000：345-348.

　　②十四行诗（Sonnet）共十四行，每行十音五尺（步），其用韵法有7种，abab \ cdcd \ efef \ gg，abab \ bcbc \ cdcd \ ee，abba \ abba \ cdc \ dcd，abba \ abba \ cde \ cde，abba \ abba \ cdd \ ccd，abba \ abba \ cdc \ dee，abba \ abba \ cdd \ cee，可参见：胡适.胡适留学日记[M].长沙：岳麓书社，2000：348-350.十四行诗的体例和写法对中国新体诗产生了一定的影响，冯至等也创作过十四行诗。

　　③有些译者特别注意了这一点，以中国格律诗词的形式来翻译英美格律诗，以传达不同语言形式之间的共通点。

美有较好的把握。胡适曾以辛弃疾《水调歌头》为例，教学词者体会如何在同调各首的吟读之中，"玩其变化无穷仪态万方之旨"①。在英美诗歌中寻求与中国古典诗词的相似之处，加以模仿，又运用到对中国古典诗词的"再创造"中，胡适对于十四行诗的热衷大抵是此意。

（三）形式美

十四行诗不仅通过押韵达到听觉上音声抑扬顿挫的美感，还因为拼音文字押韵的特点，在视觉上造成回环往复的效果，使诗歌不仅具有音韵美，还具有建筑美。胡适对这种形式美较为关注，虽然《词选》中所选的唐宋词在字数上以及句数上是固定的，但是可以通过标点和分行，对唐宋词进行"拆分""重组"，而且这种拆分、重组，又有着较大的自由度（特别是胡适往往不依《词律》来标点），即是否把一句之间的间隔分行排列成为短句，或者将下句与上句相连形成为长句等，都取决于选者。胡适就有意识地对唐宋词进行"再创造"，以形成一种以外形组合来架构的建筑美。以苏轼《江城子》为例，在现代词选中普遍采用的标点分行形式为：

十年生死两茫茫，不思量，自难忘。千里孤坟，无处话凄凉。纵使相逢应不识，尘满面，鬓如霜。　　夜来幽梦忽还乡，小轩窗，正梳妆。相顾无言，惟有泪千行。料得年年肠断处，明月夜，短松岗。

胡适《词选》中标点分行后的《江城子》：

十年生死两茫茫；
不思量，
自难忘。
千里孤坟，无处话凄凉。
纵使相逢应不识，
尘满面，
鬓如霜。

夜来幽梦忽还乡；
小轩窗，
正梳妆；

①胡适.胡适留学日记[M].长沙:岳麓书社,2000:511-513.

相顾无言,惟有泪千行。——

料得年年肠断处,

明月夜,

短松岗。①

　　比较以上2首同质异形的词,可以发现胡适在英美文学样式的影响下,对词体所做的改造。从形式上看,苏轼《江城子》在《词选》的排列,具有一种层层蓄势、层层累积的视觉效果。胡适把上下阕断为8句,又将8句中的第4句、第5句组合起来,成为7行,其中又以组合而成的第4行最长,表达的情感也最为沉痛。胡适如此排列的主观原因,是以唐宋词为底本,来尝试白话词的形式创造。但客观而言,作为合乐而唱的词,在其产生初期也并非是整齐地排列为阕(片、叠)的,而是配合乐谱对句式作延续或压缩的,胡适不过借用了英美诗歌的形式,来还原这种延伸感或压缩感。

　　对形式美的注重,是当时新体诗创作中的普遍风气,宝塔诗就是这种一味讲究形式美的"劣质产品",胡适也创作宝塔诗②。这种既无诗题也无意旨,而且用语俚俗的文字游戏,因其说时迟、写时快,"何用费心思"的写法,对现代新体诗的创作产生了一定的负面影响。

　　拼音文字主要通过字母的不同排列组合来实现语义的承载和表达。就单个词而言,很难传达出美感,需要以群的方式,通过押韵时音形相近的排列,来达到建筑美的效果,形成回环婉转之美。而方块字所具有的建筑之美本身就体现在单个汉字的架构当中,每一个字都具有丰富的内涵和外延,简单模仿拼音文字以群排列的方式,显然并不能真正展现诗歌的形式之美。

　　从《词选》中,读者可以清晰地感知当时新体诗的创作倾向。以上从《词选》的标点和分行等形式特征所作的分析,并未能完全概括新诗以长短句为主要形式的复杂原因,但可从侧面反映晚清词坛所受外来文化的驳杂。闻一多在《晨报副刊》中提出"建筑美、音乐美、绘画美"三大主张,在意象派、象征主义和英国格律诗之间,寻求适合新体诗创

---

①胡适.词选[M].上海:商务印书馆,1947(民国三十六年):104-105.词中之注未引录。

②胡适曾答胡明复之"宝塔诗",胡明复诗为:"痴! ＼适之! ＼勿读书! ＼香烟一支! ＼单作白话诗! ＼说时快,做时迟, ＼一作就是三小时!"胡适的答诗为:"咦! ＼希奇! ＼胡咯哩! ＼勿要我做诗! ＼这话不须提。＼我做诗快得希! ＼从来不用三小时。＼提起笔,何用费心思? ＼笔尖儿嗖嗖嗖嗖地飞, ＼也不管宝塔诗有几层儿!"

作的途径。从一定意义上说，《词选》是胡适试图将种种外来文化与中国传统文化相结合的产物，其中特别体现出对建筑美、绘画美（图像美）的有意追求。这种尝试体现出晚清至民国初期诗词界的大胆革新，也折射出当时新诗创作中的利弊。

通过对《词选》所选词之形式特征的分析，不难发现古典诗词向新体诗词转变的痕迹和互为表里的传承关系。词化的诗以及新体诗的诸种形态，反映了晚清至民国初期词坛审美心理结构的变化，"时代和群体选择了一种文体，实际上就是选择了一种感受世界、阐释世界的方式"①。在驳杂的外来文化的冲击下，新体诗、白话词的出现，代表着当时文体改良的尝试和选择。其尝试和选择并没有违背词体演进的规律，可惜的是，其中诸如意象派提出的"我们并不坚持把自由体作为唯一写诗的方式"等合理性原则，在白话文运动中被"合理地"过滤掉了。

第二节　白话词与短暂的"词界革命"

1899年（光绪二十五年），梁启超在《夏威夷游记》一文中，正式提出"三界革命"的口号，倡导诗界革命、文界革命、小说界革命和戏曲改良运动。独对词体持了一份"保留"态度，词也因此更多地保留了传统文学的特质，相比较古典文学其他领域，词学"被正统化的程度远远为小"②。究其原因和实质，张宏生在《诗界革命：词体的"缺席"》③一文中论析甚详。那么，自晚清至五四时期，究竟有没有词体革新的尝试和构想呢？答案是肯定的。不过其影响有限，而且很快就消解和融入到声势浩大的新诗运动中。胡适的白话词创作和所编白话词选，就体现出对"词界革命"的尝试。他试图通过白话词的创作和白话词选的编选，对词体进行改良，但并未取得实质意义上的成功。

①吴承学.中国古代文体形态研究[M].北京:北京大学出版社,2013:3.
②宇文所安.过去的终结:民国初年对文学史的重写[M]//刘东.中国学术:总第5辑.北京:商务印书馆,2001:198.
③张宏生.诗界革命:词体的"缺席"[J].南京大学学报(哲学·人文科学·社会科学),2006,43(2):112-120.

一、白话词、词化的诗及新体诗

何谓白话？胡适解释为三层含义："一是戏台上说白的'白'，就是说得出，听得懂的话；二是清白的'白'，就是不加粉饰的话；三是明白的'白'，就是明白晓畅的话。"①

1898年（光绪二十四年），裘廷梁创办《无锡白话报》，发表《论白话为维新之本》一文，将白话作为维新的旗帜，言文合一在报纸、杂志中成为普遍趋势，全国各地共创办100余种白话报刊②。在中高等学校中，有关白话诗词写作的教程和讲义也广泛盛行。如1921年（民国十年）的《白话诗文谈》③，就是胡怀琛在江苏第二师范、神州女学校授课时的讲义；1930年（民国十九年）丘玉麟著《白话诗作法讲话》探析白话诗的作法，也在扉页注明"中等学校及自修适用"④。与此同时，也涌现出大量以白话为编选标准的诗选词选。如浦薛凤编《白话唐人七绝百首》，徐珂编《历代白话诗选》《历代女子白话诗选》，凌善清编《白话唐诗五绝百首》《白话宋诗七绝百首》《白话宋诗五绝百首》《白话唐诗古体诗百首》，等等。这些白话诗词选在当时颇受读者欢迎，以凌善清《白话唐宋古体诗百首》为例，该选在1921年（民国十年）由上海中华书局初版，至1933年（民国二十二年），就已再版了7次，其盛行状况可见一斑。

赵景深将新诗分为词化的诗、自由诗等5个时期⑤，其中列首位的是词化的诗。词化的诗代表了清末至民国初期新体诗创作向词体借鉴的过程，表现出新体诗与词混沌不分的状态。但在"词化的诗"之前，胡适还尝试创作了一种介于词与新诗之间，更多地带有词之特征的文体形式——白话词。虽然此类作品并不多，创作时间亦不长，并且在钱玄同等的劝诫下，很快过渡到词化的诗，但是这一文体却体现了胡适进行词体革新的实践，也是"胡适之体"形成的重要基础，对近现代新体诗创作产生了较大的影响。

---

①胡适.白话文学史[M].北京:东方出版社,2012:7-8.

②龚书铎.中国近代文化概论[M].北京:中华书局,2002:198.

③胡怀琛.白话诗文谈[M].上海:广益书局,1921(民国十年).

④丘玉麟.白话诗作法讲话[M].出版地不详:开明出版部,1930(民国十九年).

⑤赵景深.最近三十年中国文学史·序[M]//陈子展,徐志啸.中国近代文学之变迁　最近三十年中国文学史.上海:上海古籍出版社,2000.

词之因素的加入，使胡适及其他新体诗创作者受益匪浅。朱自清、俞平伯、康白情等的新诗，就都是"从词曲里变化出来的，故他们初做的新诗都带着词或曲的意味音节"①。如朱自清《独自》"白云漫了太阳，＼青山环拥着正睡的时候，＼牛乳般雾露遮遮掩掩，＼像轻纱似的，＼幂了新嫁娘的面"，意象和意境的营构，都明显带有词之痕迹，但在语言表达上将其浅近白话化了。

白话词的创作实践，体现了胡适倡导"词界革命"最初的思路，即"旧瓶装新酒"的尝试，与梁启超提倡的"熔铸旧理想以含新风格"的诗界革命的主张一脉相承，更为突出语言工具的革新。但胡适留下的词作并不多，经过辑佚及"还原"，仅有103首②，其中标有词牌名的只有29首。未标注词牌名或"以词调作架子"的，虽然借鉴词之句调，实已属于"胡适之体"的小诗，此不列入白话词讨论的范围，如再除去胡适称之为文言创作的部分，能够称为白话词的就寥寥可数了。这些词如果依照时间顺序排列，可以清晰地看出胡适词体革新主张的变化，是一个逐步将词白话化、新诗化，最后取消"新词"的文体独立性、与新诗合流的发展过程。胡适的第一首词《翠楼吟》（霜染寒林）作于1910年（宣统二年），其后如《水龙吟》（无边橡紫）和《满庭芳》（枫翼敲帘）等，与前人词作并无本质的区别，仅词句较为浅白而已。1916年（民国五年），《沁园春》（更不伤春）开始以白话入词，在题材和立意上，力求出新，词中慷慨陈言"为大中华，造新文学"，自称为"是一篇文学革命宣言书"。胡适的第一首白话词③《虞美人》为"戏赠朱经农"所作，生活气息浓郁，但过于直白，无蕴藉之致：

先生几日魂颠倒，他的书来了！虽然纸短却情长，带上两三白字又何妨？可怜一对痴儿女，不惯分离苦；别来还没几多时，早已书来细问几时归。④

与胡适作于1912年（民国元年）的《水龙吟》（无边橡紫榆黄）、1915年（民国四年）的《满庭芳》（枫翼敲帘）等词相比，这首词确乎是

①胡适.谈新诗[M]//胡适.胡适文存:卷一.上海:上海书店,1989:238.

②施议对.胡适词点评[M].北京:中华书局,2006:153.

③胡适在日记中言:"此为吾所作白话词之第一首"。见:胡适.胡适留学日记[M].长沙:岳麓书社,2000:717.

④胡适.胡适留学日记[M].长沙:岳麓书社,2000:717.

一个较大的"飞跃"了。《水龙吟》《满庭芳》等仍然保持着传统诗词的韵味，语言明晓不失典雅。上引这首白话词，除了所附的词牌名能说明这是首词外，若无上下阕的间隔，几乎可以视作是从小说中节录出来的一个片段。虽然在字数上遵守词谱，但在节奏和韵脚上则完全是自由的。这种不文不白、"戴着镣铐跳舞"的白话词，很快受到来自对立两方的批判。古典诗词创作者鄙其"太俗"，不值一读；钱玄同等则嫌胡适所填的白话词，如《采桑子》等"太文"，认为硬扣字数，硬填平仄，束缚自由，"劳苦而无谓"，建议胡适以白话诗为"正体"，少作此类古体之诗、词、曲①。

虽然遭到尖锐的批评，但胡适在这一时期，对是否要完全抛弃词之形式仍然是困惑的。他认为词是最为接近言语自然的文体样式，主张借这一载体表现新文学的内容，尝试以白话入词的方式来进行"词界革命"。希冀保留词体之固有形式，并以填词之法来作新诗，并无要"彻底、完全"摆脱其束缚之意。希望以古典词之"旧瓶"改装白话之"新酒"："吾辈就已成之美调，略施裁剪，便可得绝妙之音节，又何乐而不为乎？"②主张不必排斥固有之诗词曲诸体之谐妙特长之处，"相题而择调，并无不自由"③。但胡适最终还是接受了钱玄同的批评，承认这一时期的创作，未能完全实践《文学改良刍议》中的主张，决定进行诗体的大解放。打破一切束缚自由的"枷锁镣铐"，不管能歌不能歌，也不管协律不协律，白话怎么说就怎么写，不再"迁就"句法、词调，愈来愈表现出向新诗靠拢的倾向。

自1918年（民国七年）作《如梦令》（天上风吹云破）起，胡适所作的白话词不再采用传统的上下阕分隔，而是每句分行排列，模仿自由体诗歌的形式：

天上风吹云破。＼月照我们两个。＼问你去年时，＼为甚闭门深躲。＼谁躲。谁躲。＼那是去年的我。

词中抒写的正是自由体诗所主张的"那个最普通、最廉贱"的"我"的生活和情感。该词的画面感强，意象鲜明突出，无论在内容还是形式，都跟新诗非常接近。如果去掉词调名，很难区分这是一首新诗还

---

①钱玄同.尝试集序[M]//胡适.尝试集.合肥:安徽教育出版社,2006:9.

②钱玄同.尝试集序[M]//胡适.尝试集.合肥:安徽教育出版社,2006:9.

③钱玄同.尝试集序[M]//胡适.尝试集.合肥:安徽教育出版社,2006:9.

是一首"新词"。这种仅仅以词调名来与新诗加以区别的标志，最终也被胡适所取消。胡适1924年（民国十三年）后作的《多谢》等14首作品，只有1首题为《小词》，并注明词调，其余作品，虽然也是依谱而作，但并不标注出词调，而将其归入新诗的行列中。这些新诗，其实是凭借了词的架子、词的调子来创作的。就实际情况而言，以词的"旧瓶"装新诗之酒的做法，造成了诗词革新中的两种倾向：其一，新诗选择词的形式作为过渡的载体，新诗成为"词化的诗"；其二，在新诗形成的同时，词成为新诗同化的对象，出现了"新诗化的词"。平仄不分、四声不论成为民国初期词坛词体革新的主要论调，甚至有作者认为谱调、字数都可以不必依循。但新诗已经"拿走"了词的长短句形式，白话词又未能与新诗有任何本质上的区别，导致了白话词在文学改良和文学革命的阵地中，没有能找到自己的立足之地，没有能成为一种真正独立的文体形式，最终只能与新诗合为一体。在现代诗词创作中，有"新诗"和"旧体诗"之分，但并没有"新词"、"白话词"和"旧体词"之区分。

回顾白话词短暂的发展历程，除了1917年（民国六年）胡适在《留学生季刊》发表的《临江仙》（新俄万岁）和《浣溪沙》（憩纽约）及任鸿隽等的一些作品，可以称作白话词外，其实，白话词的创作数量并不多。胡适所提白话词的概念，只是在《白话文学史》和《词选》中，成为对唐宋词之浅近白话风格的归纳。在实际创作中，白话词的尝试，早早就已宣告失败。在这一时期，白话词与词化的诗的区分，仅仅只在于有没有采用词牌名而已。易言之，晚清至民国初期并非没有词界革命，而是由于白话词的创作并未成功，新体诗对长短句形式的借鉴，又将词体之演变消泯于无形。

1923年（民国十二年），徐珂在《历代女子白话诗选》序中，以女子白话诗为依托，对白话诗初期的得失做了评价，颇可以见出当时诗体解放的不同思潮和纷争：

近来新文学家主张,诗体的解放,作诗往往不拘句法的长短,不问声音的平仄,并且不讲究押韵,所以现在盛行的新诗,每与西人所作自由诗Freeverse相仿佛。因为新诗只求把目前的景物描写得真切,把自己的情趣发挥得明白,并不在音韵上做工夫,所以毫无拘束,人人喜欢做,风行一时,成为一种真正的平民文学。但是女子白话诗选,尚不能解放到这个地步。我现在选的这一部诗,都是从前女子们做的。句法的长短有一定。声音的平仄也有一定，而且多是有韵的。……就是长短句，也不是长到字数一点儿没有限制的；所以和现在通行的白话诗不大相同。既是这样，为什么叫做历代女子白话诗选呢？我听见有几个教育大家说：要把文言放低，白话提高，打通白话和文言的这一关；仔细想想，这句话是真正不错的。照我们中国做诗的老法子说来呢，如果没有一定长短的句法，没有一定平仄的声音，没有一定的韵，那里能够算他是诗呢？而且欧洲人的诗，在自由诗盛行以前；本来也都是有一定的声音，一定的韵。威至威斯说："悲苦的事，悲苦的情，用一定的句法，一定的音韵写出来，比没有定则的文字，格外可以留得久远。"辜勒律说："诗和文字不同的地方，就是有一定的句法，有一定的音韵的缘故。"诗是美术的文字，是不错的。凡是美术的文字，一定要能够引起审美的感觉。所以做诗总要有音韵，并且像音乐一样有节奏，才行。女子们，原是富于审美能力的人，她们做诗，倘能够依着一定的句法，有一定的音韵，自然更容易发挥她们审美的本能。我为此选了这部诗出来，供大家的参考。我特地把唐朝、宋朝、金朝、元朝、明朝、清朝、女子们的诗几百种，看了又看，拣了又拣，才得了这一百几十首的诗，都是意思清楚，文字浅近，和白话一般的。这就是文言放低，白话提高，打通白话和文字的这一关的意思。照我看来，这才是女子白话诗的标准呵。[①]

之所以不惮其烦地将这篇似乎与选词无关的序言大段抄录下来，是为了可以更为明晰地了解当时词坛对于新体诗的态度，以及理解徐珂之所以选择编选"尚不能解放到这个地步"的女子诗选，并且题作白话诗选的真正涵义。徐珂分析了西方自由诗的发展轨迹，以英国湖畔派诗人对音韵的态度为参照，指出节奏和韵律，也是英雄双韵体诗歌的灵魂，诗歌的音乐之美正是东西方诗歌的魅力所在。徐珂以"最富有审美眼光"的女作家的作品为范本，指出将白话与文字打通的关键是"意思清楚""文字浅近"，建议将审美的表达放在对形式的革新之上，并不无恳切地提出这才是新体诗发展的道路。

俞平伯在总结新体诗创作时，曾对白话词和"一任作者自创体裁"的新诗作出评价："据我的看法，和这些年来的经验，这条路并不太好走。"[②]白话词和词化的诗主张诗词创作在形式上摆脱束缚，力求自由，这条路确实不太好走，也走得并不好。在其倡导者胡适的创作中，有大

---

①徐珂.历代女子白话诗选序[M]//徐珂.历代女子白话诗选.上海：商务印书馆，1-3.出版时间不详，序言署1923年（民国十二年）。

②俞平伯.读词偶得[M].上海：开明书店，1947（民国三十六年）：10.

量的打油诗之作，浅白而失俳谐，注重在形式上出新而忽视诗词意境和音韵之美。柳亚子对此类不伦不类的新诗创作极为愤慨，主张理想宜新，形式宜旧，"何必改头换面为非驴非马之恶剧耶"！①

白话词、词化的诗及多种形式的新体诗创作，反映出近代文人面对外来文化时的强烈趋同感。在略显匆忙的接受中未能含英咀华，保持一些求同存异的从容和淡定。在西方文化的影响下，近代文人学者探求文体形式的变革，追求语言的浅易化，实现启蒙民智的目的，这种变革有着其产生的必然性。但面对船坚炮利的强弱对比，要求近代文人学者以清明的理智、从容的态度、宁静的胸襟②来面对西方文化，实不免有些苛求。

二、第一种白话词选——凌善清《历代白话词选》

最早拈出"白话词"，并以之为标准来编词选本的，并非胡适《词选》，而是凌善清所编的《历代白话词选》。凌善清其论与胡适所言不无相通之处，其序中指出词与新体诗最为接近，解释了白话词选作为新诗创作范本得以流行的原因。《历代白话词选》的宣传广告中，就明确地将词与白话诗相比较，提出自度曲或者依声之白描者，与白话诗有"绝相类似之处"③。凌选流播广泛，胡适编《词选》前，是否见过并受到凌选的影响，难以确知。但可以肯定的是，胡适与凌善清都认识到词体最近"语言之自然者"的特征，而把词作为古典文学中活文学的样式。由此也可见出早期文学运动者在探求言文合一的道路时，是有着许多困惑和敬畏之情的。试将《历代白话词选》、《词选》（胡适）、《宋词三百首》收词作最多的前20名词人略做对比。参见表6-1。

从表6-1可见，《历代白话词选》选词趋于通俗、浅近化。唐宋词名家如晏殊、欧阳修、姜夔、王沂孙、周密等均未入选，张炎词仅录1首，所录如汪莘、李石、陈克、王之道等皆非名家。女性词人收录较多。这些在以往唐宋词选本中不见著录的词人词作，拓展了读者的视野，但就选词而言，未能汰粗取精，不得称之为取法乎上者。

---

① 胡适.胡适留学日记[M].长沙:岳麓书社,2000:806.

② 余英时.五四文化精神的反省与检讨[M]//胡适,余英时,等.胡适与中西文化.台北:水牛图书出版事业有限公司,1984:348.

③ 徐敬修.词学常识[M].上海:大东书局,1925(民国十四年).

表6-1　《历代白话词选》《词选》《宋词三百首》选词最多的前20名词人比较

《历代白话词选》		《词选》		《宋词三百首》	
词人	词数	词人	词数	词人	词数
吴潜	25	辛弃疾	46	吴文英	25
朱敦儒	17	朱敦儒	30	周邦彦	22
刘辰翁	13	陆游	21	姜夔	17
苏轼	11	苏轼	20	晏几道	15
贺铸	11	秦观	19	柳永	13
刘学箕	11	周邦彦	19	辛弃疾	12
晏几道	10	张先	13	贺铸	11
王之道	9	张炎	12	晏殊	10
葛长庚	9	晏殊	11	苏轼	10
张先	7	黄庭坚	11	欧阳修	9
柳永	7	蒋捷	10	史达祖	9
周邦彦	7	欧阳修	9	秦观	7
辛弃疾	7	姜夔	9	张先	6
王安石	6	晏几道	8	张炎	6
张镃	6	柳永	8	王沂孙	6
吴文英	6	李清照	7	周密	5
李清照	6	向镐	7	李清照	5
秦观	5	刘过	7	刘克庄	4
陈克	5	史达祖	7	刘辰翁	4
赵彦端	5	刘克庄	7	赵令畤	3

　　《历代白话词选》选录唐词5家8首，五代词9家17首，宋词297首。在唐五代词人中，以李白和欧阳炯所录词最多，均为4首，其次，李煜所录词为3首，录入2首词的有王建、孙光宪、冯延巳、许岷等。该选所录词在5首以上的词人，如吴潜、刘学箕、葛长庚、陈克、李石、张镃等，在清代选本中少见收录。列集中之冠者为吴潜词，为凌善清之乡邦前贤，在南宋词中堪称作手，风格在张安国、洪舜俞之间，词笔清超，不事雕琢，多凄异之作。但就词学成就而言，仅有如《满江红》《水调歌头》等数篇可许为佳制，其余诸作并不足与被凌善清所汰除的姜夔、王沂孙等词并称。另如刘学箕词，《历代白话词选》中收录11首，数量列该选第4位，远在稼轩之上。就其词而论，风格闲雅，佳作若《松江》《哨遍》等虽"直欲与坡仙争衡"①，但整体成就实逊辛词，凌选中大量收录其作，表现出经典意识弱化的倾向。从选人、选词而言，胡适《词选》

①全国公共图书馆古籍文献编委会.历代词人考略[G].北京:全国图书馆文献缩微复制中心,2003:1539.

无疑要比凌选精约许多。

民国初年，选者对经典的奉守已退居次位，更关注词体的形式特征。从《历代白话词选》可清晰地见出这种转变的痕迹。选者对语言形式的关注，超过对典型风格的呈现，青睐更符合"白话"选旨的作品。不仅只瞩目于唐宋词名家，大量不见经传的词人也逐渐在选本中占据一席之地。淡化经典、广录白话词的趋势在民国愈来愈明显，韩天赐在《名家词选笺释·序》中提出批评：

> 词选之作，亦云众矣！然非失之过繁，则失之过简，其过繁者，则不分泾渭，相容并取，朱紫相夺，识者伤之，过简者则井底天文，挂一漏万，庐山面目，将永陷于五里云雾中矣。更有嗜痂者流，妄以自己私见为去取准的，其粗犷平庸者，则列为上乘，奉若圭臬，其逸世超凡者，反弃如瓦石，置诸不论，致使千古名家，一旦湮没，康瓠罍牛，尊显腾跃，天下不平之事，有过于斯者乎？[1]

凌善清对其选精粗并存、浅显近俗的弊端也颇有认识，自序反省云："后重翻一过，觉率直浅近，都无是处，而购者接踵，未几而重版者再，是亦初意所未料也。"[2]

三、胡适《词选》中"白话的词"

胡适编选《词选》有一段较长的酝酿期。1915年（民国四年）留学美国期间，胡适就开始关注唐宋词。次年，胡适在《谈活文学》一文中，以李煜《长相思》（云一缅）、苏轼《点绛唇》（独倚胡床）、黄庭坚《望江东》（江水西头隔烟树）、辛弃疾《寻芳草》（有得许多泪）、向镐《如梦令》（谁伴明窗独坐）、吕本中《采桑子》（恨君不似江楼月）、柳永《昼夜乐》（洞房记得初相遇）等7首词，作为活文学的样本，这可以算是《词选》最初的雏形。

胡适选词大体能秉持"富有艺术感染力"的标准，故能超越其词论的局限，这也是胡适《词选》至今仍能得到读者认可的主要原因。

胡适在《文学改良刍议》中反对用典；《词选》则不囿于此种限制，而对用典的不同情况作了区分。《词选》认为，如果有情感，有话说，篇

①韩天赐.名家词选笺释[M].上海：大华书局,1935(民国二十四年).
②凌善清.历代白话词选[M].上海：大东书局,1923(民国十二年).

章有层次条理，造语又新鲜有力，那么，用典多并不为碍。选中所录刘过《满江红》（往日封章）和《贺新郎》（北望神州路），辛弃疾《水龙吟》（楚天千里清秋）和《水龙吟》（举头西北浮云），等等，皆用典繁密，但胡适赞赏其词有浓厚的感情和奔放的才气，"不妨给他们几分宽假"。加之《词选》标点和细碎的分行，即便是辛弃疾的长调，在句子结构上也并不显得复杂。

《词选》肯定了一些不受重视的"白话词人"如蒋捷、向镐等的地位。向镐多用俗语入词，选中收录的7首词不乏自然清新之作。蒋捷好作"俳体"，故不为清代选者所重视，但胡适词选中选录了大量蒋捷词，赞赏蒋捷咏物词能自出新意，无纤细之弊。所录蒋捷《一剪梅》（一片春愁待酒浇）情真意切，其秀句如"流光容易把人抛，红了樱桃，绿了芭蕉"等则因该选而得以普及。另如选中所录蒋捷词《少年游》（梨边风景雪难晴）、《贺新郎》（渺渺啼鸦了）、《少年游》（枫林红透晚烟青）等，写景状物细腻传神，读来如在眉睫之前，历历如画，皆不愧为唐宋词之佳作。

《词选》选录蒋捷、向镐等人的词作，试图以这些唐宋时期的"白话词"，作为白话文学创作的范本。称蒋捷《声声慢》（黄花深巷）是文学的"实地试验"，是"无韵韵文之第一次试验功成"，并仿填《沁园春》（早起开门）1首，连用25个"年"字，抒写新年到来的喜悦。另如胡适《如梦令》（天上风吹云破）则模仿向镐《如梦令》（谁伴明窗独坐）而填。这些模仿宋词而作的白话词，表现出明显的生涩和生硬感。正如鲁迅所评："但白话的生长，总当以《新青年》主张以后为大关键，因为态度很平正，若夫以前文豪之偶用白话入诗者，看起来总觉得和运用'僻典'有同等之精神也。"[1]胡适对向镐等的推崇和模仿，在文学史上的意义，大抵与使用"僻典"相类，体现出白话文运动特别是韵文革新中存在的牵强。

《词选》录词作最多的是辛弃疾、陆游、刘过等，构成了一个以辛弃疾为中心的"家族"，以"填补贬斥南宋婉约传统之后留下的文学史空白"[2]，并试图为读者呈现出辛派词人浅易明畅的一面。以辛弃疾、陆游为例：《词选》中所录辛弃疾词如《清平乐》（茅檐低小）、《西江月》（明

①鲁迅.致胡适[M]//鲁迅.鲁迅全集：第11卷.北京：人民文学出版社,2005:431.

②宇文所安.过去的终结：民国初年对文学史的重写[M]//刘东.中国学术：总第5辑.北京：商务印书馆,2001:197.

月别枝惊鹊)、《丑奴儿》(少年不识愁滋味)、《西江月》(醉里且贪欢笑)、《鹧鸪天》(陌上柔桑破嫩芽)等,就为读者呈现出辛词"白话"的一面,而不仅是历来所评价"爱掉书袋"的特点,显示出胡适独到的眼力和识见。其中不乏流丽清新、生动传神的白描之句:如"稻花香里说丰年,听取蛙声一片""最喜小儿无赖,溪头看剥莲蓬";亦有许多晓白如话、蕴涵丰富的感慨之语:如"不恨古人吾不见,恨古人不见吾狂耳!知我者,二三子""欲说还休,欲说还休,却道天凉好个秋""城中桃李愁风雨,春在溪头荠菜花"等,均言浅意深,极易诵读。这些在清代词选中不被重视的作品,通过《词选》得到了广泛流播。

在清代词选中,陆游词并不受重视。张惠言《词选》未收陆游词,周济《宋四家词选》录3首,朱祖谋《宋词三百首》中亦仅录1首。胡适则将陆游词作为辛派重要代表作家选录,共收词21首,列选词数量的第3位,可见选者的偏爱程度。所录陆游词中,慷慨激昂如《诉衷情》(当年万里觅封候)、《好事近》(挥袖上西峰),飘逸闲适如《柳梢青》(十载江湖)、《好事近》(岁晚喜东归),等等,皆是富有感染力的佳作名篇。其中秀句如"此生谁料,心在天山,身老沧洲""细雨外,楼台万家,只恐明朝,一时不见人共梅花""家在万重云外,有沙鸥相识",或沉郁悲愤,或宏阔寥落,颇能感人心魄。从所录辛、陆词来看,胡适所言文学之三个要件"第一要明白清楚,第二要有力能动人,第三要美",确实在其选本中得到了一定程度的呈现。

但胡适《词选》的缺陷和弊端较为明显。如俳谐之作收录较多,而许多脍炙人口的传世名作却往往被删除。选中所录如黄庭坚《沁园春》《好女儿》《少年心》等用语直白,毫无词味;而柳永《雨霖铃》(寒蝉凄切)、《夜半乐》(冻云黯淡天气)、《望海潮》(东南形胜)、《八声甘州》(对潇潇暮雨洒江天),辛弃疾《摸鱼儿》(更能消几番风雨)、《永遇乐》(千古江山)、《青玉案》(东风夜放花千树),等等,经典名作均落选,不免有失公允。其间取舍,体现出胡适有意突出唐宋"白话词"地位的选旨和选心。

胡适以辛派词人作为唐宋白话词的主体部分,而将梦窗词为代表的南宋格律词派作为对立面,选中所录吴文英词仅《玉楼春》(茸茸狸帽遮梅额)、《醉桃源》(沙河塘上旧游嬉)2首。前首词格仅为中下品;后一首虽语清品逸,但非梦窗词之特色。选录这2首词,实未能展现出梦窗词密丽层深而脉络井井的风格。

自胡适第一首白话词问世到1927年（民国十六年）《词选》刊行，在约10年时间里，新诗运动已经取得了一定的成绩。胡适编《词选》其实也带有回溯源头，总结其"词界革命"的构想，并逐渐融入新诗运动之过程的意味。白话词和白话词选体现出胡适继试图进行词体革新的种种尝试，但是，这些尝试并未取得成功。在新诗运动中，白话词的独立性逐渐被取消，故而，"词界革命"的构想也就消散了。

四、对白话词、白话词选的评价

在以外来文学样式为原型的新体诗运动中，出现了许多囫囵不化的现象，引起了选者和论者的反思，意识到文字革命与文学革命的不同，以及以形式来要求内容的本末倒置。1946年（民国三十五年），俞平伯在天津工商学院所作的一次演讲中，指出了词体发展的方向：

第一，词只可作诗看，不必再当乐府读，可以说是解放的诗或推广的诗。

第二，但我们不可忘记词本来是乐府。既是乐府，就有词牌，自不能瞎作。如题作浣溪沙，却不照浣溪沙的格式去做，那也不大合理。

第三，对于选调的工作，可以加以研究。选调不求太拗，也不求太不拗，应用调作本位来研究，去其古怪不常见者。

第四，我主张只论平仄，不拘四声。理由有二：其一，如果讲求音律，四声讲到极点，也还嫌不足，莫如不讲。其二，讲求过分，文字必受牵制。

第五，作词似以浅近文言为佳，不妨掺入适当的白话，词毕竟是古典的也。[1]

其说较为折中，从措辞和语气的谨慎程度，颇可以见出当时词坛的风尚，但仍然清晰地表达出俞平伯对白话词的批判态度，以及恢复和回归词之古典形式的想法。在新诗运动中，词由白话词"变相"为没有词调的新诗，再成为新诗之"架子"，渐而蜕变为仅仅是长短不一的句法形式。词由调、韵、节奏而营构出来的音声之美，已愈来愈淡薄。俞平伯也是新诗创作的实践者，感知白话词"以旧瓶装新酒"、新体诗"以新瓶装新酒"中存在的种种弊端。俞平伯在传统词体特征渐趋弱化的词坛背景下，极为保守地表达了自己的见解：如词之创作应遵循词牌的格式，

①演讲稿由吴小如笔录。见：俞平伯.读词偶得[M].上海：开明书店，1947（民国三十六年）：9-10.

语词以浅近的文言为佳等，提出虽然词的音律失传，渐成为"解放的诗或推广的诗"，但词仍然有严格的押韵和平仄四声的要求，"字字句句都有定律"，构成各种词牌的不同感情色彩，只有按照"格式"依谱填词才能保留其婉转谐美和古典意蕴，如果挂着词牌之名，而韵部混乱，平仄不分，就是"瞎作"的了。俞平伯用"浅近的文言"替换"纯正的白话"，表达出恢复词之正体的愿望。

胡适在《尝试集》中，曾较谨慎地表示新体诗"是一块实验田"。但随着论争的升级，胡适以及他的"对手"都表现出愈来愈意气相争的一面。在"进取的而非退隐的""实利的而非虚文的""科学的而非想象的"①等六义的提倡下，文学的社会政治性不断得到强化，当这种"非虚文""非想象"的要求，附加到诗词创作中时，诗词的发展就开始偏离其本体的道路，无论措辞还是语气上，都体现出政治斗争的尖锐和偏颇。宇文所安对这一时期的论争以及在词选中的表现做了总结：

既然对词人的品评如此灵活多变，五四一代学者自然可以如他们的前辈一样对南宋词进行自己的价值判断。但是，问题在于他们的判断并非基于词学传统内部的辩论，而是基于对整个文学史的价值观。他们的价值观，表现在选集的评注里，对入选作品的取舍里，并且一直统治着文学教材。②

一时代有一时代之文学，在此演进中并非一定后胜于前。割裂传统的做法无疑会使得新兴文学样式成为无本之源、无根之木。国粹派、学衡派就已深刻地认识到这一点，主张以新材料入旧格律，在当时虽未成为主流，却尤显可贵。吴宓认为中西文化各有所长，若能兼收并蓄，融会贯通，自然能保国粹而又倡明欧化，以新材料入旧格律，二者得兼，才合乎"文学创造"之正轨。他认为当时旧体诗创作之弊端并不在于"音声之迭代"的韵律形式，而在于言之无物，指出："文学创造家之责任，须能写今时今地之闻见事物思想感情，然又必深通历来相传之文章之规矩，写出之后，能成为优美锻炼之艺术。"③

胡适仓促之间把"实验田"的作品拿出来，本是抱着尝试的态度，

①陈独秀,李大钊,瞿秋白.新青年:精选本(上)[M].北京:中国书店,2012:1-5.

②宇文所安.过去的终结:民国初年对文学史的重写[M]//刘东.中国学术:总第5辑.北京:商务印书馆,2001:197-198.

③吴宓,吴学昭.吴宓诗话[M].北京:商务印书馆,2005:97.

但迅速被诗坛接受和模拟（胡适本人起到重要的推动作用），很快成为新体诗创作的范本，这恐非胡适最初所能预料到的。

无论是新体诗还是古典诗词，都可以创作出感人至深的作品。新体诗作为中西方文学交流的产物，在抒情叙事上有较大的自由，但其提倡及实践者在后期尤为强调文体演变中"人力的督促"①，将可能自然演变的趋势"缩短了十年百年"，成效实难言"增加十倍百倍"②，为新诗及古典诗词的承继，带来了诸多非文学性因素的影响，使得无论是新体诗还是古典诗词都未能在民国初期自然发展，其间缩短的"十年百年"，可能要以"十倍百倍"来弥补。

就词的发展状况而言，清词晚期渐趋技巧化的风气，也是胡适提出词体解放的主要原因。如同《尝试集》是胡适新诗理论的体现和实践一样，胡适的《词选》与其白话词创作有互相依存、互作表里的关系，对新诗运动的走向起到重要的引导作用，新诗创作往往以词的句调和意蕴为内核。胡适《词选》中偏好浅易直白的编选倾向，造成了对经典名作的忽略和遮蔽，但对于常州词派所影响下的追求深隐婉曲的创作风气，起到了一定的纠偏作用，也与胡适提倡文学革新来反对庙堂、台阁文学，具有一致性；词选中对诗人、词人、词匠的分期，勾勒了词体发展文人化、案头化的过程，亦有其合理内核。白话词、白话词选的产生及其体现的词学思想，包括其中的偏颇之处，都对20世纪词坛产生了深远的影响。也正因为并无真正意义上的词界革命，词的创作才坚守了传统的文体样式及其审美特征。与词体创作相对应，词学的变革和发展，也是在不断融合现代学术研究方法的过程中，呈现出平稳过渡的特征。

第三节　刘麟生、胡云翼选唐宋词

白话文运动前后，除了朱祖谋《宋词三百首》、胡适《词选》外，如欧阳渐、孙人和、刘麟生、胡云翼等都编有唐宋词选。

如前文所言，胡适《词选》体现出种种新变的特征，如新式标点的采用、浅易化的选词标准、词史型选本的编纂方式、对梦窗词派的批

---

①胡适.白话文学史·引子[M]//胡适,骆玉明.白话文学史.上海:上海古籍出版社,1999.

②胡适.白话文学史·引子[M]//胡适,骆玉明.白话文学史.上海:上海古籍出版社,1999.

判、对辛派词人的推举等，对民国的唐宋词选产生了深远影响。但如龙榆生、俞平伯等选者，也在不断反思白话文运动及《词选》的偏颇，并将这种反思体现在所编选本中。如李宝琛在《绝妙词选》中，就声明其选是为胡适《词选》"补白"①和纠偏。正因为民国初期词学家对白话文运动的反思，词之创作才没有沿着白话词的方向发展。本节以刘麟生、胡云翼等所编选本为例，分析《词选》之后的唐宋词选本的特色。

一、刘麟生《词絜》

《词絜》编成于1930年（民国十九年），分唐五代、北宋、南宋3篇。以李白《菩萨蛮》（平林漠漠烟如织）始，至王沂孙《齐天乐》（一襟余恨宫魂断）终。录唐五代词80首26家，北宋词143首32家，南宋词147首51家，共369首109家。虽选录家数甚多，但大部分词人均仅录1首。该选在当时影响较大，胡云翼在《词学概论》中，就将《词絜》与胡适《词选》并列为学词参考书目。

（一）对胡适《词选》的补正

民国初年，类型之选、别集之选盛行，选者往往偏倚于集中选录某一类型、某一家词作，注意突出选本特色，反而并不关注是否为名篇名作。受词坛风气的影响，《词絜》选录了一些不甚知名的词人词作，如陈克、李南金、周文璞、刘仙纶、谭宣子、朱藻等。但与凌善清《历代白话词选》片面追求白话词而导致朱紫不分、精粗并存的现象不同，《词絜》基本囊括了唐五代两宋词的名家名篇。在唐五代词部分，大致承继成肇麟《唐五代词选》的主体框架。以李煜词（14首）、冯延巳词（9首）收录最多。花间词人中，除牛峤、薛昭蕴、魏承班、阎选、尹鹗、毛文锡6家外，其余12家均被收录，以温庭筠所录最多（12首）。北宋词人以周邦彦（22首）、欧阳修（18首）、苏轼（16首）、秦观（12首）、李清照（11首）为多，南宋词人以辛弃疾、朱敦儒、姜夔词收录最多。

《词絜》表现出对朱祖谋《宋词三百首》、胡适《词选》二选的折中。如选录辛弃疾27首，朱敦儒12首，刘克庄6首，均与胡适《词选》相近。又借鉴《宋词三百首》，对《词选》的偏失做了一些补正。如《词絜》收录《词选》摒而不录的贺铸词，也肯定《词选》中贬抑的南宋格

①李宝琛.绝妙词钞[M].上海：黎明书局，1933（民国二十二年）.

律派词人。录姜夔词13首，吴文英词8首，史达祖词7首，张炎词5首，与该选中大多数词人仅录1首词相比，无疑确立了姜、吴、史等南宋词人的名家地位。一些被胡适删除的佳作名篇，如周邦彦《兰陵王》（柳阴直）、《满庭芳》（风老莺雏）、《西河》（佳丽地），贺铸《青玉案》（凌波不过横塘路），李清照《永遇乐》（落日熔金），姜夔《念奴娇》（淮左名都）、《琵琶仙》（双桨来时）、《凄凉犯》（绿杨巷陌）、《暗香》（旧时月色）、《疏影》（苔枝缀玉），吴文英《风入松》（听风听雨过清明）、《高阳台》（修竹凝妆），等等，均被收入《词絜》。从选本体例和词人词作的择选中，可以体现出刘麟生对白话文运动利弊的认识，表现出较为通达的词学观。

（二）"以自然为宗"

在例言中，刘麟生阐明了选词标准：其一，选录情感浓挚、修辞自然的作品；其二，不立宗派，"悉以自然为宗"，"以善为归"[1]。刘麟生对历代词选本中的两宋之争颇为不满，表达了自树立的编选意识。该选既仿胡适《词选》，悉加新式标点；又将有韵之句加以空圈标识，以利初学者有所依循。该选的注释基本具备现代词选的特征，每词皆择要注解，纪事、评语、考证等亦择取简要而不空洞者，既资谈助，又不落于泛滥。除了在编纂体例上有意创建新的范式外，在选人选词上，都着意弥补朱、胡二选的不足。该选不同于晚清词选对唐五代艳词忌讳莫深的态度，选录欧阳炯《浣溪沙》（相见休言有泪珠），认同王鹏运对艳词的"重拙大"之评，实现了词论与词选的统一，在清末至民国初期选本中较为少见。

刘麟生所列词学书目中，清末至民国初期词学论著有4种：况周颐《蕙风词话》、王国维《人间词话》、王文濡《词话丛钞》、胡云翼《宋词研究》。这些论著成为《词絜》笺注的基础，也可窥知刘麟生词学的立足点所在。在清末至民国初期词选本中，对《词絜》影响最大的显然是胡适的《词选》。《词絜》的词人小传体例和新式标点等，都由《词选》发展而来。选词上也体现出《词选》所倡导选取"富有感染力"作品的主张，所录多为浅近明晓的小令词，均可见与《词选》一脉相承的关系。但刘麟生的新式标点远不如胡适《词选》之丰富，更接近传统的选本标注方式，也不采用分行排列的诗化方式，仅以空圈标示出韵脚。注解、

---

[1]刘麟生.词絜[M].上海：世界书局，1930（民国十九年）.

考证、评语简明扼要，并未采用胡适《词选》中的小论文体例。在《词絜》中，已淡化了《词选》"但开风气"的尝试态度，表现出较为平实的编选风格。俞陛云《唐五代两宋词选释》、俞平伯《读词偶得》等，都可见出与刘麟生《词絜》相近的编选倾向。

二、胡云翼选唐宋词

胡云翼编有十余种词选，如《抒情词选》《女性词选》《词选》《唐宋词选》《故事词选》《宋名家词选》《唐宋词一百首》《宋词选》等。其所编唐宋词选流传甚广，《抒情词选》"销数逾万"①。《唐宋词选》作为"高中国文名著选读"教材，广播人口。编于新中国成立后的《宋词选》，数次再版，其销量之大，在历代唐宋词选中都是罕见的。

胡云翼论词受王国维、胡适影响，推崇晚唐五代词，称誉《人间词话》"见地至高"②。限于体例，此处不讨论胡云翼在1949年后所编之选本，如《宋词选》《唐宋词一百首》等的影响及得失。仅就《抒情词选》《词选》《宋名家词选》3种词选略做分析。

（一）《抒情词选》与《词选》

《抒情词选》是胡云翼所编唐宋词选中最早的一种，刊于1928年（民国十七年）。胡云翼在序中，对《宋词三百首》和《词选》做了对比：

> 近人有两部很值得我注意的词选本，一部是朱彊村的《宋词三百首》，一部是胡适的《词选》。朱先生是词学专家，胡先生是研究文学史的专家。他们选词的目的和方法，都不容我们忽视的。而尤其能够引起我们一种有趣味的注目的，就是朱先生和胡先生对于词的见解，恰好站在相反的方向。《宋词三百首》是完全代表古典主义的作品，所以吴文英的古典词选得较多；《词选》是完全代表白话文学的作品，所以最爱选朱敦儒《樵歌》一类的白话词。③

胡云翼经过3次删汰，从平时自己所喜欢的1 000多首词中遴选出180余首词，用来呈现他"对于词的见解"。为了区别于朱、胡2选，胡云翼声明自己选词是站在"艺术"的立场，兼重技巧的灵活与内容的充

---

① 胡云翼.词选[M].上海：亚细亚书局，1932(民国二十一年).

② 胡云翼.词学概论[M]//胡云翼.胡云翼说词.上海：华东师范大学出版社，2004:232.

③ 胡云翼.抒情词选[M].上海：亚细亚书局，1928(民国十七年).

实①。胡云翼评《宋词三百首》中录词最多的吴文英，词的内容不甚充实；评《词选》中录词较多的朱敦儒词，词的技巧不十分灵活。吴、朱词在《抒情词选》中仅各存录1首，显见对朱、胡二选的反拨之意。胡云翼批评胡适选词的"唯白话主义"，也不完全认同朱祖谋选词的"古典主义"，旗帜鲜明地提出了"艺术"的立场。胡云翼所言"艺术"的立场，与况周颐评《宋词三百首》的浑成、神致等已有较大差别。况氏所论重气格骨力，推崇沉郁顿挫、哀怨悽婉之作，其设定读者和假想读者是学词者，选词宗旨和选词标准都以学词为旨归；而胡云翼所论重情致婉美，偏嗜描写恋爱之词，其预期的读者群体是"太太小姐们"，词选是供她们花前月下吟哦诵读，与学词并无直接关联。随着学词目的从选本中退出，重拙大的选词宗旨也逐步从选本中退出，向婉约轻灵柔媚的风格转变。当然，这一转变也与读者、选者的心态及社会政治环境的转变有关。由《宋词三百首》中选者"自抒身世之悲"，转变为贡献给青年读者们"作为爱情的赠品"，其转变的缘由，与民国类型词选特别是抒情词选盛行的原因相一致，而"艺术"的立场，不仅体现了胡云翼个人的词学观念，还与民国初期唯美主义、艺术至上思潮的盛行有关。不得不提的是，颇受太太小姐们欢迎的《抒情词选》，其主张和选词观念，也与近代上海的文化思潮有密切关系。

但《抒情词选》的缺陷也是明显的，虽然满足了部分读者的偏好，以柔美旖旎风格为主，常有读者来信"要求编印续集"，但"亚细亚书局主人"则屡次敦促作者增选一部"内容较为丰富完备"的选本，《词选》就是在这样的背景下，为了适应读者和书局"两方面的要求"而编定的②。显然读者和书局的要求并不完全一致，读者欢迎编印《抒情词选》的续集，而书局主人希冀在内容方面更为充实丰富，弥补《抒情词选》偏尚柔婉的不足。对比《词选》和《抒情词选》，不难发现，《词选》在适应"两方面的要求"时，既体现出对《抒情词选》的承继和发展，又表现出两难兼顾的窘境，这主要体现在该选选词与论词的脱节上。在选词上，胡云翼听取了"亚细亚书局主人"的意见，广纳博收诸家风格，但在论词上，胡云翼仍然阐扬《抒情词选》中的主张。主要表现在《词选》序言及附录《词的意义及其特质》一文，与选词倾向并不一致。如胡云翼在选词时，并不摒弃南宋格律派姜夔、史达祖、王沂孙词，但在

---

① 胡云翼.抒情词选[M].上海:亚细亚书局,1928(民国十七年).
② 胡云翼.词选[M].上海:亚细亚书局,1932(民国二十一年).

论词时则对南宋格律词人贬抑甚力。

胡云翼对"吴文英派"和"朱敦儒派"的不同评论,在其选词中表现出差异性。胡云翼在序中延续《抒情词选》的观点,批评朱、胡2选都有"因偏爱而抹煞其它的一切"的倾向。与胡适曾以"梦窗派"来讥讽晚清彊村词派相似的是,胡云翼分别以"吴文英派"和"朱敦儒派"来总结《宋词三百首》和《词选》的选词之弊,对"体制内"与"体制外"的两种代表词选皆予以批驳,仍然表现出意气相争的特点。但在选词时,态度较为客观平和,录朱敦儒词11首,吴文英词7首,相比《抒情词选》仅各录1首,显然更为客观。选词也大为丰富和充实。这些选词与论词的割裂和脱节,恐怕也与胡云翼试图保留《抒情词选》的主张,但不得不做一些"适应"书局要求的改变有关。

《抒情词选》收录欧阳修(13首)、苏轼词(11首)最多,稍倚北宋;《词选》中,将秦观词、辛弃疾词录为集中北、南宋词之冠。这种有意为之的调整和变化,体现出选者为了避免偏尚一面而试图平衡两宋的目的,也表现出选者有意以秦观为婉约词之正宗,以辛弃疾为豪放词之正宗,所做的不偏不倚的调和。

(二)《宋名家词选》

《宋名家词选》分上下两编。上编有《晏殊珠玉词钞》《欧阳修六一词钞》《张先安陆词钞》《晏几道小山词钞》《苏轼东坡词钞》《秦观淮海词钞》《朱敦儒樵歌钞》《陆游剑南词钞》《蒋捷竹山词钞》9辑,其中北宋6家,南宋3家。下编有《柳永乐章词钞》《周邦彦片玉词钞》《姜夔白石词钞》《张炎山中白云词钞》4辑,其中北宋2家,南宋2家。两宋名家词如贺铸、李清照、辛弃疾、王沂孙、吴文英、史达祖等,均未收录①。与《宋四家词选》《宋七家词选》相比,《宋名家词选》表现出对北宋词的重视,这与《抒情词选》一致。

从入选的名家词来看,选者并非依据时间先后来区分上下编,也不是按照婉约、豪放的风格来分类,那么,胡云翼的归类标准是什么呢?是音律。胡云翼将"不去理解音律专把词当作文学来创作"②的词人统归

---

①胡云翼主编《词学小丛书》中收录10种,分别为《唐五代词选》《宋名家词选》《清代词选》《女性词选》《女性词选》《李后主词》《李清照词》《辛弃疾词》《纳兰性德词》《吴藻词》《词学研究》。揣测编者之意,由于《词学小丛书》中辛弃疾、李清照词已出单行本,故《宋名家词》中未录2家词。

②胡云翼.宋名家词选·下编题记[M]//胡云翼.宋名家词选.上海:文力出版社,1947(民国三十六年).

入上编，把妙解音律，能作自度腔①的词人，统归入下编。上编的9家
词，如晏殊、欧阳修、张先、晏几道、苏轼、秦观、朱敦儒、陆游、蒋
捷词的入选，是因为其词文学成就的卓出，其中如朱敦儒、蒋捷都是胡
适《词选》中亟为推许的白话词人。下编所录柳永、周邦彦、姜夔、张
炎4家，因为精通词律而入选，也是"宋代乐府词坛的四大权威"，其中
如周邦彦、姜夔亦是《宋词三百首》中选录词作较多的词人。胡云翼的
这种归类和分编，显然是在对朱、胡二选进行批评的基础上，做出的更
为客观平和的判断和更为精约明确的取舍。在《宋名家词选》中，胡云
翼的选词与论词相结合，不再有《词选》中较为明显的断层现象。如对
格律派词人的评价就是如此，认为这4家的创作对词坛影响深远，肯定了
格律派词人的地位：

> 作词是不是应为严格的音律所限制，是另一个问题。但他们这些作
> 者，能在严格的音律限制中，发挥其无量的天才，使其作品在文学方面仍不
> 失其高贵的价值，自是难能的。②

　　在民国初期词坛尚质实的风气下，胡云翼重新推举姜夔、张炎词之
清气雅洁，肯定周邦彦、柳永在词坛的地位，对胡适《词选》对格律词
派的贬抑进行批驳，认识到词之内美与外美两兼的重要性，表现出纠偏
矫误的自觉意识。又从词人作品的整体风格，与各家的评论比较，做出
较为公允的评价。选中所论均简洁精到，以气韵风神为评价标准，时有
卓见。如评晏殊词婉约有韵致；评张先词气韵极高；评陆游词境界飘
逸；评朱敦儒词韵调潇洒，风致旷远；评蒋捷词"自由肆放，能不为文
字与音律所拘，颇有辛弃疾的精神"。这些评价均从审美批评的角度而
发，体现出胡云翼对各家词风格的深刻理解。
　　民国词选大都受到朱祖谋《宋词三百首》、胡适《词选》的影响。胡
云翼却对这两种"恰好站在相反的方向"的词选，都表示了否定，提出
了词是抒情诗的主张。胡云翼试图对胡适《词选》以来对格律词贬抑过
甚的风气，予以纠偏。如选录贺铸《青玉案》（凌波不过横塘路）、《清平
乐》（小桃初谢）、《忆秦娥》（晓朦胧）等，盛赞方回词情辞兼备，实为

---

①胡云翼.宋名家词选·下编题记[M]//胡云翼.宋名家词选.上海：文力出版社，1947（民国三十六
年）.

②胡云翼.宋名家词选·下编题记[M]//胡云翼.宋名家词选.上海：文力出版社，1947（民国三十六
年）.

名家；肯定梦窗词的艺术魅力，评《莺啼序》（残寒更欺病酒）是有声有色有内容的作品[①]；又选录姜夔《暗香》《疏影》，弥补《词选》漏收之憾。以上数种，均是针对胡适《词选》的偏颇，有的放矢，弥补胡适之选的不足之处，将两宋词人的经典之作，较为完整地呈现在读者面前。

从《抒情词选》到《宋名家词选》，胡云翼的词选编选也体现出民国时期词坛风气的变化。从《抒情词选》中阐扬"艺术"的立场、《词选》中力求平衡诸家风格的立场，到《宋名家词选》倾重名家词的文学成就和音律成就，胡云翼选词，经历了由类型词选向名家词选体例上的转变，也呈现出其词学思想的成熟过程。在"艺术"和"思想"[②]的选词标准中，不断进行丰富和完善，逐步树立了胡云翼在词选史上与朱祖谋、胡适并称的地位。

胡适《词选》之后，除了刘麟生、胡云翼所编的数种选本外，韩天赐、俞陛云、唐圭璋、刘永济等都编有唐宋词选，均体现出对白话文运动的反思。也使得现代唐宋词选和现代词学一样，继续沿着研究型和普及型两种方向稳健发展。正如宇文所安在《过去的终结：民国初年对文学史的重写》中所言："二十世纪中、后期的词学，比起古典文学的其他领域，被正统化的程度远远为小。这是由于一批优秀的词学学者，代表了一个从清朝以来多多少少没有中断的传统。"[③]

本 章 小 结

作为胡适词学思想的集中体现，《词选》反映了胡适在白话文运动中的基本主张，体现出对唐宋词所作的"白话式"再创造。如以新式标点来"重组"唐宋词；模仿英美诗歌的特点，注重意象和意象群的凸显；通过分行的排列呈现形式之美等等。这些尝试在一定程度上破坏了唐宋词的整体意境，体现出外来文学样式的驳杂影响。民国时期唐宋词选对《词选》中的不足进行了反思和纠偏。如刘麟生、胡云翼、俞陛云等，综合《词选》和《宋词三百首》的编选观念，以"美善兼备"作为编选标准。唐宋词的艺术魅力在晚清民国的唐宋词选中得到充分呈现，使得清辞丽句广播人口。

---

①胡云翼.胡云翼说词.上海：华东师范大学出版社,2004:151.

②胡云翼.胡云翼说词.上海：华东师范大学出版社,2004:68.

③宇文所安.过去的终结：民国初年对文学史的重写[M]//刘东.中国学术.总第5辑.北京：商务印书馆,2001:198.（"没有中断"，原文衍一个"没"字，为"没有没中断"。）

结　　语

　　晚清民国时期影响最大的6种唐宋词选是：1832年（道光十三年）周济《宋四家词选》、1836年（道光十七年）戈载《宋七家词选》、1924年（民国十三年）朱祖谋《宋词三百首》、1926年（民国十五年）胡适《词选》、1934年（民国二十三年）龙榆生《唐宋名家词选》和俞平伯《读词偶得》。这6种词选贯连了晚清民国百年词学发展史。

　　《宋词三百首》是晚清民国时期最有代表性的经典之选。朱祖谋在周选、戈选的基础上，以浑成、神致为标准，为学词者提供了"取法乎上"的选择，宜其与《唐诗三百首》并传，成为一代文学之盛的代表选本。《宋词三百首》之前如道光年间的两种宋词选都较为精审雅洁，尤便初学；其后如龙榆生、俞平伯的词选在朱选的基础上，选录唐五代词，促进了唐五代词的流传。相比较而言，胡适《词选》虽然在当时拥有广泛的读者群，但是该选带有生涩不化的痕迹，并未能融通中西文学观念，以形成一种成熟的审美标准。

　　"唐宋词选本深刻地影响着清代词学的走向"[①]，词选对清代词学的巨大影响以朱彝尊的《词综》为开端，在晚清民国时期的唐宋词选中得到集中体现，促进了传统词学向现代词学的过渡和转型。随着这一时期唐宋词集得到大规模、系统地辑佚和整理，早期的词学研究者开始建立起现代词学研究的各个分支学科。如校勘之学、注疏之学、鉴赏之学、目录之学、批评之学等，均主要以唐宋词的研究为中心。晚清民国论者、选者对唐宋词做了雅化、诗化的选择和诠释，使唐宋词的审美特质逐渐受到重视，并通过各种载体形式得到广泛传播，在文学史上也在传播和接受史意义上，完成了由俗文学向雅文学、纯文学的转变。词以其要眇宜修、婉曲多致的文体特性，被确立为中国古典韵文中最优美和最优雅的代表文体之一。

　　就现代词学的发展而言，光宣以迄民国，是由传统词学向现代词学

---

① 孙克强.清代词学[M].北京:中国社会科学出版社,2004:15.

转型的发轫期和发展期。词学之所以能被誉为"显学",最主要的原因就是晚清民国一大批词学研究者辛勤耕耘,为这一学科的建立和发展奠定了坚实的基础。但目前的词学研究中,民国词史和民国词学史的研究相对较薄弱,许多空白点有待补充和深入研究。

本书主要关注清末至民国初期时期的唐宋词选之转型,并未对民国时期唐宋词选及选者的词学思想展开系统的研究。若干重要选本,如《读词偶得》《唐宋名家词选》等,并未做详细的个案分析。对晚清民国数量众多的历代词选本(包括女性词选、地域词选等)、别集之选等选录唐宋词的情况也涉猎不多。诸多阙漏,有俟来日。